PARANORMAL

드래곤 킨
시리즈

ROMANCE   4

드래곤을 미치게 하는 법 **2**
HOW TO DRIVE A DRAGON CRAZY

드래곤을 미치게 하는 법 2

ⓒ G. A. 에이켄 2017

초판1쇄 인쇄	2017년 5월 12일
초판1쇄 발행	2017년 5월 18일
지은이	G. A. 에이켄
옮긴이	손수지
펴낸이	박대일
편집	이문영 · 임유리 · 신지연 · 전보라
마케팅	송재진 · 임유미
디자인	박현주
일러스트	실베스테르 송
펴낸곳	파란썸(파란미디어)
출판등록	2004년 9월 14일 제313-2004-00214호
주소	04072 서울시 마포구 성지1길 32-36(합정동)
전화	02.3141.5589(영업부) 070.4616.2012(편집부)
팩스	02.3141.5590
전자우편	paranbook@gmail.com
카페	http://cafe.naver.com/paranmedia
페이스북	http://www.facebook.com/paranbook
ISBN	978-89-6371-424-0(04840)
	978-89-6371-422-6(전2권)

드래곤을 미치게 하는 법 **2**

HOW TO DRIVE A DRAGON CRAZY

파란

등장인물 소개

데저트랜드의 놀웬 마녀인 어머니 탈라이스가 드래곤 퀸의 둘째 아들 브리크와 짝을 맺으면서 드래곤 왕가의 일원으로 받아들여졌다. 열여섯 소녀였던 당시 에이브히어를 보고 첫눈에 사랑에 빠진다. 그의 아름다운 푸른빛 머리카락을 잡아당기고 귀찮게 굴며 끊임없이 마음을 표현하지만 번번이 거부당해 지금은 거의 포기 상태다. 여왕 앤널을 향한 무한한 충성심으로 앤널 군대를 지휘하는 장군의 위치까지 오른다. 맨손으로 적의 머리통도 뽑아낼 수 있는 무력을 선보여 '위험한 자'라는 호칭을 얻었다.

드래곤 퀸의 막내아들이자 다정한 성격'이었던' 블루 드래곤. 친구의 죽음 이후 슬픔과 분노로 광전사로 각성하여 살육자들의 천지라는 미루나크 부대로 보내진다. 그 후 아이슬랜드 전역에서 가장 증오 받는 드래곤이자 미루나크 사이에서조차 비정하고 잔인한 분대장으로 변하고 만다. 이지를 사랑하지만 조카와 삼촌이라는 관계에 얽매여 이지를 밀어내기만 한다. 그러나 모든 것이 어설펐던 열여섯 꼬마 소녀가 10년 후 성숙하고 위험한 여자로 돌아오자 더 이상 자신의 감정을 숨길 수 없게 된다.

보랏빛 눈동자와 은빛 머리카락, 갈색 피부가 아름다운 열여섯 소녀. 브리크와 탈라이스의 둘째 딸. 타고난 순진무구함과 따스하고 환한 미소로 드래곤 왕가가 모두에게 사랑 받는다. 태어날 때부터 갖고 있던 막강한 마법의 힘을 스스로도 통제할 수 없어 소중한 사람들을 다치게 만들자 자책하며 괴로워한다. 힘을 다스릴 수 있도록 데저트랜드의 놀웬 마녀들에게 수련을 받으려 하지만 언니 이지의 반대로 무산될 위기에 처한다.

사우스랜드 다크플레인의 인간 여왕. 평생을 군대와 함께 보냈고 앞길을 가로막는 자는 누구든 해치워 버리는 광포하고 무자비한 전사로서 '피의 여왕', '잘린 머리 수집가', '가반아일의 미친 계집', '피투성이 앤널'이라는 다양한 호칭을 얻었다. 드래곤 퀸의 큰아들 피어구스의 짝으로 인간과 드래곤 사이에는 불가능하다는 아이들을 낳았으며 불의한 자들을 절대로 용납하지 않고 철저하게 응징하는 성벽으로 인해 여러 세력의 표적이 된다.

탈라이스 ←♥→ 브리크

데저트랜드 출신 놀웬 마녀. 인간 남자와 결혼해서 딸 이지를 낳았으나 남편이 죽고 혼자 살다가 브리크를 만나 짝이 되었다. 이지를 가졌다는 이유로 친어머니에 의해 고향땅에서 추방당했다. 다시는 만나고 싶지 않지만 놀웬 마녀들이라면 리안웬의 힘을 다스릴 방법을 알려줄 수 있기에 어쩔 수 없이 도움을 구하려고 한다.

드래곤 퀸의 둘째 아들. 용맹한 전사로 이름 높아 '막강한 자'라고 불리는 실버 드래곤. 하늘을 찌르는 오만함과 딸에 대한 도가 넘치는 애정으로 주변을 불편하게 만드는 딸바보. 이지를 '완벽하고 완벽한 딸'이라 부르며 친딸처럼 키웠고, 둘째 딸인 리안웬에게 눈길을 주는 놈이라면 누구든 화염을 내뿜어 구워 버리곤 한다.

바테리아 가이우스

웨스트랜드 퀸틸리안 독립국의 지배자이자 강철 드래곤의 대군주였던 트라시우스의 딸. 이 세상이 사신들의 왕국이 되어야 한다고 믿고 일족조차 즐거움을 위해 잔혹하게 해치기를 서슴지 않았다. 그러나 가이우스에게 지배권을 빼앗기고 도망친다. 세상 모두가 오직 자기만을 숭배하기를 원하는 탐욕스러운 신 '크람네신드'를 섬기며 복수를 계획한다.

대군주 트라시우스의 조카이자 세상에서 가장 잔혹한 개자식으로 악명 높은 강철 드래곤. 삼촌의 잔혹하고 사악한 지배 방식에 반기를 들었다가 패해 '반역왕'이라는 호칭을 얻었으나 앤뉠과 이지의 도움으로 퀸틸리안의 지배권을 되찾는다. 바테리아가 살아 있으며 복수를 다짐하고 있다는 사실을 알고 앤뉠과 이지에게 도움을 요청한다.

브란웬 탈윈, 탈란

이지와 수많은 전장과 수많은 술병, 수많은 일족을 함께 겪은 전우이자 에이브히어의 사촌 여동생인 블랙 드래곤. 이지와 함께 데저트랜드로 향하는 여행길에 오른다. 미루나크 못지않은 전투력을 자랑하는 '지독한 자'.

앤뉠과 피어구스의 쌍둥이 아이들. 앤뉠마저 고개를 젓게 만드는 사고뭉치들이며 지옥의 악마도 겁먹게 할 만한 강력한 전사로 성장 중이다. 사촌 동생인 리안웬을 끔찍이 아끼며 그녀를 늘 호위한다.

How to Drive a Dragon Crazy

23

이지가 에이브히어, 쌍둥이 사촌들과 함께 라이를 뒤에 세운 채 대전 문을 들어섰을 때, 다그마는 허벅지를 지분거리는 그웬바엘의 손을 다섯 번째로 쳐 내느라 바쁘던 참이었다.

"아, 잘됐다. 다들 여기 계시네요."

이지가 말했다.

"별일 없지?"

다그마는 물었다.

"별일 있죠. 라이는 자기가 철저한 악의 화신이라고 믿고 있고, 탈원은 자기가 누구의 명령도 따를 필요 없는 존재라고 생각하고 있거든요."

"하! 그러니까 너는 내 군대의 장군 말은 안 들어도 젠장맞을 퀴비치의 명령은 따르겠다는 거구나?"

앤널이 자기 딸을 비롯해 모두에게 들으라는 듯 소리쳤다.

"이지 언니는 사촌이잖아요."

"내 군대의 장군이기도 해!"

"전 공주이기도 해요!"

탈윈이 마주 소리쳤다.

"내가 아니었으면 공주도 아니었어!"

"둘 다, 입 좀 닥쳐!"

탈라이스가 버럭 고함을 내질렀다.

어머니와 딸은 서로를 향해 소리치기를 멈추었지만, 둘 다 가슴 위로 단단히 팔짱을 낀 채 발끝으로 바닥을 탁, 탁, 신경질적으로 차기 시작한 것을 보면 어느 쪽도 성질이 가라앉은 것 같지 않았다.

탈라이스는 몸을 내밀고 작은딸을 탐색하듯 바라보았다.

"너 자신이 악의 화신이라고 생각하니?"

"철저한 악이래요."

이지가 덧붙였고, 라이에게서 독기 어린 시선을 받았다. 다그마로서는 영원히 미소 짓거나 훌쩍이기만 할 것 같은 어린 소녀가 보일 수 있으리라고 생각조차 해 보지 못한 표정이었다.

"어째서 네가 악의 화신이라고 생각하는데?"

"그런 느낌이 들어요."

"아뇨. 누군가 그렇게 말해 준 거예요."

라이가 다시금 제 언니를 노려보았다.

"난 그런 말 한 적 없어."

"말할 필요도 없지, 내가 다 아니까."

이지가 되받아쳤다.

"그래, 누가 그런 소릴 했는데?"

탈라이스가 따져 물었다.

다음 순간, 그들 모두는 하나같이 그웬바엘을 돌아보았다. 그는 눈을 깜빡이다가 똑바로 고쳐 앉으며 말했다.

"내가 내 사랑스럽고 예쁜 조카에게 그런 소리를 했을 리가 없잖아!"

"저한테는 했잖아요."

탈윈이 쏘아붙였다.

"그야 넌 사랑스럽고 예쁜 조카가 아니니까. 넌 내 머리에다 단검을 던진 버릇없는 꼬마 계집애지."

"삼촌을 겨냥한 게 아니었어요. 어머니한테 던진 거죠."

"그 애 말이 맞아. 내가 몸을 숙여 피하는 바람에 당신에게 간 거지."

앤녈이 그렇게 인정하고 어깨를 추썩이며 덧붙였다.

"미안."

"그웬바엘 삼촌이 아니에요."

"그럼 누군데? 당장 대답하는 게 좋을 거야. 안 그랬다가는 내가 널 따라다니면서 대답하지 않고는 못 배기도록 괴롭혀 줄 테니까. 네 언니에게 물어봐라."

탈라이스가 다그쳤다.

"진짜로 그러실 거야."

이지가 한숨을 섞어 말했다.

라이는 잠시 발치를 내려다보다가 마침내 속삭이듯 대답했다.

"증조할머니가요."

"내 어머니가 너한테 그런 말씀을 하셨다고? 아가, 그분은 오래전에 돌아가셨단다."

베르세락이 말했다.

라이는 목을 가다듬듯 머뭇거리다가 말했다.

"아니…… 아디엔나 할머니요."

그 순간 리아논이 벌떡 일어섰고, 그 기세에 의자가 바닥을 미끄러져 벽에 쾅 소리를 내며 부딪쳤다.

"내 어머니와 얘기를 했다고, 네가? 아디엔나 그 여자와?"

그녀는 베르세락을 돌아보았다.

"내가 그 여자를 죽였잖아, 그렇지? 그 여자가 당신에게 날 죽이라고 시킨 건 알아. 하지만 분명히 기억하는데, 내가 내 두 손으로 쇠사슬을 감아 그 여자의 목을 꺾어 버렸지. 그 여자 몸에서 생기가 빠져나가던 감각을 아직도 기억하고 있다고. 그건 꿈이 아니었어. 안 그래?"

다그마는 그웬바엘에게로 몸을 기울이고 속삭였다.

"내가 당신 가족을 얼마나 경애하는지 얘기했던가?"

"당신 가족보다 더?"

"그걸 꼭 물어봐야 알아?"

브리크는 작은딸에게로 걸어가 그녀의 뺨에 손을 올려놓았다.

"네가 우리 선조들을 만나고 있었나 보구나. 저세상에 다녀온 거야."

"왜? 누가 널 부른 거였니?"

탈라이스가 물었다.

"아니요."

라이는 신경질적인 몸짓으로 머리칼을 귀 뒤로 빗어 넘겼다.

"전 그냥 그분들을 만나면 좋겠다고 생각했을 뿐이에요. 다들 가족이니까……."

브리크는 손가락 끝으로 딸아이의 턱을 들고 그녀의 눈을 똑바로 들여다보았다. 자신의 것과 똑같은 눈이었다.

"그래서 죽은 자들의 땅으로 간 거니?"

라이가 고개를 끄덕였다.

"저세상으로 가는 방법은 누구한테 배웠는데?"

라이는 어깨를 으쓱였다.

"그냥 알아요."

딸에게서 그와 같은 대답을 듣게 된 지도 십 년은 지났다. 그것은 질문에 대한 답을 피하려는 것이 아니라 그녀의 능력이 그들 대부분을 훨씬 능가하는 것임을 알려 주는 증거일 뿐이었다.

브리크가 아는 한 자신의 어머니조차 죽은 자들의 땅에는 가 본 적 없었다. 앤빌이 거기 간 적이 있다는 얘기는 들어 봤지만, 당시에 그녀는 죽어 있었으니 말이 되는 소리였다.

리아논이 한 걸음 다가서며 물었다.

"아디엔나가…… 그 여자가 네 증조할아버지 아일레안이랑 증조할머니 샬린과 함께 있었니?"

"아니요, 그분들이랑 함께 계시지 않았어요. 같은 곳에 계시지도 않았죠."

"맙소사, 라이……."

탈라이스가 숨을 몰아쉬며 두 손으로 입을 덮었다.

"지옥에 있었나 보구나. 네가 지옥에 가서 내 할머니를 만났던 거야."

브리크는 짐작했다.

"오래 있지는 않았어요."

"그 여자가 네 힘이 악한 것이라고 말해 줄 만큼은 오래 있었구나."

어느새 부녀 곁으로 다가와 선 리아논이 말했다.

브리크가 여전히 딸아이의 턱을 받치고 있었기 때문에 라이는 눈만 내리깔며 말을 이었다.

"그분은 제가 당신과 똑같다고 하셨어요. 그래서 언젠가는 제가 당신의 자리를 물려받게 될 거라고 하셨죠. 그분에 대해 제가 읽은 모든 이야기를 종합해 보면, 아디엔나 할머니는 위험한 데다 철저하게 사악한 여자라고 했어요. 그러니까 제가 그분과 똑같다면……."

리아논은 브리크를 밀치고 자기 손으로 손녀딸의 턱을 잡아 단단히 쥐었다.

"아가, 네가 그 여자와 같았다면 내 손으로 요람에 있는 널 죽여 버렸을 거다. 그 여자를 죽인 바로 이 손으로 말이야. 내가 단

언하는데, 넌 그 여자와 전혀 다르단다. 완전히 다르지. 그 여자는 다만 오래전에 내게 했던 것과 똑같은 일을 너에게도 했을 뿐이야. 그 여자는…… 그 여자는…… 내 사랑스러운 아가, 이런 식으로 말하는 걸 용서해 다오. 그 염병할 계집년이 널 가지고 논 거란다. 넌 그걸 믿어 버린 거지."

"하지만 좋은 분처럼 보였는데요."

그때까지 아무 말 않고 조용히 있던 에이브히어가 마침내 입을 열었다.

"라이, 그분은 지옥에 있잖아."

"뭔가 착오가 있었던 거라셨어요."

리아논은 두 팔로 손녀딸을 감싸 꼭 끌어안으며 웃음을 터트렸다.

"믿어도 된다, 그 계집년에 관한 한 착오 같은 건 없었어. 그 여자는 딱 자기가 속한 곳에 있는 거야. 그리고 넌 이제 모두를 위한 최선의 길 같은 건 그만 걱정해라. 다들 자기 앞가림은 할 줄 아니까 네가 그럴 필요는 없어."

라이가 살짝 몸을 떼고 할머니의 눈을 들여다보며 물었다.

"그럼 뭐예요? 전 왜 제 힘을 제어할 수가 없는 거죠?"

"내가 보기에 네 힘은 자연의 힘과 같단다. 가장 아름다운 동시에 가장 파괴적이지. 너는 폭풍이고 태풍이란다, 라이. 네 힘은 모든 것을 파괴할 수 있지만 동시에 새로운 무언가를 창조해 낼 수도 있어."

"그러니까 전 영영 제 힘을 통제할 수 없고, 제가 사랑하는 모든 이를 끊임없이 위험에 빠트리겠네요."

"그 점에 대해서라면 어머니께 기발한 생각이 있으시단다."

이지의 말이 풍기는 조소의 기색에 놀라 브리크는 자기 짝을 돌아보았다.

탈라이스 역시 놀란 눈으로 큰딸을 바라보고 있었다.

"이지!"

"그냥 말씀하세요. 당장요. 다 말해 버리세요. 어머니 생각이니까 어머니가 말씀하셔야죠."

"무슨 생각인데?"

브리크가 끼어들었다.

"모두에게 말해 주세요, 어머니."

탈라이스는 긴 숨을 내쉬고 두 눈을 감았다.

"라이를 놀웬 마녀들에게 보내 수련받게 하면 어떨까 싶어요. ……내 어머니에게."

브리크가 그녀를 마주하고서 한참을 바라보다가 마침내 내뱉었다.

"내 생각도 그래."

"아빠!"

아버지가 손을 들어 이지의 말을 막았다.

"성질부터 내기 전에……."

"늦었어요! 아빠가 어떻게 라이를 그 빌어먹을 계집에게 보낼 생각을 하실 수가 있죠?"

"우리로서는 더 이상 할 수 있는 일이 없으니까."

이지는 고개를 저었다.

"그 계집은 어머니를 쓰레기처럼 길거리에 내던졌어요. 의지할 데도 없고 겨우 열여섯인 데다 아이까지 가진 어머니를요."

라이가 할머니에게서 떨어져 이지를 향해 걸어왔다. 그리고 부드럽게 말했다.

"하지만 그분이 그러지 않으셨다면…… 난 존재하지도 않았을 거야."

이지는 눈을 굴리며 소리쳤다.

"아이고, 됐거든."

"체! 참으로 감사한 말씀이네요, 언니님!"

"그따위 지랄 맞은 헛소리가 내게 잘도 먹히겠다."

탈라이스가 자매 사이로 끼어들었다.

"둘 다 그만해. 이건 너희가 결정할 일이 아니야. 네 아버지와 내가 결정한다."

"하지만……."

"그러니까 괴로워도 참아!"

어머니가 이지에게 버럭 소리쳤다.

이지는 울화를 참지 못해 그르렁거리며 문가로 걸어가 가슴 위로 팔짱을 낀 채 안뜰을 내려다보았다.

대전이 침묵에 휩싸였다.

하지만 잠시 후 계단참에서 목을 가다듬는 듯한 소리가 들려와 모두를 돌아보게 했다. 브람이 거기 서 있었다.

"방해해서 죄송합니다만……."

"그래, 강철 드래곤이 바라는 바가 뭐라던가요, 중재자?"

베르세락이 누이의 짝에게 물었다.

"복수요."

앤널이 두 손을 떨구며 말했다.

"이번엔 내가 또 뭔 짓을 저질렀는데요?"

'반역왕'과 그의 누이가 복수하려는 상대는 그녀가 아니라 바테리아라는 것을 브람 할아버지가 앤널 숙모에게 마침내 확신시켜 주기까지는 몇 분이나 걸렸다.

그러는 동안 라이는 사촌들과 함께 의자 세 개를 벽에 바짝 붙여 놓고 각자 하나씩 차지하고 앉았고, 그녀는 어머니와 언니를 지켜보았다. 하지만 두 여자는 아무 말도 하지 않았다. 어머니는 아버지 곁에 앉아 속을 끓이고 있었고, 언니는 대전 문간에 서서 안뜰을 내려다보며…… 역시 속을 끓이고 있었다.

근래 들어 드문 일이긴 했지만, 어머니와 언니가 무언가를 두고 의견의 일치를 보지 못하는 건 결코 바람직한 일이 아니었다. 게다가 이 경우엔 라이 자신에 관한 문제였기에 더 나빴다.

그녀라고 가족을 떠나고 싶어 안달이 나거나 한 건 아니었다. 하지만 솔직히 말해서, 어차피 잘못된 주문 같은 걸로 주변의 모든 이를 해치게 될 바에는 자신의 가족보다는 어머니를 내다 버린 마녀와 함께 있는 편이 나을 것 같았다.

그러나 어머니와 언니가 지금처럼 둘 다 화나 있을 때 어느 쪽에게든 무언가를 설명하려 해 봐야 시간 낭비일 뿐이라는 것을 라이는 잘 알았다. 그래서 그녀는 그냥 조용히 앉아 수준 높은 정치 얘기가 오가는 것이나 듣고 있기로 했다.

탈란 오빠는 의자에 앉은 채로 잠들어 있었고 탈원 언니는 자기 검을 벼리느라 바빴지만, 라이는 어른들의 이야기가 너무나 재미있었다!

"그 여자가 얼마나 위험한데요?"

할머니가 브람 할아버지에게 물었다.

"사실대로 말해 보세요."

"내 생각에는…… 아주 위험하지요."

"맞아요."

앤널 숙모가 동의했다.

"저야 그 여자를 격투장에서 한 번 봤을 뿐이지만 진짜로 죽이고 싶었던 게 기억나요. 아주 많이."

할머니가 브람 할아버지의 맞은편 옆자리에 앉으며 다시금 물었다.

"그럼 '반역왕'이 나한테 원하는 건 뭔데요?"

"음, 나더러 자기나 자기네 대리인에게 데저트랜드로 들어가도록 허가를 얻어 줄 수 있는지 묻더군요."

할머니가 웃음을 터트렸다.

"헤루 왕이 통치하고 있는 지금은 불가능하죠!"

"나도 그렇게 말했소이다. 길고 고된 절차가 필요한 일이라고, 절차가 다 끝난 후에는 바테리아도 더 이상 거기 있지 않을 테고 말이오."

"그럼 차선책을 뭘까요?"

"우리가 바테리아를 찾아내는 거지요."

"우리가 왜 그런 일을 해요?"

"이유야 많습니다."

"정말로 내가 신경 쓸 만한 걸로 하나만 얘기해 보세요. 이 시점에서 그 문제는 정치적인 사안이라기보다 그저 집안일처럼 보이니까요. 나로서는 남의 집안일에 개입하고 싶지 않고요."

"그 점은 나도 이해하지요, 여왕님. 평시 같았으면 나도 여왕님 말씀에 동의했을 거요. 하지만 지금 바테리아가 죽은 제 아버지의 왕좌를 되찾으려고 자기네 일족을 도와줄 동맹을 확보하기 위해 움직이고 있답니다. 최근에 들어온 소식에 따르면 데저트랜드에 소요가 잦다는데, 그 여자가 약속한 바를 믿고 그런 소란을 일으키는 자들이 많은 것 같소이다."

"알겠군요. 바테리아라면 자기 군대를 갖기 위해 모래 드래곤 전사들을 일일이 찾아다니며 서슴없이 가랑이를 벌릴 계집이죠. 하지만 그 계집이 실제로 제 목적을 위해 군대를 움직일 때까지는, 나도 그 계집을 잡을 생각이 없어요. 그것도 단지 그 계집이 제 사촌을 부당하게 대했다는 이유만으로는요."

할머니가 말을 맺은 후로 한동안 침묵이 이어졌다. 대전 여기저기에서 모두들 당신을 쳐다보고 있다는 것을 뒤늦게 알아챈 할머니가 물었다.

"뭐? 왜 다들 날 쳐다보고 있는 거야?"

"방금 말씀은 정말이지……."

모르퓌드 고모가 어깨를 추썩이더니 말을 맺었다.

"이성적이시네요."

"그러게."

피어구스 삼촌이 탁자 위에 두 팔을 올리며 할머니를 탐색하듯 바라보았다.

"적어도 그 여자를 독살하라고 케이타를 보내는 정도는 하실 줄 알았죠."

"나도 같은 생각을 했는데!"

모르퓌드 고모가 활짝 웃으며 말했다.

"난 괴물이 아니야!"

할머니가 아연실색한 얼굴로 쏘아붙였다.

"헤!"

모두가 일세히 탁자 끝을 돌아보았다. 앤뉠 숙모가 입을 가리며 물었다.

"아, 들렸어?"

당신의 자식들이 소리 죽여 웃는 걸 보고 할머니의 눈이 가늘어졌다.

"바테리아가 골칫거리가 아니라는 얘기는 아니다. 그저 그 애가 제 사촌을 고문했다는 것보다는 좀 더 구체적인 사실이 필요하다는 거지."

라이로서는 그것만으로 충분하고도 넘칠 것 같았다.

"데저트랜드로 누군가를 보내는 건 어때요?"

그웬바엘 삼촌이 제안했다.

"보내서 정보를 모으게 하는 거죠. 바테리아가 진짜 위협거리인지, 아니면 그저 모래 드래곤들이랑 놀아나고 있는 것뿐인지 알아보라고요."

할머니가 머리를 끄덕였다.

"맘에 드는 생각이다. 그럼 누굴 보내지?"

가슴 위로 단단히 팔짱을 낀 채 서서 여전히 안뜰을 내려다보고 있던 이지 언니가 어깨 너머로 할머니를 돌아보았다.

"제가 가죠."

모두가 놀라서 굳어진 순간, 어머니가 뛸 듯이 자리에서 일어났다.

"말 되는 소릴 해!"

"제가 가요, 어머니."

"넌 바테리아와 상관없이 가려는 거야, 이지. 다 내 어머니 때문에 가겠다고 하는 거라고."

언니가 어깨를 추썩였다.

"돌 하나로 사악한 계집 둘을 잡죠, 뭐."

"내가 널 가게 둘 것 같아."

"전 어머니 부하가 아니에요."

그 소리에 라이는 눈살을 찌푸리고 말았다.

"그리고 제 여왕님이 어머니 편에 서서 나서시기 전에 말씀드리는데……."

"난 한마디도 안 했어!"

앤널 숙모가 항의하듯 소리쳤다.

"······다른 누구도 거기서는 자연스럽게 섞여 들 수 없다는 걸 생각하세요. 하지만 전 그럴 수 있죠."

"네 망할 여왕님이 무슨 헛소리를 하건 상관없어! 넌 못 가!"

어머니가 으르렁거리자 아버지가 허리를 잡아당겨 어머니를 무릎에 앉히며 말했다.

"잠깐만. 다들 잠깐 기다려 봐."

그리고 이지 언니를 잠시 건너다보았다.

"직설적으로 묻겠다, 탈라이스와 브리크의 딸 이사벨. 네 할머니를 죽일 작정인 거냐?"

그 즉시 언니가 서슴없이 대답했다.

"그러고야 싶죠. 하지만 아니에요. 전 그 여자를 제 눈으로 보고 싶을 뿐이에요. 믿고 라이를 맡겨도 될지 직접 확인하고 싶은 거죠."

"그래서 믿고 맡겨도 된다면?"

이지 언니는 손등으로 코를 문지르다가 뺨을 긁다가, 마침내 내뱉었다.

"그럼 여기로 데려올게요, 여기서 라이를 만나도록."

언니가 자기를 돌아보는 순간, 라이는 가슴속에서 심장이 멎은 것만 같았다.

"그때 가서 라이 네가 결정해, 앞으로 어떻게 할지."

자리에서 벌떡 일어난 라이는 방을 가로질러 달려가 언니의 팔 안으로 몸을 날렸다.

"고마워, 언니! 진짜 고마워!"

언니가 그녀를 꽉 끌어안으며 말했다.

"고마울 거 없어."

그리고 꼭 그래야겠다는 듯 말을 더했다.

"하지만 그 사악한 계집이 하는 짓이 맘에 들지 않으면……"

"알아, 알아. 그래도! 날 위해 해 주는 거잖아!"

라이는 언니를 끌어안은 채 통통 튀며 말했다.

"너 혼자 갈 수는 없다, 이사벨. 소속을 드러낼 만한 장식을 모두 떼고 가는 한 네가 지니고 다니는 무기들이며 전사의 복식이 도움이 되겠지만, 데저트랜드에서는 여자 혼자 여행하는 경우가 없으니까 말이다. 일족들이나 다른 여자들과 함께 다니지."

브람 할아버지가 경고하듯 말했다.

"브란웰에게 부탁할게요."

"안됐지만 그 애는 사막 날씨를 싫어한단다."

"일단 술을 잔뜩 먹이죠, 뭐. 정신이 들었을 때는 너무 멀리까지 가 버려서 돌아올 엄두가 나지 않도록요."

브람 할아버지가 한숨을 내쉬었다.

"아, 그래. 아버지라면 자기 딸에 대해 몹시도 듣고 싶어 할 만한 얘기로구나."

일단 이지가 가기로 결정—물론 가엾은 브란웰도 꼬임에 빠져 함께 가게 되겠지만—이 나자 그녀는 브람과 함께 사라져 버렸다. 간단하게나마 데저트랜드의 풍습에 대해 배울 필요가 있었기 때문이다.

탈라이스는 ─십중팔구 큰딸에 대해 불평하러 가는 것일 테지만─ 쿵쾅거리며 대전을 나갔고, 브리크는 한차례 눈알을 굴리며 한숨을 내쉬고 그녀를 따라갔고, 나머지 모두는 저녁 식사 때까지 각자 할 일을 하러 갔다. 여전히 의자에 앉은 채 코를 골며 자고 있는 탈란만 남겨 둔 채로.

에이브히어도 조카를 그대로 내버려 두기로 결정하고 밖으로 나왔다. 계단 중간쯤에 프레더릭이 꽤나 지루해 보이는 모습으로 앉아 있었다. 그는 소년에게 일거리를 주기로 했다.

"내 친구들을 다시 한 번 찾아 줄 수 있니?"

소년이 재빨리 일어섰지만 그러느라 거의 넘어질 뻔했다.

"예, 왕자님. 아침에 그분들이 마을로 내려가시는 걸 봤어요."

"좋아. 가서 녀석들을 여기로 데려와 주면 좋겠다. 내가 찾는다고 전해 줘. 즉시 오라 그랬다고, 그러니까 술잔을 쥐고 있든 여자를 안고 있든 당장 내려놓고 가야 한다고 해라."

소년이 에이브히어로서는 처음 보는 환한 미소를 지으며 고개를 끄덕였다.

"알겠습니다, 왕자님."

그리고 계단을 달려 내려갔다. 가다가 길 한복판에 영문 모르고 서 있는 말 한 마리와 거의 충돌할 뻔했지만…… 어쨌거나 열심히 달려갔다.

"너 오늘 유달리 조용하더구나."

에이브히어는 시선을 내려 어머니를 바라보았다.

"그랬죠. 죄송해요. 너무 많은 일들이 일어나는 바람에 그랬나 보네요."

"난 만사가 너무 조용하면 오히려 걱정되더라. 그러니까 조금 시끌시끌한 것도 괜찮아."

어머니가 그의 팔을 끼었고, 모자는 함께 계단을 내려갔다.

"그래…… 넌 이지와 함께 갈 생각이겠지?"

"물어보실 필요가 있어요?"

어머니는 머리를 젖히며 웃음을 터트렸다.

"없지, 없는 거였다."

그녀가 자유로운 다른 손으로 그의 팔을 도닥였다.

"하지만 난 네가 스스로 무슨 일을 하려는 건지 똑똑히 알았으면 좋겠다. 이지는 진정한 전사야. 전사의 혼을 가졌지. 그러니까 네가 그 애를 보호하려 든다는 생각이 이지의 머릿속을 파고드는 순간……."

"걱정 마세요. 이지도 동의할 수밖에 없는 온갖 구실이 저에게 있으니까요. 모두 다 논리적인 데다 정상적인 것들이죠. ……이지와는 다르게요."

모자는 안뜰 한가운데서 걸음을 멈췄다. 어머니가 그를 마주하고 서며 말했다.

"아들아, 데저트랜드에서는 조심해야 한다. 그곳은 여기와 아주 달라."

"아이스랜드에서도 살아남은 저예요, 어머니. 못 할 일이 없다고요."

"맞는 말이다. 하지만 아이스랜드에 있는 동안에는 '위험한 자' 이지의 사랑스러운 엉덩이가 눈앞에서 아른거리지도 않았지."

"어머니."

"뭐? 나도 눈이 멀진 않았다. 그냥 기억해 둬. 그 애가 혈족은 아니라 해도 네 형은 그 앨 친딸로 여기잖니. 그러니까 너희 형제들이 알을 깨고 나온 순간부터 죽 그랬듯이, 이지를 실컷 즐기다가 던져 버릴 상대로 여겨서는 안 돼. 그 앤 돈 내고 품는 계집이 아니다. 가족이야!"

"어머니!"

"왜, 뭐?"

24

이지는 두 개의 태양이 뜨기 전에 일어나 옷을 차려입었다. 지난밤 그녀는 성에 있는 예전의 방에서 바로 곁에 몸을 말고 누운 라이와 함께 잠들었었다.

문으로 향하려는 그녀를 라이가 멈춰 세우고 꼭 끌어안았다.

"제발 조심해 줘."

"그럴게. 약속해."

그녀는 동생의 양 뺨에 키스하고 한차례 더 안아 주었다.

"오래 걸리진 않을 거야. 아빠하고 싸우지 마."

"알았어."

이지가 침실 문을 여는 순간, 라이가 말을 더했다.

"선물 사다 줘."

"선물? 어떤 걸로?"

"뭔가 예쁜 거. 거기서만 나는 거여야 해. 커다란 리본은 안 되고 작은 건 괜찮아. 색깔을 말하자면 은색이랑 핑크색이 좋아. 아니면 아주 어두운 빨강이나. 밝은 빨강은 안 돼. 어머니가 검정은 아직 못 입게 하시는데, 파랑은 괜찮아. 그리고…… 어, 가면 어떡해? 아, 나 초록색도 좋아해! 진초록이야! 잘 다녀와, 언니! 사랑해!"

이지는 이미 계단참에 이르러 있었고, 거기서 기다리고 있는 아버지를 보았다.

아버지가 미소 지으며 말했다.

"그래도 은색이랑 핑크색이 쟤가 가장 좋아하는 색이란다."

"결심했어요. 쟤가 케이타랑 둘이서만 시간을 보내는 건 더 이상 못 하게 할 거예요. 핑크색이라니!"

그녀는 코웃음을 쳤다.

"장난도 아니고."

브리크는 킬킬 웃다가 몸을 숙여 딸아이의 뺨에 키스했다.

"부탁한다. 내 정신 건강을 위해서라도 부디 몸조심해 다오. 네가 어떤 식으로든 해를 입는다면 네 어머니는 도저히 참아 줄 수 없는 존재가 돼 버릴 테니까. 확실히 나 역시, 성질 돋우는 일이 거의 없는 누군가를 그리워하게 될 테고."

이지는 아버지를 끌어안았다.

"아버지가 그 누구한테도 싫은 소리 들으시지 않도록 안전하게 다녀올게요."

"그래야 내 딸이지."

아버지에게서 물러난 이지는 여행 가방을 어깨에 둘러멨다.

"사랑해요, 아빠."

"나도 사랑한다."

이지는 미소를 지으며 대전 문으로 향했다.

"그리고 이지……."

다시 들려온 아버지의 목소리에 그녀는 걸음을 멈추고 돌아보았다.

"네 할머니를 만나거든 라이를 생각해라. 네 어머니도 아니고, 너 자신도 아니야. 이건 네 동생에 관한 문제라는 걸 잊으면 안 된다."

"잊지 않을게요. 그 늙은 여자를 죽이지 않겠다고 약속드려요. ……꼭 그래야만 하는 게 아니라면."

브리크가 재빨리 시선을 돌리고 목 가다듬는 소리를 냈다. 이지는 아버지가 웃음이 터지려는 것을 참으려 애쓰고 있다는 것을 알아챘다. 아무래도 자신은 도움이 못 되는 모양이었고.

"흐음, 그렇게 말해 줘서 고맙구나."

다시 걸음을 뗀 이지는 문을 당겨 열었다.

"어머니한테 돌아와서 말씀드리겠다고 전해 주세요."

그녀는 아버지의 대답을 기다리지 않고 문을 나섰다. 그리고 계단을 내려간 다음, 마구간을 향해 안뜰을 가로질렀다.

"좋은 아침입니다, 장군님."

마구간지기 하나가 걸어 나오며 인사하더니 그녀가 안으로 들어가도록 문을 잡아 주었다.

"좋은 아침이야, 리처드."

이지는 마구간으로 들어섰지만 금세 걸음을 멈추고 말았다. 다이의 칸 옆에 서 있는 어머니를 보았기 때문이다. 다이는 칸막이 너머로 머리를 내밀고 있었고 탈라이스가 녀석의 콧날부터 주둥이까지를 쓸어 주었다.

"버릇 나빠져요."

이지는 말의 반대쪽으로 다가서며 말했다.

"어쩔 수가 없구나. 이 녀석이 아름답잖아."

"충성스럽기도 하죠."

탈라이스가 피식 웃었다.

"그래, 그놈의 충성심."

"걱정 마세요, 어머니. 전 그 늙은 계집년을 죽일 의도를 전혀 품고 있지 않으니까요. 이 계획이 정신 나간 짓이란 생각은 변함없지만, 그 여자가 도움이 될 가능성이 조금이라도 있다면……."

"내가 널 걱정하는 게 그것 때문이라고 생각하니? 아니야. 내 어머니는 분명 라이를 돕는 걸 환영할 거다. 하지만 그 여자에게 넌 아무런 쓸모가 없어, 이지. 그리고 그 여자가 자기에게 쓸모없는 상대를 어떻게 처리하……."

이지는 어머니의 손을 잡아 가슴께로 당겼다.

"그 여자는 제게 맡겨 두세요. 조심하겠다고 약속할게요. 아주 조심할게요."

"데저트랜드를 여행하는 건 또 어떻고? 그곳은 아주 거대한 영토야, 이지."

"지도를 가져가잖아요. 그리고……."

"걱정 마세요."

다른 칸에서 불쑥 들려온 목소리에 이지는 어머니의 손을 놓고 휙 몸을 돌렸다. 에이브히어가 며칠 전 가반아일로 오는 동안 타고 다녔던 말 곁에 서 있었다.

"아, 놀라게 해서 미안해. 이 녀석 발굽에 오물이 끼어 있어서 청소해 주는 중이었거든."

그는 말의 엉덩이를 두들기며 말했다.

"그렇지, 녀석아."

그러고는 고삐를 쥐고 말을 칸막이 밖으로 끌어냈다.

"하던 얘길 계속하자면, 에이단이 자기 삼촌이랑 데저트랜드에서 몇 년이나 살았거든요. 그러니까 사우스랜드 국경을 넘은 후에는 그 친구가 우리 안내해 줄 거예요."

"아."

탈라이스가 이지와 에이브히어를 번갈아 쳐다보다가 물었다.

"이번 여행에 당신도 이지와 함께 가는 줄은 몰랐는데요?"

"바테리아가 정말 문젯거리로 판명 난다면 그 여자를 처리하도록 어머니가 우릴 보내기로 하셨죠. 미루나크가 이런 종류의 임무를 띠고 여행하는 건 처음도 아니니까요. 그보다, 자신이 어디서부터 났는지 아는 건 좋은 일이잖아요, 탈라이스."

"맞는 얘기예요."

탈라이스는 눈매를 아주 살짝 좁혔지만 더 이상 그를 추궁하지 않았다. 자기 짝에 대한 브리크의 가장 큰 불평거리 중 하나가 지랄 맞게 질문이 많다는 점이라는 걸 감안하면 그건 좀 이상한 일이었다.

"뭐, 그럼…….."

탈라이스가 그렇게 입을 떼고 까치발을 하자 에이브히어는 가볍게 몸을 숙여 주었고 그녀는 그의 뺨에 입을 맞추었다.

"둘 다 몸조심해요. 가능하다면 가을 축제에 늦지 않게 돌아왔으면 좋겠네요."

그녀는 이지의 뺨에도 키스했다.

"딸아, 행운을 빈다."

"고마워요, 어머니."

탈라이스가 한 걸음 물러나 다시금 둘을 바라보더니 말했다.

"그래, 뭐…… 이걸로 된 것 같네."

그러고는 에이브히어와 그의 말을 돌아 문으로 향했다.

이미니가 나+산을 나간 후에야 이지는 에이브히어를 마주하고서 그를 제대로 노려보았다.

그가 미소를 지었다.

"그럼 출발해 볼까?"

에이단은 하품을 하고 자기가 속한 곳, 즉 침대로 돌아갔으면 좋겠다고 다시금 생각했다. 솔직히 말해서, 이따금 친구들을 위해 어쩔 수 없이 해야만 하는 일들이란……. 그에게 친구가 많지 않은 것은 아마도 그런 이유이리라.

그는 우서에게 흘끗 시선을 던졌다가, 인간의 모습을 한 그 드래곤이 말의 목덜미에 코를 처박고 있는 것을 보았다.

"그거 먹는 거 아냐, 우서."

"나도 알아."

"그럼 냄새 좀 그만 맡아."

"이 녀석한테 맛있는 냄새가 나는 건 내 잘못이 아니라고."

"일단 출발하고 나면 먹을 걸 찾아보자."

"우리가 왜 이 짓을 또 하고 있는 거냐?"

캐스윈이 물었다. 말을 쿵쿵거리는 대신에 그는 깍지 낀 두 팔로 뒤통수를 받친 자세로 말 위에 누워 있었다. 좀 전까지만 해도 에이단은 그가 코 고는 소리를 분명히 들었다. 하지만 또, 생각해 보면 그가 아는 한 캐스윈은 서서도 잘 수 있는 몇 안 되는 드래곤 중 하나였다. ……게다가 눈을 뜬 채로. 그렇다, 영 정이 안 가는 점이었다.

"왜냐하면 에이브히어가 가망 없는 멍청이니까."

에이단은 동료의 질문에 답해 주었다.

"그런 것 같더라니."

그때, 황홀하게 아름다운 레이디 탈라이스가 마구간을 나왔다. 맙소사, 그녀는 정말이지 우아했다.

그녀의 짝이 분명한 정서 불안 왕족만 아니었다면, 그 형제들은 그보다 더한 자들이라는 사실만 아니었다면, 에이단은 적어도 활짝 펼친 자기 날개를 그녀에게 보여 주기라도 했으리라. 그는 이른 아침 태양들 아래에서 날개를 활짝 펼친 골드 드래곤에게는 그 어떤 여자든 유혹할 수 있는 뭔가가 있다고 항상 생각했다.

그러나 에이브히어와 자신의 일족—당시만 해도 억지로나마 그들과 소통하고 있었다—으로부터 팔크마이 바브 과이어와 카드왈라드르 혈통의 광기에 대해 귀가 아프게 들은 바에 따르면, 그들 중에는 그것을 감수하면서까지 탐내서는 안 되는 몇몇 여자들이 있었다.

……그래도 위험을 감수해 볼 만한 여자가 하나 있긴 하지.

그들 곁을 지나가는 탈라이스를 바라보던 에이단은 그녀의 아름다운 얼굴에 서린 어머니다운 근심을 읽어 냈고, 그녀를 안심시켜 줄 필요가 있다는 걸 느끼며 입을 열었다.

"저희가 따님을 아주 잘 보살필 겁니다, 레이디 탈라이스."

그녀가 걸음을 멈추더니 미루나크 하나하나를 확인하듯 보고는 피식 웃으며 그에게 말했다.

"내 딸이 장군의 직분을 수행하고 있을 때는 자기가 거느린 군대의 안녕이 그녀의 가장 중요한 관심거리죠. 하지만 군대 없이 혼자서만 뭔가를 할 때, 그녀는 고도로 위험하다고 간주될 만한 일들에 서슴없이 뛰어들어요. '위험한 자'이지란 칭호는 그래서 붙은 거고, 그녀는 나를 만나기도 훨씬 전에 그 이름을 얻었답니다. 그러니까 내가 하려는 말은, 내가 내 딸을 걱정하는 것과 마찬가지로 당신들을 걱정하는 누군가의 심정으로 하는 거예요. 무슨 일을 하게 되든, 그녀로 인해 죽임을 당하는 일은 없도록 해요. 내가 경험한 바에 따르면…… 그녀는 틀림없이 그런 지경으로 당신들을 몰아넣을 테니까. 그것도 아주 열심히요."

그들은 왕족 여자가 걸어가 버리는 것을 멍하니 바라보았다.

"저게 대체 뭔 소릴까?"

에이단은 동료들에게 물었다. ……멍청한 동료들에게.

우서가 한숨을 내쉬고는 말했다.

"모르지. 하지만 저 여자 다리에 매고 있는 단검은 정말 맘에 든다."

"그러게."

캐스윈도 동의했다.

"아주 섹시해. 근데 다리가 아니라 허벅지였던 것 같은데."

"세상에……."

에이단은 중얼거리지 않을 수 없었다.

"너희 두 녀석보다 멍청한 놈들이 또 있을까?"

"흥분하기 전에……."

에이브히어는 그렇게 말을 꺼냈지만 이지가 가벼운 손짓으로 그의 말을 잘랐다.

"아니, 아니에요. 나 흥분하지 않았어요."

그는 두 손으로 머리를 감싸고 싶은 걸 참느라 애써야 했다. 다음 순간 이지가 자기 머리를 향해 뭔가를 던지리라는 게 너무나 빤했던 것이다.

"아니라고?"

"그래요. 에이단이 정말로 데저트랜드에 대해 잘 알고 있다면 우리와 함께 가는 건 좋은 일이죠."

"에이단은 정말로 데저트랜드를 잘 알아. 심지어 놀웬 마녀들을 만나려면 어디로 가야 하는지까지도 알고 있지."

"게다가 미루나크를 호위로 데리고 간다? 장군으로서 그보다 더한 걸 바랄 수 있을까요?"

"없겠지."

"그럼 잘된 일이잖아요. 이제 출발하죠."

이지가 몸을 돌리는 순간 에이브히어는 저도 모르게 한 발짝 물러났다. 하지만 그녀는 자기 말과 그의 말의 고삐를 잡고서 그대로 마구간을 나가 버렸다.

알 수 없는 공포감 같은 것을 느끼며 에이브히어는 자기 머리를 향해 화살이 날아오지나 않는지, 아니면 어디 한구석에 독을 바른 단검을 쥔 암살자가 숨어 있는 것은 아닌지 사방을 두리번거렸다. 하지만 아무 일도 일어나지 않았다.

그는 머리를 내젓고 바보 같은 짓을 자신에 대해 웅얼거리며 이지를 따라갔다. 그러나 그가 막 마구간 밖으로 한 걸음 내디딘 순간, 고약한 냄새를 풍기는 데다 더러운 오물로 뒤덮인 털에 침을 뚝뚝 흘리는 덩치 큰 무언가가 으르렁거리며 그의 머리를 정통으로 들이받았다. 에이브히어는 그대로 뻗어 버리고 말았다.

이지는 아무런 지시를 내리지 않았음에도 막센이 지금 자신의 기분을 딱 그대로 표현해 주는 모습을 지켜보았다. 아무 말도 할 필요 없었다. 다그마가 완벽하게 사육한 개들조차 명령을 내려 줄 필요가 있건만 막센에게는 그럴 필요가 없었다.

에이브히어가 두 손을 다 써서 막센의 목을 붙잡고 단단하게 조이고 있었지만, 개는 그의 얼굴을 물어뜯을 듯이 계속해서 이빨을 딱딱거렸다.

"이 자식 불러들여!"

에이브히어가 고함쳤다.

"안 그러면 이 개자식을 통구이로 만들어 버릴 거야!"

이지가 짧게 휘파람을 불자 막센이 공격을 멈추었다. 에이브히어도 개를 놔주었다. 그의 가슴에서 뛰어내린 막센은 주변을 어슬렁거리다가 한 번 더 그의 머리를 노리듯 딱딱거리고 나서야 이지 곁으로 돌아와 그녀의 발치에 앉았다.

이지는 개를 가리켜 보이며 말했다.

"봤죠? 이게 바로 충성심이라는 거예요. 막센은 충성스럽고 오직 내 말만을 듣죠. 가치를 헤아릴 수 없는 덕목 아니겠어요?"

에이브히어가 몸을 일으키더니 바지와 털 망토에 묻은 흙먼지를 털어 냈다.

"그 녀석은 개야, 이지."

"그래요, 그저 개일 뿐이죠. 그럼에도 불구하고 여전히 당신보다 훨씬 낫네요."

이지는 다이에 올라 편하게 자리 잡은 다음, 녀석의 목덜미를 다독였다.

"난 당신이 함께 가는 걸 막을 생각 없어요, 에이브히어. 하지만 당신이 내 앞길을 막았다가는 당신과 당신의 저 미루나크 떨거지들을 한꺼번에 뭉개 버릴 거예요. 알아들었어요?"

그녀는 그의 대답을 기다리는 대신 그저 말을 돌려세웠다. 그리고 막센에게 다이 곁을 따르게 한 채, 지난밤 켈륀과 브란웰이 늦은 밤술을 마시러 간 술집을 향해 출발했다.

에이브히어는 동료들을 돌아보지 않기 위해 비상한 노력을 기울이며 먼저 가 버린 이지에게만 주의를 모으고 있었다. 무엇보다, 이 순간 그들이 무슨 생각을 하고 있을지 정확이 알았기 때문에 망할 드래곤 낯짝들을 볼 필요도 없었다.

"너 이지랑 잤지, 안 그래?"

에이단이 캐물었다.

에이브히어는 어깨를 추썩였을 뿐, 여전히 그들을 돌아보지 않았다.

"아마도."

"내가 어떻게 알아챘을까? 그녀가 널 싫어하기 때문이야."

"싫어하는 게 아냐. 혼란스러운 거라고. 내가 압도적으로 밀어붙였거든, 내……."

"멍청함으로? 네 형들이 이걸 알아채기라도 하면……."

에이단이 머리를 흔들었다.

"악몽 같은 상상은 차근차근 하지."

에이브히어는 쏘아붙였다.

"우리 진짜 이 짓을 하는 거야?"

에이단이 물었다.

"내가 보기엔 이지가 널 싫어하는 게 분명해서 하는 말이야. 게다가 그녀의 어머니는 우리에게 엄중한 경고를 던졌지. 무엇보다 지금 네 얼굴에 떠 있는, 한심하다고밖에 표현할 수 없는 표정이 문제야. 그녀가 너만이 아니라 우리 모두를 위협하고 있는데도 지워질 줄 모르는, 사랑에 홀딱 빠진 얼굴 말이지."

우서가 혐오감으로 윗입술을 당겼다.

"지금 내가 보고 있는 게 그거였어? 거참, 정신 사납다."

넌덜머리도 나고 더 이상 그들과 말을 섞기 싫어진 에이브히어는 자기 말을 향해 성큼성큼 걸어갔다.

"미루나크, 승마! 출발한다!"

25

브란웬은 눈을 떴다. 다음 순간, 자기가 언제 말에 올랐는지 궁금해졌다. 그리고 왜 말에 올랐는지도. 그리고 말을 타고 대체 어니로 가고 있는지도.

그녀는 시야를 맑게 하려고 애쓰며 눈을 깜빡여 보았다. 너무나 피곤하고 속까지 조금 메슥거렸기 때문에, 그러는 데 말의 움직임은 도움이 되지 않았다.

어쨌든 시야가 조금 더 분명해지자 브란웬은 주변을 둘러보았다. 바로 앞에 말을 탄 이지가 있었고 뒤에는 역시 말을 탄 에이브히어가 보였다. 둘 다 삐쳐서 볼이 부은 모습이었다.

브란웬을 둘러싸듯이 다른 미루나크들도 말을 몰고 있었다.

"어디로 가는 거야?"

그녀가 물었다.

"데저트랜드로."

에이단이 대답했다. 이렇게 이른 아침에 듣기에는 짜증스러울 만큼 쾌활한 어조였다.

게다가 시끄럽기도 하지. 대체 왜 고함을 지르고 난리야?

"우리가 왜 데저트랜드에 가는데?"

"마녀들을 만나러. 가능하다면 그 요사스러운 강철 드래곤 계집도 죽이고. 물론 이게 정교하게 준비된 함정이라서 그러기 전에 우리 모두 그자들에게 죽임을 당하지 않는다면 말이지."

브란웬은 긴 한숨을 내쉬었다.

"어쩐지 지난밤에 오빠들이랑 술을 마시면 후회하게 될 것 같더라니……. 하지만 이 정도로 후회하게 될 줄은 몰랐지."

아침 식사는 대체로 조용한 분위기에서 진행되었다. 모두들 각자의 근심거리가 있었기 때문이다. 아니, 사실을 말하면 모두가 모든 일을 걱정하고 있었다.

사소한 일에는 신경 쓰지 않으려 애쓰는 —탈라이스와 모르퓌드가 그런 부분에는 탁월했기 때문에— 다그마조차도 걱정을 하고 있었다. 앤널이 모두를 퀴비치와의 전쟁에 몰아넣을지도 모른다는 걱정이었다. 하지만 또 생각해 보면, 그것은 전혀 사소한 일이 아니었다. 그렇지 않은가?

라이가 예쁜 드레스를 입고 어깨에 털 망토를 걸친 차림으로 계단을 달려 내려왔다. 물론 그림 도구를 넣은 가방도 어깨에 메고 있었다.

"다들 안녕히 주무셨어요!"

그녀는 어머니 곁에 놓인 빵 덩어리를 집어 들었다. 그리고 한 조각 떼어 입에 쑤셔 넣으며 명랑하게 말했다.

"저 그림 그리러 가요!"

"성 근처에 있어야 한다. 퀴비치 가까이는 가지 말고."

브리크가 명령했다.

"그럴게요, 아빠."

라이는 아버지의 이마에 입을 맞추고 밖으로 나갔다.

몇 초쯤 기다린 다음, 다그마가 여자 호위에게 고갯짓을 하자 그녀가 라이를 따라나섰다.

라이는 모르는 일이지만, 다그마는 그녀가 성문을 나설 때마다 호위를 붙여 주고 있었다. 쌍둥이에게도 같은 조치를 취해 두었는데, 호위들은 번번이 그들을 놓치곤 했다.

다만 호위들이 다그마에게 보고하기를 두려워한 탓에 그녀가 그 사실을 알기까지는 시간이 좀 걸렸다. 대신에 그들은 결국 앤 닐을 찾아갔고, 그녀가 다그마에게 말을 전해 주었다. 다그마는 호위들이 '피투성이' 앤닐에게 그녀의 아이들을 놓쳤다고 보고하기보다 자신에게 보고하기를 더 두려워했다는 사실에 큰 의미를 두지 않기 위해 애써야 했다.

호위가 막 문을 나서려는 참에 프레더릭이 안으로 들어섰다. 양쪽을 여닫는 문 중 한쪽만 열려 있었기 때문에 다그마는 그 가 없은 소년이 갑옷을 갖춰 입은 데다 무장까지 한 여자를 피하려고 애쓰는 꼴을 지켜보았다. 그것은 마치 일종의 서툰 춤사위 같았다.

여자 호위가 성질이 담긴 한숨을 내쉬더니 프레더릭이 지나가도록 물러나 주었다. 소년이 재빨리 안으로 들어서서 계단을 내려왔다.

"아침은 먹었니, 프레더릭?"

앤널이 불쑥 물었고, 그 바람에 소년은 제 발에 걸려 넘어지고 말았다. 하지만 적어도 얼굴부터 처박히는 꼴은 면했다.

"아……."

"안 먹었다는 소리 같구나."

그녀가 식탁을 가리키며 말했다.

"먹어라. 넌 좀 먹을 필요가 있어."

그가 식탁을 향해 걸어오더니 그대로 부딪칠 듯 다가섰다가 다시 한 걸음 물러났다. 그리고 다그마의 맞은편 자리에 앉았다.

"좋은 아침이구나, 프레더릭."

프레더릭은 고개를 꾸벅 숙여 보였지만 그녀에게 시선을 주지는 않았다.

"예, 다그마 고모."

탈라이스가 식탁에서 일어나 소년에게 줄 뜨거운 죽과 빵 종류를 가지러 간 사이, 앤널이 다그마를 향해 눈을 크게 뜨고 프레더릭을 가리키는 머릿짓을 해 보였다. 다그마는 누군가로부터 사과하라는 명령을 받는 걸 좋아하지 않았지만 앤널은 여왕이었다. 게다가 소년을 가리키는 고갯짓을 멈추지 않았기 때문에 다그마는 여왕이 진심이라고 생각할 수밖에 없었다.

짧은 한숨을 내쉰 다음, 그녀가 입을 열었다.

"프레더릭, 어제 일 말인데…… 내가 한 말은……."

"아름다운 아침이에요, 사랑하는 가족들! 다들 이 아름다운 아침을 어떻게 보내고 있나요?"

케이타가 라그나와 함께 대전으로 걸어 들어오며 소리쳤다.

브리크의 눈이 가늘어졌다.

"너 왜 그렇게 기분이 좋아? 이번엔 누굴 죽인 건데?"

라그나가 웃음을 터트리고는 케이타를 돌아 식탁 앞에 앉더니 고기가 담긴 접시 중 하나로 손을 뻗었다.

"어떻게 그런 소릴 해?"

케이타가 오빠에게 쏘아붙였다.

"내가 누굴 죽……."

"아, 그래. 어디선가는 누군가가 죽기 마련이지."

앤닐이 웃음을 섞어 말했다.

케이타가 프레더릭에게 다가가 그의 귀를 손으로 덮었다. 가엾은 소년은 완전히 겁에 질린 얼굴을 하고 있었다.

"그런 끔찍한 소리를 아이가 있는 데서 꼭 해야겠어?"

그웬바엘이 키득거렸다.

"그 애가 신경이나 쓸지 몹시 의심스럽다."

그리고 프레더릭에게 시선을 맞춘 채 소리쳤다.

"안 그러냐, 프레더릭!"

다그마는 짝을 노려보았다.

"대체 왜 소리를 지르는 거야?"

그가 어깨를 추썩였다.

"나도 모르지."

"애를 내버려 둬."

케이타가 소년의 귀에서 손을 떼더니 몸을 숙이며 소리쳤다.

"여기서 즐겁게 지내고 있니, 프레더릭! 우리가 뭔가 해 줄 일은 없을까!"

다그마는 두 손으로 식탁을 쾅 내리쳤다.

"둘 다, 도대체 왜 소리를 지르……."

"그러고 보니 생각났는데."

라그나가 특유의 침착하고 이성적인 목소리로 끼어들어 받아치려는 그녀를 막았다.

"뭐가 생각나요?"

그는 가방에 손을 집어넣어 책 한 권과 조그만 나무 상자를 꺼냈다. 그리고 프레더릭에게 다가가더니, 그의 앞에 놓인 죽 그릇을 치우고 대신에 책을 펼쳐 놓았다.

"이걸 읽을 수 있니?"

"라그나……?"

그가 손을 들어 다시 다그마의 말을 막았다.

"있어요. 그저 잘하지는 못할 뿐이죠."

프레더릭이 작은 목소리로 대답했다.

"그렇구나."

라그나는 그의 곁에 쪼그리고 앉아, 들고 있던 상자에서 안경을 하나 꺼냈다. 그리고 프레더릭에게 안경을 씌운 다음, 시간을 들여 소년의 귀와 코에 맞게 조정해 주었다.

"자, 다시 한 번 읽어 봐라."

소년이 어깨를 으쓱하고는 눈앞에 펼쳐진 책에 시선을 주었다. 그대로 잠시 책을 들여다보다가 눈을 깜빡이더니, 몸을 살짝 기울인 채 다시 깜빡였다.

"전…… 이게 무슨 일인지 모르겠네요."

"넌 네 고모와 반대되는 증상을 가진 것 같구나. 다그마는 멀리 있는 걸 잘 보지 못하지. 넌 가까이 있는 걸 잘 보지 못하는 거고. 네가 글을 읽는 데 어려움을 겪은 것도 그래서란다. 아마도 책을 읽으려 하면 머리가 아팠을 거야, 그렇지? 눈이 피로해지고 말이다."

"가끔요."

"눈을 찌푸리지 않으려고 애를 썼겠지?"

프레더릭이 안경 너머로 다그마를 건너다보았다.

"전에는 항상 그랬죠. 하지만 아버지께서 그러면 나약해 보인다고 하셔서…… 그래서 안 그러게 됐어요."

다그마는 충격에 빠져 라그나에게 물었다.

"어떻게 안 거예요?"

그가 어깨를 추썩였다.

"그냥 짐작이었지. 그러다가 케이타와 그웬바엘이 아이에게 말을 걸 때마다 점점 더 목청을 높이는 걸 봤어. 프레더릭이 오기 전에는 오직 당신에게만 그러는 것 같았는데 말이야."

케이타가 다시 아이의 귀를 덮으며 속삭여 말했다.

"하지만…… 얘는 동작도 굼뜬 데다 하는 일마다 서툴러 보이잖아. 당신 설마 얘한데 그 안경이면 모든 문제가 사라질 거라고 말하고 싶은 건 아니겠지?"

"당신 말도 일리가 있어."

라그나는 식탁을 가로질러 손을 뻗치더니 그릇에 담긴 열매 하나를 집어 들고 탈라이스에게 그것을 던지며 말했다.

"레이디 탈라이스, 부탁드려도 될까요?"

탈라이스가 어깨를 으쓱하고는 프레더릭의 머리를 향해 열매를 던졌다. 다그마는 그것이 아이의 얼굴을 정통으로 때릴 것을 짐작하고 움찔했다. 그러나 프레더릭은 손으로 열매를 잡아챘다. 그것도 시선조차 들지 않고서.

"아하. 알겠군."

케이타가 한 걸음 물러섰다.

"나도요."

다그마는 의자를 뒤로 밀어붙이며 벌떡 일어섰다.

"어딜 가려고?"

그웬바엘이 물었다.

"내 아버지한테 편지 쓰러."

그녀는 성에서 업무를 볼 때를 위해 마련해 둔 조그만 방으로 이어지는 복도를 향해 걸음을 옮겼다. 식탁 아래에서 그녀의 개 두 마리가 빠져나와 그녀를 따라갔다.

"이런 수준의 기만과 거짓부렁은 당장 알릴 필요가 있어."

"다그마 고모……."

다그마는 걸음을 멈추고 소년을 향해 돌아선 다음, 손가락 하나를 치켜들었다.

"아니야, 프레더릭. 이건 더 이상 따지고 어쩌고 할 문제가 아니라고."

프레더릭이 시선을 내리깔았다.

"알겠어요."

그웬바엘은 주먹을 세우고 그 위에 턱을 올려놓은 채 히죽 웃으며 다그마에게 물었다.

"이 녀석을 어떻게 해 줄까, 내 사랑?"

"어떻게 하긴!"

다그마가 소리쳤다.

"우리가 데리고 있어야지! 내가 그 조그만 음모꾼 거짓말쟁이 녀석을 멍청한 내 일족에게 돌려보낼 것 같아? 오, 천만에. 넌 여기 있는 거야, 쪼맹아. 내가 널 철저하게 훈련시켜 주지. 그리고 네 삐뚤어진 능력을 활짝 꽃피워서 최대한으로 이용해 먹고 말 거다."

그녀는 두 손을 짝 마주치며 덧붙였다.

"나 지금 굉장히 신났거든!"

그리고 휙 몸을 돌려, 가던 길을 다시 걷기 시작했다. 그녀 뒤로 그웬바엘이 소년에게 말하는 소리가 따라붙었다.

"가족이 된 걸 환영한다, 프레더릭."

그들은 잠시 휴식을 위해 가던 길을 멈추고 통행로에서 그리

멀지 않은 숲으로 들어갔다. 이지는 브란웬 곁에 자리 잡고 앉아 육포 약간과 빵을 내밀었다.

"아직도 나랑은 말 안 할 거야?"

그녀가 물었다.

"숙취로 괴로워서 그래. 그보다 너, 뭔가 말도 안 되게 위험한 일을 하려 들 때마다 날 납치하는 짓은 그만 좀 해."

"하지만 네가 멀쩡한 정신일 때 부탁했다가는 몇 시간씩이나 논쟁을 벌여야 하잖아. 어차피 결국은 함께할 거면서 말이지. 그러니까 이러는 편이 그 과정을 줄여 주는 거라고."

브란웬이 그녀를 노려보았다.

"넌 진짜 교활한 계집애야. 가끔씩 네가 정말 징그럽다니까."

이지는 친구의 어깨에 팔을 걸치고 뺨에 입을 맞추었다.

"하지만 대부분은 나를 사랑하고 있잖아. 세상 어디를 가도 이런 수준의 다양한 전투 경험을 네게 줄 수 있는 건 나밖에 없으니까 말이야."

"그래그래, 나야 그저 그 성과를 즐길 수 있을 만큼 오래 살아남기를 바랄 뿐이다."

"걱정하지 마. 너도 금세 장군이 될 테니까."

"너랑 달리 그건 내 필생의 목표가 아니거든. 그보다, 물어볼게 하나 있어."

"응?"

"막센이 갑자기 에이브히어를 무지막지하게 싫어하는 것처럼 보이더라."

"그 녀석은 원래 에이브히어를 좋아하지 않았어."

"하지만 지금은 훨씬 더 싫어하게 된 것 같단 말이지."

브란웬이 공터 반대쪽을 머릿짓으로 가리켰고, 이지는 덩치 큰 멍청이 블루 드래곤이 자신의 개를 엉덩이에서 떼어 버리려 애쓰고 있는 광경을 보았다. 드래곤의 탄탄한 엉덩이는 현재 막센의 턱에 물려 있었다.

"어쩌면 저 녀석은 그저 에이브히어가 성질을 건드리는 데다 혼란스럽게 하는 존재라고 생각하는 건지도 모르지."

"막센이 에이브히어가 성질을 건드리는 데다 혼란스럽게 하는 존재라고 생각해? 막센이? 개가 생각을 한다고?"

이지는 빵을 한입 더 뜯어 먹고 자리에서 일어나 자신의 개를 에이브히어에게서 떼어 놓으러 갔다.

브란웬은 이지가 막센을 불러 에이브히어에게서 떼어 놓으려 하는 것을 지켜보았다. 하지만 솔직히 말해서 그다지 애를 쓰는 것 같지 않았다. 적어도 자기 휘하의 병사들이 그런 경우에 처했다면 보였을 만한 열의는 전혀 느껴지지 않았다.

에이단이 다가와 이지가 앉아 있던 자리에 앉았다.

"왜?"

브란웬은 쏘듯이 그에게 물었다.

"이런, 우리 둘 다 진짜 으르렁거리길 좋아하는군. 금방 송곳니를 본 것 같은데."

"원하는 게 뭐지, 미루나크?"

"그냥 여기 앉아서 우리의 친구들을 즐거이 구경하는 거."

"에이브히어는 내 친구가 아니야. 가족이지. 혈족이라고."

"그게 정확히 무슨 뜻인데?"

"카드왈라드르의 일원으로서, 합당한 이유가 있다면 내가 그의 비늘을 왕창 뽑아 버려도 괜찮다는 뜻이지."

"아, 그렇군. 당신네 가족을 절대로 만나고 싶지 않다는 확신이 강해지게 만드는 소리네. 하지만 뭐, 당신이라면 내가 기꺼이……."

브란웬은 먹던 빵과 육포로 다시 주의를 돌렸고 우서가 다가와 그녀의 다른 한쪽에 앉을 때까지 먹는 일에만 몰두했다. 그녀도 인정할 수밖에 없었다. 미루나크들에게 둘러싸이는 건 확실히 신경이 곤두서는 일이었다.

자라는 동안 어머니는 그녀에게 미루나크에 대한 두 가지 믿음을 심어 주었다.

첫째, 그들은 전장에서 가치를 헤아릴 수 없는 존재들이다.

둘째, 그들에게는 절대로 등을 보이면 안 된다.

'하지만 할아버지는요? 그분도 미루나크셨잖아요.'

어머니의 꼬리를 붙잡은 채 집 근처의 숲을 관통해 지나며 그녀가 물었다.

'그것도 최악이셨지. 그들 중에서도 최악이셨어. 특히 당신 자식들에게 말이다. 우리는 네 할아버지 앞에 절대로 등을 보이지 않았단다. 아돌가가 한 번 그러긴 했는데…… 그때 깨진 머리의 흉터가 아직도 남아 있지.'

그래서 브란웬은, 자신의 친할아버지를 믿을 수 없다면 누군지 제대로 알지도 못하는 명백히 낯선 미루나크들은 더더욱 믿을 수 없다고 생각했다.

다만 그들에게 꼭 물어야 할 질문이 하나 있었다.

"어쩌면 아직도 내 머릿속을 굴러다니는 술기운의 여파 때문에 드는 생각인지도 모르겠지만⋯⋯."

그녀는 티격태격하고 있는 이지와 에이브히어를 가리켜 보였다. 막센이 그들 곁에서 계속해서 짖어 대며 에이브히어의 엉덩이를 물어뜯으려 애쓰고 있었다.

"저 둘 사이에 뭔가가 좀 달라지지 않았나?"

미루나크들이 시선을 주고받더니 일제히 이지와 에이브히어를 돌아보았다.

막센은 이제 이지의 팔에 안겨 있었지만 여전히 에이브히어의 얼굴을 향해 덤벼들 기회를 노리는 중이었다.

다음 순간, 세 미루나크가 한목소리로 대답했다.

"전혀 아닌데."

"아닌데."

"전혀."

몇 시간을 더 나아간 후에야 그들은 식사도 하고 남은 여정에 대해 의논도 하기 위해 어느 마을의 주점에서 말을 멈추었다.

이지는 에이단이 데저트랜드에 대해 잘 안다느니 어쩌니 한 에이브히어의 말이 그와 미루나크 동료들이 그녀와 함께 갈 필요가 있다고 그녀의 어머니를 설득하기 위해 지어낸 켄타우로스 똥 같은 소리라고 확신하고 있었다.

그러나 에이단은 실제로 데저트랜드에서 수년을 살았고 그곳에 대해 많은 것을 아직도 잘 기억하고 있었다. 그가 지도를 꺼내더니, 빈 그릇과 접시를 치우고 모두가 볼 수 있도록 탁자 위에 펼쳐 놓았다.

"내가 데저트랜드로 들키지 않고 숨어 들어가는 길을 적어도 열일곱 개는 알고 있는데, 그중에서도 여기 이 길로 가면……."

"잠깐."

이지가 끼어들었다.

"우리가 왜 데저트랜드로 숨어 들어가야 해요? 앤닐과 리아논 님이 데저트랜드의 통치자들과 동맹을 맺었는데."

에이단은 지도를 한번 내려다보고 다시 고개를 들어 이지에게 시선을 주었다.

"난 우리가 암살 임무를 띠고 가는 줄 알았는데. 이거 암살 임무 아니었냐?"

그가 에이브히어를 향해 물었다.

이지는 브란웬이 재빨리 고개를 돌리는 걸 보고 으르렁거리듯 대답했다.

"아뇨, 이건 암살 임무가 아니에요."

"하지만 그게 우리가 하는 일인데, 죽이는 거. 우린 몰래 숨어 들어가서 죽이지. 당신 혹시, 미루나크가 하는 일이 뭔지 잘 모르는 거 아냐?"

에이단이 고집스럽게 말했다.

"난 당신들에게 함께 가자고 청하지 않았어요!"

이지는 에이브히어를 돌아보았다.

"해결해요, 지금 당장."

그가 두 손을 들어 보이더니 에이단에게 말했다.

"우린 누군가를 죽이러 가는 게 아니야."

"그럼 왜 가는데?"

"난 내 할머니를 만나러 갈 거예요."

이지가 말했다.

"우리가 방금 당신 할머니를 떠나오지 않았나?"

"다른 할머니요!"

"뭐야, 대체 할머니가 몇 명인데?"

"그만해! 다들 그만하라고!"

에이브히어가 모두를 향해 명령했다. 그리고 그들 일행을 쳐다보기 시작한 주점 안의 다른 손님들을 잠시 노려보았다. 사람들이 모두 시선을 돌리고 나서야 그는 다시 일행에게 초점을 맞추었다.

"데저트랜드로 들어가면 우리가 할 일이 두 가지 있어. 하나는 바테리아 플로미아를 찾아서 그 여자가 정말 문제를 일으키고 있는지 알아보는 임무야. 그리고 알아낸 사실을 내 어머니에게 보고하는 거지. 다른 하나는 이사벨 장군을 놀웬 마녀들의 영역까지 호위하는 임무야. 거기서 할머니를 만나고……."

"약속은 했어?"

에이단이 이지에게 물었다.

이지는 어리둥절한 얼굴로 일행을 둘러보았다.

"누가 약속을 해요?"

"당신."

"내 할머니와 만날 약속을? 왜 그래야 하는데요?"

"강력한 통치자들도 놀웬 마녀를 만나려면 몇 달씩은 기다려야 하니까."

"난 그 여자 손녀딸이라고요."

우서가 닭 다리의 골수를 쪽쪽 빨다가 말했다.

"그 여자가 당신 어머니를 길거리로 내쫓은 줄 알았는데."

이지가 탁자 너머로 팔을 뻗어 그 덩치 큰 개자식의 숨통을 거의 붙잡으려는 순간, 다른 덩치 큰 개자식이 그녀를 퍼 올리듯 팔에 안고 주점 밖으로 향했다.

"네가 네 성질도 다스리지 못하는데 이번 일이 어떻게 잘 풀릴 수 있을지 모르겠다."

이지가 그의 팔에서 몸을 빼냈다. 에이브히어는 진심으로 그녀가 그러지 않기를 바랐지만, 도로 그녀를 붙잡아서는 안 된다는 것 정도는 알고 있었다.

그를 마주하고 선 이지가 따져 물었다.

"저자들은 왜 여기 있는 거예요? 아니, 그 점에 대해서라면 당신은 대체 왜 여기 있는 건데요?"

"우리 둘 다 내가 왜 여기 있는지 알잖아."

"왜요? 나랑 한바탕 더 뒹굴어 보려고? 그래서 우리가 집에 돌아가면 드디어 퀼륀에게 자랑할 거리를 만들 기회를 노리는 거예요? 날 술자리의 농담거리로 만들겠다고? 아니면 당신의 그 망할 불행을 내 탓으로 돌릴 또 다른 이유를 찾고 있는 거예요? 다시 한 번 사촌들 사이에 끼어든 창녀 계집 탓을 하려고?"

에이브히어는 이 순간 자신이 생각해 낼 수 있는 유일한 방식으로 대답했다.

"너 아직도 그 일로 꽁해 있는 거야?"

이지가 주먹을 말아 쥐고 성난 기세로 한 걸음 다가섰다.

하지만 다음 순간, 그녀는 너무나 갑작스럽게 도로 물러서더니 이리저리 시선을 돌리다가 마침내 ──놀랍게도── 웃음을 터트렸다.

"아휴, 무례한 개망나니 같으니라고."

에이브이어노 그녀의 웃음에 합류했다.

그렇게 그들은 둘 다 어딘지도 모를 낯선 마을의 낯선 골목에서서 웃음을 나누었다.

"미안. 도저히 못 참겠더라."

그녀가 가벼운 손짓으로 그의 사과를 물리쳤다.

"별것도 아니죠."

"너 그 여자를 만나는 게 걱정되는 거지, 안 그래?"

"난 라이에게 최선이 되는 일을 하고 싶어요. 하지만 이건 그 애의 미래에 관한 일이잖아요. 만약 내가 뭔가 잘못해서……."

"그래서 내가 가는 거야. 그게 바로 이번 일을 내가 너와 함께

하려는 이유라고. 라이는 네 동생이지만 내 조카이기도 해. 난 그 애를 마땅히 그럴 만한 가치가 없는 누군가에게 수련받게 하지는 않을 거야. 거기다 내 어머니를 위해 바테리아가 데저트랜드에 있는지까지 확인할 수 있으면 더 좋지. 우린 내 일족 대부분이 수천 년 동안 이뤄 냈던 일들을 겨우 몇 주 안에 해내게 될 거야."

"있죠, 내가 바테리아를 본 적이 있고 그 여자가 자기 사촌한테 어떤 짓을 했는지 알고 있어서 하는 말인데요. 할머니가 왜 그냥 그 여자를 죽여 버리지 않는지 도저히 이해 안 가요."

"지금 상황에서 가장 불필요한 일이 있다면, 다른 드래곤 왕국들이 우리가 암살 임무를 띠고서 여기로 왔다고 생각하게 되는 거야."

"그래서 미루나크들을 보내셨다고요? 당신 생각에는 그게 좋은 계획 같아요?"

"미루나크는 정찰 임무를 수도 없이 수행해 왔어. 우린 정찰에 능하다고."

"그건 알겠어요. 당신들 넷은…… 아주 자연스럽게 섞여 들더라고요."

"두고 보면 알아."

에이브히어는 주점을 향해 몸을 돌렸다.

"그리고 그 와중에 네가 아까 말한 '한바탕 더 뒹구는' 일도 좀 해 볼 수 있다면 나야 더할 나위 없이 좋지."

"하! 그거 참 교묘하시네요."

이지가 그를 뒤따르며 투덜거렸다.

"내가 원래 교묘하기로 유명하잖아. 그게 내 칭호의 다른 선택지였지. '무도한 자' 에이브히어냐, '교묘한 자' 에이브히어냐?"

"다른 건 또 없었어요?"

"있었지. '파렴치한' 에이브히어, '무례한 자' 에이브히어 그리고 '지옥 끝까지 쫓아가 불태워 버려야 할 살육자 상개자식' 에이브히어."

그는 주점 문 앞에서 걸음을 멈추고 이지를 내려다보았다.

"난 사실 마지막 게 제일 맘에 들었어."

그녀가 키득거리며 그를 밀치고 지나갔다.

"물론 그러셨겠죠."

26

　그들은 데저트랜드를 향해 사흘을 더 말을 달렸다. 쉬운 여정
은 아니었다. 여유로운 여정은 더더욱 아니었다. 모두들 밤이 되
면 지치고 짜증 난 상태—그 망할 놈의 개만은 예외로, 전혀 지
치지 않는 것 같았다—로 잠자리에 기어 들어가야 했다.

　게다가 데저트랜드에 가까워질수록 날씨가 점점 더워졌다. 다
크플레인은 지금 한창 가을일 텐데, 사우스랜드와 데저트랜드가
만나는 경계선 근처에 이르자 마치 여름처럼 느껴졌다.

　하지만 에이브히어가 더 이상은 견디지 못하겠다고 생각하던
참에 그의 곁을 달리던 브란웬이 말을 세웠다. 그도 자기 말의 고
삐를 당기고 그녀를 돌아보았다.

　브란웬이 일행의 오른편 멀리를 가리켜 보였다.

　"저기 뭐가 있는지 알아?"

"아니."

"소금 광산이야."

에이브히어는 어깨를 추썩이고 물었다.

"소금이 필요한 거야?"

그녀가 짜증 섞인 한숨을 내쉬더니 ―이번 여행 동안 브란웬이 유난히 많이 보인 행동이었다― 말했다.

"아니. 하지만 저기에는 드래곤 퀸의 파견 부대가 주둔하고 있지. 그러니까 신선한 고기와 술, 어쩌면 하룻밤 묵어갈 방이나 쾌적한 동굴도 있을 거란 얘기야. 딱 하룻밤만."

에이브히어에게도 그건 좋은 생각 같았다.

"무슨 일이야?"

이지가 브란웬 곁으로 다가와 물었다.

"이 근처에 소금 광산들이 있어. 거기 가면 신선한 음식이랑 술도 있고 내 어머니 군대의 주둔지에서 편하게 하룻밤 묵어갈 수 있을 거야."

에이브히어의 대답에 이지는 그를 잠시 바라보다가 나머지 일행에게로 고개를 돌렸다. 다들 기대감 가득한 얼굴로 자신의 대답을 기다리고 있음을 확인한 그녀는 다시 에이브히어에게 시선을 주었다.

"당신, 내가 인간이란 거 아는 거지?"

에이브히어가 그녀의 질문에 놀라 대답했다.

"물론 알지."

"그런데도 나한테 저기로 가자고 하는 거야? 날 드래곤들만 우글거리는 부대의 한복판에서 유일한 인간 꼴로 만들어 놓고 싶어서? 그리고 소금 광산은 당신 종족에게 일종의 감옥 같은 거 아니었나?"

"내가 확실히 아는데 소금 광산엔 몸 파는 여자들도 있어."

여행해 온 거리만큼 점점 더 황량해져 가는 주변 풍경을 둘러보던 캐스윈이 불쑥 말을 던졌다. 에이브히어는 저 지랄 맞은 드래곤 자식이 지금 대체 무슨 생각을 하고 있는 건지 궁금해 그를 노려보며 눈을 부릅떴다.

캐스윈이 일행 쪽을 돌아보고는 ―그제야 모두가 자신을 쳐다보고 있음을 알아챘다― 설명을 더했다.

"당신이 몸 파는 여자라는 건 아니야. 그저 드래곤들이 있는 곳엔 으레 몸 파는 여자들이 있기 마련이고, 그들은 보통 인간이라는 거지. 그러니까 당신이 편하게 생각해도 된다고."

일행 모두가 벌어진 입을 다물지 못하자 캐스윈은 한숨을 내쉬고 말을 이었다.

"내 말은……."

"제발 닥쳐라. 온 세상의 모든 신들이여, 맙소사! 그 입 좀 닥치라고!"

브란웬이 절망적인 기분으로 그의 말을 잘랐다.

"난 그냥 그녀의 맘을 편하게 해 주려 한 것뿐인데."

"저기 가면 술도 있다고요?"

이지가 에이브히어에게 물었다.

"아주 많이."

그녀는 그를 돌아 말을 몰았다.

"신들에게 감사할 게 있긴 하네요."

그러고는 뭐라고 더 웅얼거리더니, 통행로를 벗어나 소금 광산 쪽으로 방향을 잡고 말에 박차를 가했다.

소금 광산에서 멀지 않은 마을의 마구간에 말들을 맡겨 둔 ─ 물론 말들의 안녕을 위해서였다─ 일행은 사우스랜드와 데저트 랜드의 경계선이 다 내려다보이는 본산에 올랐다.

이지는 브란웬의 등에 타고 있다가 드래곤 퀸 군대의 주둔지에 도착하자마자 바닥으로 내려섰다. 나머지 일행을 기다리지도 않고 그녀는 곧장 거대한 동굴로 향했다.

"이지! 기다려 봐!"

에이브히어가 그녀를 소리쳐 불렀다. 하지만 그녀는 기다리지 않았다.

이지로서는, 강압적인 드래곤들의 즉각적인 표적이 되기를 바라지 않는다면 초장부터 두려워하지 않는다는 것을 보여 줄 필요가 있었다. 브란웬의 등에 타고 있거나 에이브히어를 곁에 세우고 안으로 들어갔다가는 드래곤 퀸 군대의 그 누구도 그녀를 진지하게 대하지 않을 것이 분명했다.

그래서 이지는 홀로 거대한 동굴 안으로 걸어 들어갔다.

솔직히 그녀도 인정할 수밖에 없었다. 가족도 아니고 친구도 아닌 드래곤들이 득시글거리는 동굴 한가운데 서는 건 다소 압도당하는 기분이 드는 경험이었다. 그녀는 평생 자신을 조그만 여자라고 느껴 본 적이 없었다, 지금 이 순간까지는.

이지는 거대한 동굴의 한복판에 그렇게 서서, 허리에 찬 검 위에 손을 올려놓았다.

잠시 후, 드래곤들 중 하나가 머리를 들어 올리고 허공중에 쿵쿵거렸다. 그는 동굴 여기저기를 둘러보았고 이윽고 시선을 아래로 내려 그녀에게서 멈추었다.

"넌 누구지?"

그가 물었다.

"'위험한 자'이지다."

그녀는 동굴 안의 모든 드래곤이 들을 수 있도록 큰 소리로 말했다.

"'피투성이' 앤뉠 군대의 팔, 십사, 이십육 연대를 지휘하는 장군이지."

드래곤이 그녀를 탐색하듯 한동안 뜯어보더니 마침내 고개를 끄덕이며 말했다.

"만나서 반갑다. 필요한 게 있으면 알려 다오."

"고맙다."

이지는 약간 실망스러운 기분을 느끼며 대답했다. 그보다는 더한 반응을 기대했기 때문이다. 뭔가 좀 다른 반응을⋯⋯.

인간들이 저들의 동굴에 불쑥 들어서는 건 여기서 아무 때나 일어나는 일이란 말인가?

"이지?"

그녀는 고개를 들고 억지로 웃음을 짜냈다.

"안녕하세요, 팰?"

브란웬의 오빠이자 켈뮌의 형, 팰이었다. 이지는 그를 모든 카드왈라드르 일족에게 그러듯 가족으로 여겼지만, 언제나 별로 좋아하지 않았다.

팰이 씨익 웃음 지었다.

"여긴 웬일이야? 날 보러 와야만 했던 거구나, 어?"

바로 이런 점이 이지가 그를 그다지 좋아하지 않는 이유였다. 그녀가 켈뮌과 함께했다는 사실을 알게 된 이후로, 팰은 그녀의 가랑이 사이로 파고드는 걸 일종의 과업으로 여기고 있었다. 그에게 매력이 없다는 얘기는 아니었다. 그는 확실히 매력적이었다. 하지만 동시에 짜증스러운 바보 자식이기도 했다.

"난 여행 중이……."

"브린웬?"

팰이 그녀 뒤편에 시선을 던지며 물었다. 그리고 미소를 지었지만, 그 미소는 순식간에 사라졌다. 주변의 부산스러웠던 움직임도 갑자기 멈추었다.

이지는 무엇을 보게 될지 두려움에 가까운 기분을 느끼며 뒤를 돌아보았다. 그러나 눈에 들어온 것은 브란웬과 에이브히어, 에이단, 우서, 캐스윈이었을 뿐이다.

브란웬이 하품을 하며 이지와 팰 곁으로 성큼성큼 다가왔다.

"오빠, 안녕?"

그녀가 제 오빠에게 인사했다.

"뚱뚱해졌네."

이지는 숨을 헉 들이키며 소리쳤다.

"브란웬!"

"뚱뚱해진 거 맞잖아. 드래곤도 뚱뚱해질 수 있다, 너. 카드왈라드르 일족은 그러지 않기로 한 것뿐이지."

브란웬은 제 오빠를 칼로 베듯 냉엄한 눈초리로 바라보며 말을 더했다.

"아니, 카드왈라드르 일족 '대부분'은 그러지 않기로 했다고 말해야겠네."

팰이 그녀의 팔을 붙잡았다.

"너 나랑 얘기 좀 하자."

"무슨 얘기? 살 빼기 비법이라도 알려 주…… 왜 이래!"

이지는 팰이 누이동생을 질질 끌다시피 해서 데려가는 것을 지켜보다가 동굴 안 모든 드래곤의 시선이 에이브히어 일행에게 모여 있음을 뒤늦게 알아챘다. 몇몇은 근처의 동료들에게 머리를 기울이고 속닥거렸지만 대부분 대놓고 '미루나크가 어쩌고…….' 하는 소리를 지껄이고 있었다. 어느 쪽이든 그 어조에서는 혐오감과 두려움이 느껴졌다. 이지로서는 그다지 맘에 들지 않는 어조였다.

그들 모두는 같은 군대의 일원이고 드래곤 퀸과 그녀의 백성을 보호한다는 사명감으로 복무하고 있는 것 아닌가? 미루나크들의 방식이 조금 다르다고 해서 그게 무슨 문제가 된단 말이지?

이지는 자기 휘하의 병사들에게 하던 식으로 고함쳤다.

"어이! 다들 맡은 임무가 있는 거 아냐? 당장 움직이지 못해!"

"대체 네가 누군데 그런 소릴 하는 거야?"

건방진 놈 하나가 따져 물었다.

이지는 그 무례한 개자식을 똑바로 쳐다보며 말했다.

"난 '위험한 자' 이사벨이다. 탈라이스와 '막강한 자' 브리크의 딸이자 '피투성이' 앤닐 군대의 팔, 십사, 이십육 연대를 지휘하는 장군이지."

그리고 수년 전 아버지가 그녀를 위해 만들어 준, 뿔 손잡이가 달린 단검을 바닥에 던지며 말을 이었다.

"이 뿔의 전 주인, '건달' 올게어라 불렸던 자의 살해자이기도 하고."

그녀는 가슴 위로 팔짱을 끼며 물었다.

"그러는 넌 누구지?"

에이단은 몸을 기울이고 에이브히어의 귓속에 낮게 속삭였다.

"처음엔 이지의 넓은 어깨가 좀 맘에 안 들더라고. 하지만 지금 이 순간만큼은…… 그 매력이 완전히 이해가 된다고 하지 않을 수가 없다."

에이브히어는 그의 말에 대꾸하는 대신, 드래곤 전사들이 각자 자기 일을 하러 흩어지는 광경을 지켜보았다. 이지가 단검을 집어 들어 검대에 붙은 칼집에 꽂아 넣고 그의 곁으로 당당하게 걸어왔다. 그리고 몸을 숙여 달라는 손짓을 했다. 에이브히어는 그녀 쪽으로 살짝 몸을 낮추었다.

"응?"

"왜 다들 당신을 싫어하는 거죠? 우리 둘 다 아는 명백한 이유 말고 뭐가 또 있어요?"

잘난 척은.

"우리가 미루나크잖아."

"그럼 오히려 여왕님을 위해 당신들이 하는 일에 감사해야 하는 거 아니에요?"

"그렇겠지."

이지는 다른 드래곤들이 그와 그의 동료들을 대하는 태도에 화가 난 것 같았다.

에이브히어는 그녀가 자신 때문에 화가 난 것이라는 사실을 자각하고 있는지 아닌지 알 수 없었지만 기분이 좋아졌다. 그런 그녀의 모습을 보는 것은 기분 좋은 일이었다. 물론 그걸 소리 내서 말할 생각은 없었다. 그랬다가는 그녀의 화만 돋우리라는 걸 알고 있었기 때문이다.

"더 얘기할 가치도 없다!"

브란웬이 으르렁거리며 성난 걸음으로 모퉁이를 돌아 나왔다. 그녀의 바보 오빠 펠도 뒤따라 나왔다.

"망할 미루나크 자식들을 무작정 데려오면 안 되는 거지, 브란웬! 일단 허가부터 받……."

브란웬이 휙 몸을 돌리는 바람에 그녀의 날카로운 꼬리가 그의 얼굴을 스쳤고 눈을 찌를 뻔했다.

"미루나크는 우리 군대의 한 부분이야, 이 멍청아. 드래곤 퀸의 영토 어디를 가든 허가를 받을 필요가 없다고. 그리고 에이브

66

히어는 우리 사촌이야. 일족이지. 카드왈라드르 혈통이라고. 그 점을 잊지 마, '미적지근한 자' 팰."

에이브히어는 몸을 좀 더 낮추고 속삭였다.

"저 호칭은 이제 고정이다."

이지가 살짝 이마를 찌푸리더니 말했다.

"음, 애석하게도 그럴 거 같네요. 정말로 비극적인 일이지만, 내가 보기에도 잘 맞는 호칭이에요."

"뭐야, 이젠 둘이 서로 머리라도 땋아 주기 시작할 셈이야?"

우서가 투덜거렸다. 그리고 일행 모두의 시선이 자기에게 모이자 소리쳤다.

"난 배고프다고!"

"저 녀석을 먹이는 게 최선이야. 저 녀석 배고프면 어떻게 변하는지 다들 알잖아."

에이단이 경고하듯 말했다.

"제대로 된 식사를 하기 전에 요기할 만한 게 여기 어딘가 있을 텐데……."

에이브히어는 주변을 둘러보다가 동굴 건너편을 가리켰다.

"저기, 소 다리가 저기 있네."

이지는 그의 손가락이 가리키는 곳을 건너다보았다.

"맙소사! 저게 다 소 다리예요? 그러니까 좀 전에 드래곤들이 여기 누워서 소 다리를 뜯고 있었던 거라고요? 간식 먹듯이?"

"그럼 드래곤이 뭘 먹을 거라고 생각했어? 닭 다리?"

에이브히어가 그녀에게 물었다.

"그건…… 일리가 있는 말이네요. 그래도 그렇지……."

어느새 거기까지 갔는지 우서는 벌써 소 다리를 붙잡고 송곳니로 뼈에서 살점을 뜯어 먹고 있었다. 그가 눈알을 머리 뒤쪽에 이를 만큼 굴리며 탄성을 내질렀다.

"으아, 맛있다."

이지는 에이브히어를 올려다보며 말했다.

"우웩."

이지는 웃음이 터지려는 것도 막을 겸, 음식이 튀어 나오는 것도 막을 겸, 손으로 입을 가렸다.

미루나크들이 묵어가는 것으로 결정되자 —여기 드래곤들에게 이지를 상대하는 것과 '지독한 자' 브란웬을 상대하는 것은 전혀 다른 문제였던 모양이다— 기다란 식탁들과 접시들과 식기들이 갖추어진 동굴들 중 하나에서 작은 만찬이 열렸다.

이지를 존중하는 의미에서 모두들 인간의 모습을 하고 참석했다. 적어도 그들은 '이사벨을 존중하는 의미에서'라고 말했지만, 이지가 보기에 사실은 좀 덜 위협적인 형태를 취하고 있어야 인간 매춘부들과 어울릴 기회를 잡을 가능성이 훨씬 높기 때문인 것 같았다.

"그만해, 브란웬……."

이지는 입안의 음식을 채 삼키지도 못하고 간신히 말했다.

"좀 보라고, 온몸이 빵빵하잖아. 저 작자가 내 오빠라는 사실이 믿기지 않는다."

그들은 팰을 건너다보고 있었다. 그 갈색 드래곤은 전장에서 자신이 겪은 영웅적인 이야기들로 인간 매춘부들을 홀리려고 끊임없이 애쓰고 있었다. 물론 브란웬과 켈윈이 대체 몇 번이나 그의 쓸모없는 엉덩이를 구해 줘야만 했는지는 쏙 빼놓고서.

"진짜 비극은 말이지, 오빠가 아빠의 그…… 중재니 정치니 문서니 하는 따위 일을 도울 수 있을 만큼도 영리하지 못하다는 거야. 지랄 맞게 멍청하거든!"

"진짜 그만 좀 해 줄래?"

이지는 거의 속삭이듯이 애원했지만 웃음을 참으려는 노력은 분초가 다르게 기운이 떨어져 가고 있었다.

브란웬이 팰 곁의 여자들을 가리키며 말을 이었다.

"저 여자들도 봐. 다들 하는 짓을 보라고."

그녀가 새된 목소리로 흉내를 냈다.

"아이, 팰! 당신은 너무나 잘생긴 데다 용감하기까지 하네요."

이지는 다 비워 가던 접시를 밀어 버렸다. 접시를 깨끗이 비우지 않는 건 그녀에게 드문 일이었지만 도저히 그럴 수밖에 없었다. 계속 먹다가는 브란웬 때문에 목이 막혀 죽을 지경이었던 것이다.

"하지만…… 저 여자들은 매춘부잖아, 안 그래?"

이지는 속삭였다.

"아, 물론이지."

"그럼 로맨스 같은 건 필요 없잖아?"

"돈을 아끼고 싶다면 필요해."

"아하, 그렇군."

브란웬이 그녀 쪽으로 몸을 숙이며 역시 목소리를 낮추었다.

"내 어머니가 왜 오빠를 여기로 보냈는지 이제 너도 알겠지. 구제 불능이라서야."

"하지만 팰은 꽤나 행복해 보이는데."

"여기 소금 광산보다 더 안전하고 할 일이 없는 임무는 또 없거든."

"그래도 아주 중요한 일이긴 하잖아, 소금을 지키는 거."

이지는 고기 양념에나 들어가는 소금을 지키는 일로 하루하루를 보내는 삶이 잘 상상되지 않아 이마를 찌푸렸다.

"뭐, 어쨌든 팰이 행복하기만 하다면……."

"탱탱한 계집과 넘치는 술이 가까이 있는 한 내 오빠는 항상 행복할걸."

브란웬이 혐오감으로 조소를 담아 말하더니 얘기를 지워 버리려는 듯 손을 내젓고는 물었다.

"그래, 네 할머니를 만나는 일이 슬슬 걱정되기 시작하니?"

"우선, 그 여자는 내 할머니가 아니야. 리아논 여왕님이 내 할머니지. 그 계집년은 내 어머니를 낳은 몸뚱이일 뿐이라고."

"너 진짜 용서라는 걸 모르는 사람이구나, 이지?"

"용서는 하지. 상대가 내 어머니한테 지랄 염병할 짓을 한 계집년만 아니라면 말이야."

그녀는 친구를 똑바로 보며 말했다.

"가족이 전부야, 브란웬. 가족이 전부."

브란웰이 발작적으로 웃음을 터트리기 시작했다.

"난 네가 그 소리를 에이브히어한테 써먹었다는 게 아직도 믿기지가 않는다니까."

"좋아, 그래."

에이단은 인정했다.

"나도 그녀가 좋아. 이지를 좋아한다고."

하지만 말이 끝나기 무섭게 얼굴로 날아온 주먹에 머리가 휙 돌아가고 말았다.

그는 목 관절을 우두둑 꺾어 원래 자리로 돌리고 턱이 아직 제대로 작동하는지 이리저리 움직여 본 다음, 다시 친구를 바라보았다.

"내 말은 동료로서 이지를 좋아한다는 거야. 네가 그녀를 좋아하니까 좋아하는 거고. 어딘가 구석으로 데려가서 눈알이 돌아가도록 떡 치고 싶을 만큼 좋아한다는 얘기가 아니라."

"아."

에이브히어가 살짝 어깨를 추썩였다.

"그럼 미안하게 됐네."

"아니, 뭘. 내가 워낙 아무 이유 없이 처맞는 걸 좋아하잖아?"

"습관이라고. 어쩌겠냐."

"오직 네 가족한테만 그러는 줄 알았지."

"오직 네 가족한테만 그러는 줄 알았지."

에이브히어가 비웃듯이 그를 흉내 내어 받아쳤다.

에이단은 식탁 주위를 둘러보다가, 애초에 자신이 왜 정규군에 전혀 들어맞지 않았던지를 기억해 냈다. 맙소사, 이 얼마나 비참한 삶이란 말인가.

"집으로 돌아가는 길에는 휴식이 필요하면 마을에서 묵자. 지랄 맞은 헛간 같은 데라도 좋아."

에이브히어가 똑바로 앉더니 식탁 위에 팔꿈치를 올리고 지친 듯 두 손으로 얼굴을 문질렀다.

"그래. 우린 말을 맡겨 둔 곳에 묵었어야 했어. 인간의 모습으로 있어야 했겠지만 적어도 침대 정도는 차지했을 테니까. 이런 우라질 대접을……."

"사촌? 어이, 사촌!"

에이브히어는 긴 한숨을 내쉬었다.

"왜, 팰?"

한쪽 팔로 매춘부를 끌어안은 사촌 형이 몸을 숙이며 속삭여 물었다.

"그래, 이제 그 애랑은 잤냐?"

에이브히어의 다른 쪽 옆에 앉아 있던 미루나크들이 그 말을 듣고 먹던 것을 멈추었다. 숨쉬기도 멈춘 것 같았다.

"무슨 소릴 하는 건지 모르겠는데."

에이브히어는 사촌 형이 그쯤 해 두길 마음속으로 간절히 바라며 대꾸해 주었다.

팰은 자신이 '미남자' 그웬바엘처럼 매력적이라고 믿는 것 같았지만, 에이브히어의 형이 넘치도록 갖고 있는 한 가지가 자신에게는 전혀 없다는 사실을 몰랐다. 지능 말이다. 지능이란 사랑스러운 무뢰한과 멍청한 개자식 사이의 아슬아슬한 경계선인 것이다.

멍청한 개자식이 말을 이었다.

"이지 얘기지. 드디어 그 애를 따먹었냐고. 아니면 내 동생이 여전히 앞서 있는 거야?"

에이브히어는 어금니를 깨물고, 목뒤가 근질거리기 시작하는 것을 느끼며 주먹을 말아 쥐었다. 하지만 아무 대꾸도 하지는 않았다.

팰이 몸을 좀 더 가까이 숙이자 에이브히어는 그가 술에 취해 있음을 깨달았다.

"그래도 시도는 해 봤겠지, 사촌? 내가 수년간 들은 얘기에 따르면, 그 앨 따먹는 건 별로 어려운 일노 아니라던네."

에이브히어는 여전히 아무 말도 하지 않았다. 아직은.

대신에 식탁 저 건너편에 앉은 이지에게 시선을 고정했다. 그녀는 이쪽에서 무슨 일이 일어나고 있는지 전혀 모른 채 브란웬과 수다를 떨며 웃고 있었다.

멍청이가 한 걸음 더 나아갔다.

"들어 봐. 네가 그 앨 원하지 않는다면 거기 미루나크 친구들에게 넘겨줘야 하는 거야. 아니면, 빼먹을 걸 다 빼먹어서 싫증을 느낄 때쯤이라도. 그게 바로 친구를 위한다는 거거든. 뭐, 네게 더 이상 친구가 없다는 얘기는 아니야. 불쌍한 아우스텔 자식이 너 때문에 죽어서 하는 말도 아니고. 하지만 내 말이 무슨 뜻인지 알아들었을 거야. 성의는 보여야 좋아한다는 거지."

에이단은 먹던 음식 접시를 밀어 버리고 의자 등받이에 기대 앉았다. 캐스윈은 두 손에 얼굴을 묻었고, 우서는 온몸을 긴장시킨 채 탁자 위로 웅크렸다. 우서는 떨고 있는 것처럼 보였지만 아니었다. 그는 긴장해 있었다. 미루나크를 상대로 한다면 그들의 긴장은 결코 좋지 않은 신호였다.

브란웬이 그를 흘끗 건너다보았다. 여전히 이지와의 대화를 멈추지는 않았지만 그녀 역시 카드왈라드르의 일원이었다. 모든 카드왈라드르 일족이 생의 초기에 반드시 배우게 되는 한 가지가 있다면, 일족의 누군가가 뭔가 엄청나게 멍청한 짓을 하고 있을 때를 고통스러울 만큼 잘 알아채는 것이었다.

브란웬은 에이브히어의 표정을 확인하고 나서 다시 시선을 이지에게 돌리고 친구가 한 무슨 말인가에 웃어 주었다. 이지가 의자를 밀고 일어나더니 이곳 기지의 사령관에게 감사 인사를 하고 이만 쉬러 가야겠다고 양해를 구했다. 브란웬은 그녀가 식탁을 벗어나 동굴 밖으로 완전히 나가는 것까지를 지켜보았다.

그리고 브란웬의 웃음이 사라졌다. 그녀는 의자에 편히 기대 앉은 후, 에이브히어에게로 시선을 되돌리고 고개를 한 번 끄덕여 보였다.

그 순간, 에이브히어가 팰의 뒤통수를 잡고 그대로 식탁에 처박았다. 다시, 또다시, 추가로 몇 번 더. 그리고 자리에서 일어나더니, 사촌 형의 뒷덜미를 잡아 올려 식탁 위로 메다꽂았다.

식탁에 쾅 부딪쳐 널브러진 팰의 허파에서 쉬익 공기 새는 소리가 났다. 그가 드래곤의 본체로 돌아오자 에이브히어도 그렇게 했다.

장교들이 일제히 자리에서 일어난 것도 그때였다. 그들은 재빨리 드래곤으로 모습을 바꾸며 자신들의 멍청이 동료를 위해 싸울 준비를 했다. 미루나크들도 에이브히어를 위해 싸울 태세를 취했다.

대규모 파견대의 장교들과 부대원들을 상대로 한 미루나크 넷이라면 그다지 공정한 싸움이라고 할 수는 없을 터였다. ……장교들과 그 부대원들에게.

브란웬도 자리에서 일어났다. 그녀는 옷이 상하지 않도록 벗어 버리고 드래곤의 본체로 돌아갔다. 그리고 앞발을 들어 밖으로 뻗었다.

그녀는 소금 광산 기지 사령관의 앞을 불쑥 가로막으며 으르렁거렸다.

"자, 덤벼 보시지!"

이지는 동굴을 벗어나 이리저리 돌아다녔다. 그녀는 지금 무슨 일이 일어나고 있는지 알지 못했고 별로 알고 싶지도 않았다. 하지만 브란웬과 친구가 된 지도 너무나 오래되었고 둘이 함께 너무나 많은 일을 겪어 왔기 때문에 친구의 오빠에 관한 무언가가 그녀를 화나게 했음을 알아챘다. 그래서 그녀는 먼저 자리에서 일어났고 아예 동굴 밖으로 나와 버렸다.

드래곤 퀸 군대의 파견대는 이곳에서 수년 동안 성실히 복무

했고 산비탈에 아담하고 예쁜 발코니도 만들어 놓았다.

인정하고 싶지 않았지만, 그녀는 거기로 그냥 걸어 나갈 수가 없었다. 발코니가 견고한지 먼저 조금 확인해 봐야 했다. 그렇지 않다 해도 드래곤이라면 날아올라 버리면 그만이었다. 하지만 그런 경우 이지가 할 수 있는 거라고는 최대한 위엄을 갖추고 죽음을 맞이하는 수밖에 없었다. 가까운 시일 내에는 그럴 계획이 없었으므로, 그녀는 충분히 안전하다는 확신이 들 때까지 발코니를 시험해 보았다.

이윽고 발코니 난간에 팔을 걸친 이지는 주먹으로 턱을 괸 채 자신의 고향이었어야 했을 땅을 바라다보았다. 그녀는 이 모래투성이 땅에서 나고 자랐어야 했다.

맙소사! 그랬다면 그녀의 삶이 얼마나 많이 달라져 있었을까? 그래도 여전히 이지였을까? 지금의 이지와 같았을까? 아니면 진정한 놀웬 마녀가 되어 가장 강력한 마법을 펼치고, 그녀의 도움을 구하러 온 왕족들을 만나 주는 것만으로도 격이 떨어진다는 듯 거만하게 굴었을까? 그녀는 정말로 알 수 없었다.

장소가 사람을 만드는 걸까, 함께 사는 이들이 만드는 걸까? 사람은 타고나는 걸까, 만들어지는 걸까? 어쩌면 그 모두가 어느 정도씩 작용한 결과이리라. 어쨌든 이지는 알지 못했고, 그런 종류의 철학적 논쟁은 이 년에 책을 한 권 이상은 읽는 이들에게 맡겨 두기로 했다.

그럼에도 불구하고 그녀는 인정해야만 했다. 그것은 힘든 일이었다. 지금의 가족을 사랑하면서도 여전히 자신의 아버지에 대해 알고 싶다는 마음이 드는 것 말이다. 수년 동안 그녀는 어머니에게 아버지에 대해 물어보았다. 하지만 지금까지도 그에 대한 생각은 탈라이스를 아프게 했고, 이지는 어머니를 괴롭게 하고 싶지 않았다.

놀웬 마녀들과 함께 살던 고향 땅을 떠난 후 탈라이스의 삶이 행복했느냐 하면 그렇지도 않았다. 제대로 만날 기회조차 가져 보지 못한 딸에 대한 걱정과 딸을 되찾고자 하는 절박함으로 가득한 힘들고 고통스러운 삶이었다.

이지의 삶도 조금은 외롭고 또 조금은 슬펐지만 어머니의 삶에 댈 바는 아니었다. 그래서 이지는 내세에 아버지를 만날 기회를 가질 수 있을 거라 생각하고 그에 대한 질문을 가급적 하지 않게 되었다.

"그노 널 좋아했을 거다. 내가 본 대로라면 말이야."

이지는 눈을 감았다. 이 순간 가장 상대하고 싶지 않은 존재가 나타났기 때문이다.

"그래서 그분을 되살리려면 제가 이번엔 뭘 줘야 하나요? 제 영혼이면 되겠어요?"

"내가 너한테 그런 걸 요구할 리가! 내 짝이라면 전사의 영혼을 써먹을 데가 있겠지만 난 아니지. 게다가, 내가 원한다고 해도 네 아버지는 되살릴 수 없거든. 그는 내 것이 아니니 내가 돌려줄 수도 없단다."

그녀는 신을 돌아보았다.

뤼데르크 하일은 인간의 모습을 하고 그녀 곁에 서서 데저트랜드에 시선을 고정하고 있었다. 이지는 그가 보고 있는, 자기는 보지 못하는 것들이 무엇일까 궁금해졌다.

"저에게 바라는 게 뭐죠, 드래곤 신?"

"네 애정?"

"아니, 진지하게 대답해요. 저한테 뭘 바라는 거죠?"

뤼데르크 하일이 웃음을 터트렸다.

"너랑 이렇게 얘기 나누는 게 그리웠다, 이지."

"……저도요."

이지는 인정했다.

"하지만 더 이상 당신을 믿진 않아요."

"그건 잘한 생각일 거다. 너에겐 네 관심사가 있고, 나에겐 내 관심사가 있으니까. 물론 내 건 전 우주에 관련된 일이고 네 건 그중 아주 작은 부분에 불과하지만 말이야."

"이게 당신이 내게 원하는 일이에요? 데저트랜드로 와서, 놀웬 마녀들을 만나고, 그다음은 뭐죠? 내 할머니를 죽이는 거? 그 여자가 뭔가로 당신 심기를 거스르기라도 했어요?"

그의 미소는…… 따뜻했다. 마치 자식의 응석을 다 받아 주는 아버지의 미소처럼. 그가 손을 내밀어 그녀의 뺨을 부드럽게 쓰다듬었다.

"내 귀엽고 달콤한 이사벨. 확실히 말해 두는데, 네가 나에게 진 목숨값이든 네 굉장한 재능이든 난 절대로 네 인간 할머니 따위를 상대하는 일에 낭비하지 않을 거란다."

"이해가 안 돼요."

"넌 어려, 이사벨. 네게 놀웬 마녀의 능력은 부족할지 몰라도 수명은 그렇지 않거든. 난 분명 널 써먹을 거다. 적당한 때가 오면 말이야."

"그러기 위해서 절 계속 살려 둘 거고요?"

그가 다시 웃음을 터트렸다.

"널 살려 둬? 내가? 너 정말 그렇게 생각하는 거냐?"

"저 아직 살아 있잖아요."

그녀는 고집스럽게 말했다.

"네 순전한 의지 덕분이지. 뭐, 네 순전한 의지와 상당량의 광기 덕분이라고 할까. 하지만 솔직히 말해서 지금까지 널 살아 있게 한 건 바로 네 능력이야, 이사벨. 넌 내 도움 없이도 강력한 전사로 성장한 거란다."

이지는 혼란스러움을 느끼며 물었다.

"나에게 목숨값을 받아 내기 위해서가 아니라면 왜 날 여기로 오게 한 거죠?"

드래곤 신이 한숨을 내쉬었다. 조금 화가 난 기색이 담긴 한숨이었다.

"너도 네 어머니도 영 이해 못 하는 게 하나 있는데, 난 그 누구도 그 어디로도 오고 가게 하지 않아. 드래곤 신들은 그런 짓을 하지 않는단 말이다. 우리가 필멸자들에게 이래라저래라 하지 않아야 드래곤들 또한 그러지 않으려고 특별히 애를 쓸 테니까. 그래서 대신에 우린…… 조종을 하지. 흥정을 하고, 협박을 해."

이제 그는 그녀의 뒤쪽에 서 있었다. 그대로 팔을 뻗은 그가 발코니 벽과 자신의 팔 안에 그녀를 가두었다. 이지는 마치 화산 위에 서 있는 듯, 그에게서 강렬한 열기가 뿜어져 나오는 걸 느꼈다. 물론 그 열기는 그녀를 태워 버리지도 않았고 그녀에게 해를 끼치지도 않았다. 하지만 강력한 힘이었다.

드래곤 신이 그녀의 귓가에 대고 말했다.

"그리고 때로는 말이다, 꼬맹이 이지. 우린 유혹을 해. 난 '막강한 자' 브리크가 네 어머니에게 유혹당하리란 걸 알고 있었고, 그녀를 안전한 곳에 두고 싶었지. 하지만 그가 네 어머니를 붙잡은 건 그의 결정이었지 내가 한 게 아니야. 개인적으로 난 그가 네 어머니를 데리고 있건 말건 신경 쓰지 않았을 거다. 다만 유구한 세월이 지나는 동안 알게 된 것이, 드래곤으로부터 내가 원하는 걸 얻어 내려면 위협하거나 못살게 구는 것보다 유혹하는 편이 훨씬 쉽다는 사실이었어. 그들을 유혹하면 내게 필요한 곳 어디로든 보낼 수 있었지."

이지는 분노가 폭우처럼 쏟아지는 걸 느끼며 눈을 감았다.

"망할 자식. 이건 나와 아무 상관 없는 일이었군."

"어떤 면에서는 네 말이 맞아. 이건 너와 아무 상관 없는 일이지. 하지만 또, 모든 면에서 너와 상관된 일이기도 해. 그러나 내가 나다웠다는 이유로 미워하진 말아 다오, 꼬마 이지. 내가 신이라는 사실 때문에 말이다."

그가 몸을 기울여 그녀의 뺨에 키스했다.

"그보다, 한 가지 부탁해도 될까? 옆구리를 조심하렴."

"옆구……?"

이지는 휙 몸을 돌렸다. 뤼데르크 하일이 서 있던 자리에 다른 누군가가 있었다. 드래곤이었다. 그녀가 지금껏 알고 지낸 이들과 형태는 비슷하지만, 두 가지 측면에서 다른 드래곤.

우선, 쏟아지는 달빛 덕분에 그녀는 그자의 색깔이 붉은색임을 알 수 있었다. 하지만 순수한 빨강이 아니라 그 위에 밝은 청동빛이 덧씌워져 그녀의 드래곤 가족들의 비늘과는 다른 방식으로 반짝거리고 있었다. 다음으로 그자의 비늘은…… 평생 동안 드래곤들을 겪어 온 그녀가 아는 한도 내에서는 비늘이라고 할 수도 없었다. 틈이라고 할 만한 것이 보이지 않았기 때문이다. 대신에 그 비늘은 마치 단단한 껍질처럼 그자의 전신을 완벽한 형태로 덮고 있었다. 오직 날개와 사지와 눈만이 드러나 보였다. 드래곤의 갈기는 길었지만 전체가 전사의 땋은 머리로 되어 있었고 역시 청동빛을 덧씌운 듯한 색깔이었다.

그자는 지금껏 이지가 본 중에서 가장 아름다운 존재였다. 그 색깔 때문에 그자는 달빛 아래 반짝이는 보석처럼 보였다.

그자는 절대로 사우스랜드 드래곤이 아니었다. 그 점만큼은 이지도 확신했다. 그러나 그자가 어디서 왔는지는 역시 알 수 없었고, 그래서 그녀는 천천히 손을 아래로 내려 자신이 언제나 검대에 지니고 다니는 강철 막대를 감싸 쥐었다. 그 강철 막대는 수년 전 야장 술리엔이 그녀에게 만들어 준 물건이었다.

"네 신들에게 기도하고 있었나, 인간?"

드래곤이 물었다.

"난 어떤 신에게도 기도하지 않아. 더 이상은 아니지."

"하지만 올바른 신을 선택하면 자유로워지게 될 거야."

그가 긴 목을 내려 그녀와 시선을 맞춘 채 주둥이 앞에 발톱 하나를 세워 보이며 속삭였다.

"쉬이이이. 아무도 다칠 필요 없도록 이 일을 빨리 해치워 버리자, 인간."

이지는 고개를 끄덕이며 대답했다.

"적어도 빨리 해치우자는 데는 동의하지."

그리고 술리엔의 무기를 뽑아 들며 이 순간 필요한 무언가를 머릿속에 그렸다. 그거면 충분했다. 생각하는 것만으로 무기가 길어지고 판판했던 끝이 창처럼 변했다. 그녀는 강철 창을 두 손으로 단단히 쥐고 앞으로 내찔러 드래곤의 눈을 뚫고 뇌까지 곧장 쑤셔 박았다.

이지가 무기를 도로 뽑아내자, 드래곤이 앞발로 눈이 있던 자리에 생겨난 구멍을 감싸며 고통의 비명을 터트렸다. 그자가 곧 죽으리라는 것은 의심할 여지가 없었으므로, 그녀는 그자에게서 몸을 돌리고 발코니 난간 너머를 내려다보았다. 산의 측면을 타고 오르는 더 많은 드래곤들을 본 것도 그때였다.

저런 식으로 접근한 거군.

그들의 날개가 펄럭이는 모습은 일 리그 안의 드래곤이라면 누구에게든 그들의 접근을 알리는 신호나 마찬가지가 될 터였다.

그래서 조용히 하기를 바란 거였어. 그렇다면…….

이지는 그들의 바람을 들어줄 생각이 전혀 없었다.

한 걸음 물러나 무기를 들어 올린 그녀는, 다시 생각만으로 그

놀라운 물건이 더 길어지고 굵어지는 것을 감상하면서 입을 열고 고함을 내질렀다.

"에이브히어!"

에이브히어는 퍨의 뒷다리를 바닥에 찍어 누른 채 막 꼬리 끝으로 사촌 형을 찔러 주려던 참에 자신의 이름을 외쳐 부르는 이지의 목소리를 들었다. 그녀가 다른 누군가를 불렀더라면 그는 싸움을 계속했을 것이다. 이지가 그의 이름을 외쳐 부르는 일은 절대로 없을 것이기 때문이다. 그렇다면······.

그는 즉시 날개를 활짝 펼치고, 동굴 안에서 벌어지고 있는 싸움판 위로 날아올랐다.

그가 고함을 내질렀다.

"미루나르, 가사!"

이지는 누군지도 잘 모르고 전장에서 상대해 본 적도 없는 데다 자신보다 훨씬 큰 한 떼의 드래곤들을 죽이려 들 생각이 없었다. 그래서 대신에, 도망쳤다. 세상에서 가장 위대한 전사라 할지라도 때로는 도망칠 필요가 있는 법이다. 그녀는 애초에 세상에서 가장 위대한 전사도 아니었다.

이지는 에이브히어와 다른 이들이 있는 곳으로 향하는 게 맞기를 바라며 달리고 있었지만 확신할 수는 없었다. 더 나빴던 것이, 그녀는 이제 그 습격자들이 자신을 뒤쫓고 있다는 사실을 알게 되었다. 그들 중 하나가 동료들에게 외치는 소리를 들었던 것이다.

"그 여자가 여기로 내려갔다! 쫓아! 쫓아가!"

낯선 습격자들이 그녀를 찾아 달리느라 통로 벽에 날개 긁히는 소리와 바위를 발톱으로 내리치는 소리가 울려왔다.

이지는 그자들이 무엇을 원하는지 알 수 없었지만 당장은 그런 걱정을 할 여유도 없었다. 그녀는 그저 어딘가 안전한 곳에 이르기를 바랄……

그때, 어두운 동굴에서 앞발 하나가 불쑥 뻗어 왔다. 이지도 그것을 보았지만 피하기엔 너무 늦었다. 앞발이 그녀를 감싸더니 어둠 속으로 끌고 들어갔다. 그녀는 자기 무기를 꺼내 적어도 한 번은 상대를 치고 싶었지만, 꼼짝도 하기 전에 낯선 드래곤이 가볍게 숨결을 불어 냈다. 무언가 모래 같은 것이 얼굴을 때리는 것을 느낀 이지는 호흡을 참으려 했지만, 이번에도 먼저 조금 숨을 들이켜고 말았다. 그 즉시 그녀의 몸이 축 늘어졌고, 싸우거나 소리를 지르는 것은 물론 다른 어떤 일을 할 수 있는 능력도 사라져 버렸다.

"자거라, 꼬마 인간아. 잠들어라."

드래곤이 부드럽게 말했다.

아무런 선택의 여지도 없다는 사실이 꽤나 확실했으므로, 이지는 그렇게 했다.

에이브히어는 얼굴로 날아온 배틀액스를 막아 바닥으로 내리친 다음, 온몸으로 습격자를 밀어붙여 벽에 처박았다. 그리고 그자의 입속에 검을 쑤셔 넣어 비틀었다. 상대의 몸이 움직임을 멈추자, 그는 검을 뽑고 싸움판을 향해 돌아섰다.

"모래 드래곤들이군. 내 어머니와의 동맹을 깬 건가?"

하지만 곧 고개를 저었다.

"아니지. 그럴 리가 없어."

에이단이 양쪽 앞발에 든 검들로 그들을 향해 달려오던 적 드래곤 둘을 동시에 꿰뚫었다. 그가 검들을 휘두르듯 회수하자 두 드래곤의 내장이 후드득 바닥에 쏟아져 내렸다.

"그럼 대체 이게 무슨 지랄들인데?"

에이단이 그를 보고 물었다.

"나도 몰라."

에이브히어는 주변을 둘러보았다.

"그보다, 이지는 대체 어디 있는 거야?"

에이단이 어깨를 으쓱하고는 또 다른 모래 식충이를 반으로 갈라 버렸다.

"캐스윈! 우서! 이지 봤어?"

"아니."

캐스윈이 통로 건너편에서 소리쳤다.

"우리도 찾고 있어."

브란웬이 모퉁이를 돌아 다가왔다.

"에이브히어, 이걸 찾았어!"

그녀는 강철 막대를 들고 있었다.

"그게 뭔데?"

"술리엔 삼촌이 이지에게 만들어 주신 무기. 그 애가 항상 지니고 다니는 거야."

"그럼 이지는 어디 있는데?"

에이단이 물었다.

"몰라. 하지만 거기엔 핏자국도 없고 뼈들도 없었어. 그 애가 잡아먹혔다 해도 그렇게 간단히 당했을 리는 없지."

"어이, 저 소리 들려?"

캐스윈이 소리쳤다.

에이브히어는 싸움판의 소음 너머로 귀를 기울였다. 처음에는 캐스윈이 말한 소리가 뭔지 알지 못했지만, 곧 그도 들었다. 그것은 개 짖는 소리였다.

에이브히어는 싸우고 있는 드래곤들을 뚫고 지나 절벽처럼 튀어나온 바위들 중 하나로 달려 나갔다. 밖으로 몸을 내민 그는 그 멍청이 개가 사막을 향해 곧장 달려가는 것을 보았다. 막센은 말들을 맡겨 둔 마을에 남아 있기를 거부하고 이지 곁에서 멀어지지 않으려 했다. 할 수 없이 그들은 개를 여기까지 데리고 왔고 녀석의 안전을 위해 지상 높이의 조그만 동굴에 넣어 주었다. 그때까지 에이브히어는 개에 대해 까맣게 잊고 있었다.

에이단이 에이브히어의 여행 가방을 던져 주며 말했다.

"가. 가서 이지를 구해라. 여기 일은 우리에게 맡겨 두고. 나중에 우리가 너흴 찾으러 가지."

"이지가 잡혀간 건지 아닌지도 모르잖아."

"저 개는 그녀 없이 어디로도 가지 않을 거야. 저 녀석이 한구석에서 질질 울고 있기라도 했다면 나도 이지가 죽었다고 생각했겠지. 하지만 녀석이 어딘가를 향해 달려가고 있잖아. 누군가가 이지를 찾아낼 수 있다면 그건 바로 저 지저분한 털북숭이 자식일 거다. 그러니까 얼른 가.”

에이브히어는 여행 가방을 어깨에 둘러멨다.

“이것도 가져가.”

에이단이 데저트랜드 지도를 그 가방에 쑤셔 넣으며 말했다.

“여왕을 위해, 명예를 위해!”

에이브히어도 그들이 가장 좋아하는 미루나크의 구호를 따라 외었다.

“여왕을 위해, 명예를 위해!”

그리고 공중으로 몸을 띄운 다음, 바람에 날개를 맡긴 채 그 방할 개가 주인을 찾아 사막을 씻어발기는 소리를 찾아 귀를 기울였다.

그웬바엘이 밖에서 울리는 비명을 들은 것은 다들 한창 저녁 식사를 즐기던 참이었다. 그는 먹던 양고기 접시에서 눈을 들며 물었다.

"오늘 밤에 어머니가 오신다는 얘기 있었어?"

모두가 고개를 젓는 순간 리아논이 쿵쿵거리며 대전 안으로 걸어 들어왔다. ……홀딱 벗은 채로.

그래도 그웬바엘은 어머니가 드래곤의 본체 그대로 밀고 들어오려 하지 않았다는 사실을 감사하게 생각했다. 그런 경우 언제나 보수공사가 뒤따라야 했고, 좋은 석공을 쓰려면 손이 많이 든다는 앤널의 불평이 끝도 없이 이어졌기 때문이다.

어머니가 그들 쪽으로 다가오며 소리쳤다.

"문제야! 문제가 생겼다!"

모르퓌드가 어머니의 벌거벗은 모습에 숨을 헉 들이켜고 뛸 듯이 자리에서 일어났다. 그녀가 방을 가로질러 가는 사이, 하인들 중 하나가 털 망토를 던졌고 그녀는 즉시 털 망토로 어머니의 어깨를 감쌌다.

그와 동시에 아버지가 대전 안으로 달려 들어왔다. 적어도 바지는 입은 채였고 급하게 부츠를 발에 꿰고 있었다.

"당신, 날 그렇게 두고 가 버리지 않았으면 좋겠는데."

그가 리아논에게 으르렁거렸다.

"우린 그럴 여유가 없다고! 알몸에 대한 인간들의 온갖 허식 따위에 신경 쓸 때가 아니야! 문제가 생겼잖아!"

"이건 그 멍청이 꼬마 놈의 잘못일 거야!"

베르세락은 사납게 되받아쳤다

어린 프레더릭이 번쩍 고개를 들었다. 저녁 식사 내내 읽고 있던 책에서 그의 주의를 떼어 놓는 일이 드디어 생긴 것이다. 독서 안경을 갖게 되었고 더 이상 집안의 다른 남자들처럼 멍청하게 보이려고 애쓸 필요가 없어진 때문인지, 이제 소년은 언제나 책을 들고 다니는 것 같았다.

그웬바엘이 그에게로 몸을 기울이며 속삭였다.

"네 얘기가 아니야. 넌 괜찮아."

"아…… 다행이네요. 고맙습니다."

그러고는 다시 자기 책으로 돌아가는 프레더릭이었다.

"무슨 일이에요?"

브리크가 따져 물었다. 그러면서도 그의 어조는 놀랄 만큼 지루하게 들렸는데, 그건 확실히 그만의 능력이라 할 만한 것이었다. 그의 형제들 중 누구도 끝내 통달하지는 못했던 유일한 기술.

"우리는 공격당했다! 그리고 배신당했지!"

리아논이 다시금 소리쳤다.

앤널이 즉시 자리에서 일어났고, 그녀의 손은 어느새 검에 가 있었다.

하지만 피어구스가 재빨리 그녀에게 말했다.

"앉아. 당장."

뭐라고 툴툴거리긴 했지만, 인간 여왕은 그의 말에 따랐다. 수년 사이에 피어구스는 자기 짝이 살육을 벌이기 전에 막는 데 걸리는 시간을 확실하게 단축시켜 가고 있었다. 가족 모두가 그에게 감사하게 여기는 점이기도 했다.

"누가 우릴 공격한 거죠?"

케이타가 물었다. 가장 효과적으로 작용할 독을 찾아내려면 꼭 알아야 하는 정보인 것이다.

"저 망할 모래 식충이들이 내 소금 광산을 습격했다."

"헤루 왕이요? 그가 군대를 보내 소금 광산을 공격했다는 말씀이세요? 소금이 그렇게 절실히 필요했답니까?"

피어구스가 물었다.

"아니, 그는……."

리아논은 스스로 말을 끊었다가 다시 시작했다.

"그자는 소금 광산을 공격한 게 아니야, 이 바보 자식아. 우릴 공격한 거지!"

"우릴요? '우리 모두'의 우리 말씀이세요, 아니면 어머니 생각이 그렇다는 말씀이세요?"

브리크가 물었다.

"베르세락!"

리아논은 버럭 고함쳤다.

베르세락이 재빨리 다가와 그녀 앞으로 나서며 말했다.

"우리가 아는 건 조금 전에 소금 광산이 모래 드래곤 대대의 공격을 받았다는 것뿐이다."

"헤루 왕이 보낸 거랍니까?"

피어구스가 물었다.

"우리도 모른다."

"영토를 잃은 겁니까?"

브리크가 물었다.

"아니."

피어구스와 브리크와 그웬바엘은 잠시 시선을 주고받았다. 이윽고 피어구스가 인상을 찌푸리며 물었다.

"그러니까 아버지 말씀은, 우리가 사우스랜드 영토 경계에 파견해 둔 부대가 모래 드래곤들의 전면 공격을 물리쳤다는 겁니까? '그 부대'가요?"

영토 경계의 그 지역은 너무나 오랫동안 평화로웠고 날씨가 너무나 끔찍했기 때문에, 그들은 보통 최악의 부대만을 소금 광산에 보냈다. 그리고 설사 그들이 공격을 당한다 해도 다른 부대들이 집결하여 적들이 그 이상 밀고 들어오지 못하도록 격퇴할 준비를 갖출 만한 시간은 벌어 주리라고 생각했다. 솔직히 말해서 그들은 쓰고 버려도 되는 경비견에 불과했던 것이다.

베르세락이 리아논을 돌아보자 그녀가 어깨를 추썩였다.

"말해 줘."

고개를 끄덕인 베르세락은 다시 자식들을 향해 말했다.

"소금 광산에 미루나크들이 있었다고 한다."

브리크가 혼란스러움에 머리를 흔들었다.

"미루나크가 왜 거기……."

탈라이스가 숨을 급하게 들이켜더니 벌떡 일어섰다.

"맙소사! 이지!"

"그 애는 무사해."

베르세락은 재빨리 그녀를 안심시켜 주었다.

"리아논이 브란웬과 얘기를 나눴단다. 이지는 괜찮다고 했어. 에이브히어가 그 애를 안전하게 지켜 주고 있다는구나."

"에이브히어가 이지와 함께 있어요?"

브리크는 추궁하듯 자기 짝을 노려보았다.

"당신은 알고 있었군, 그렇지?"

"물론 알고 있었지. 하지만 대체 그게 무슨 문제라고 당신이 이 난리를 칠 줄은 몰랐던 것 같네."

"그게 대체 무슨 문제라고? 당신이 어떻게 그런 말을 할 수가 있어?"

"그 애들은 혈족이 아닌데 뭐가 문제야? 물론, 내 딸이 왕족의 혈통을 타고나지 않았다는 사실을 당신이 불쾌하게 여기는 게 아니라면 말이지."

"뭐?"

"그냥 인정하시지. 그게 진짜 이유잖아. 당신은 내 딸이 당신의 그 고귀하신 왕족 동생에게 충분치 못하다고 생각하는 거야."

너무나 화가 나 브리크의 인간 얼굴이 라그나의 머리칼만큼이나 자줏빛으로 변하는 걸 보고 그웬바엘이 사정을 명확하게 말해 주었다.

"사실은 그 반대죠. 우린 그 천치 자식이 우리 꼬마 이지에게 충분치 못하다고 생각하거든요."

"꼬마 이지라고?"

다그마가 물었다.

"상대적으로 말해서 그렇다는 거지, 물론."

"당신들 모두 가엾은 에이브히어에게 너무 가혹하게 굴잖아. 그가 십 년 동안이나 집에 오지 않은 건 놀랄 일도 아니지."

앤널이 남자들을 쏘아보며 말했다.

"그 녀석은 미루나크잖아."

피어구스가 대꾸했다.

"난 아직도 그게 무슨 뜻인지 모르겠다니까."

앤널이 좌절감이 담긴 어조로 쏘아붙였다.

"그건 우리 꼬마 이지가 '무도한 자' 에이브히어와 어울리는 걸 우리가 바라지 않는다는 뜻이야!"

"에이브히어는 당신 동생이잖아!"

"내가 원해서 그리된 건 아니지!"

베르세락이 육중한 두 주먹으로 식탁을 쾅 내리쳤다.

"그런 게 다 지금 당면한 우리 문제와 무슨 상관이냐!"

그가 따져 물었다.

"아무 상관 없죠. 하지만 지겨운 모래 식충이들 얘기보다는 훨씬 더 재밌잖아요."

그웬바엘이 대답했다.

"기회만 있었더라면 내가 네놈이 알이었을 때 깨부숴 버렸을 텐데 말이다."

베르세락이 아들에게 쏘아붙였다.

그웬바엘은 숨을 헉 들이켜고 두 손으로 심장 어름을 누르며 말했다.

"아버지! 그건 너무 심한 말씀이잖아요. 절 조금도 사랑하지 않으세요?"

"전혀!"

리아논이 으르렁거리더니, 자기 짝을 밀치고 앞으로 나서서 자식들을 노려보았다.

"이봐들!"

그녀가 따지듯 물었다.

"너희 중 누구도 내 귀엽고 달콤하고 불쌍한 어린 아들이 지금 어떤 위험에 처해 있는지 걱정되지 않는 거냐?"

"예."

"그렇죠."

"그럼요!"

"그래!"

방 안에 있던 모든 어른 남자들이 한꺼번에 대답했다.

망할 놈의 개를 쫓아간 끝에 에이브히어는 이지를 잡아간 모래 드래곤을 드디어 따라잡았다. 그 드래곤은 이지를 앞발에 쥔 채 아슬아슬할 만큼 지상 가까이로 낮게 날고 있었다. 에이브히어는 그 개자식이 이지에게 무슨 짓을 저질렀는지 알지 못하면서도 말로 표현할 수 없을 만큼 화가 났고, 그래서 속도를 높여 거리를 좁혀 갔다.

하지만 그가 막 모래 드래곤의 앞발에서 이지를 퍼 올리듯 낚아채려는 순간, 그자가 갑자기 머리부터 다이빙하듯 방향을 바꿨다. 모래 드래곤은 지상으로 내리꽂히면서 이지를 자기 몸에 바짝 붙여 부드럽게 안았다. 그리고 에이브히어가 그에게 이르기도 전에 날개를 위로 올려 이지를 가둔 채로 공처럼 닫아 버렸다.

에이브히어는 놀라서 눈을 깜빡였다. 그런 것은 한 번도 본 적이 없었다. 모래 드래곤이 몇 초 만에 드래곤에서 거북이가 되어 버렸는데 그로서는 이유를 알 수도 없었다.

에이브히어가 그렇게 허공중에 떠서 혼란스러워하고 있을 때, 어떤 소리가 들려왔다. 그를 향해 무언가 으르렁거리며 포효하는 듯한 소리였다. 그는 고개를 들었고, 압도적인 기세로 닥쳐오는 모래 장벽을 보았다.

하지만 시선을 더 높이자 자신이 재빨리 움직이기만 한다면 그 벽보다 높이 올라가 몸을 피할 수 있으리란 걸 깨달았다. 거기서 모래 폭풍이 지나가기를 기다리면 될 터였다.

그는 머리를 한껏 뒤로 젖힌 채 위로 쏘아져 올라갈 자세를 잡았다. 하지만 그 순간 개 짖는 소리를 들었고, 다시 지상을 내려다볼 수밖에 없었다.

막센이었다. 저 우라질 개자식!

녀석은 모래 드래곤의 단단한 보호막을 향해 짖어 대고 있었다. 안에 갇힌 이지를 구해 내기 위해 짖고, 할퀴고, 구멍을 내려는 듯 물어뜯었다.

에이브히어는 그 우라질 놈의 개가 모래 폭풍에 휩쓸려 버리도록 내버려 두어야 한다는 것을 알고 있었다. 그렇게 사라져 버리면 다시는 보지 않아도 되는 것이다. 질질 침 흘리는 꼴이나 고약한 냄새나 뿡뿡 뀌어 대는 방귀도 영원히 사라지는 것이다. 하지만…….

하지만…….

에이브히어는 이지가 마음 아파하리라고 생각하는 것조차 견딜 수 없었다. 그녀는 저 우라질 개자식을 사랑했고, 그는 자연의 힘에 맞서려 드는 저 털북숭이 멍청이를 남겨 둔 채 혼자만 날아가 버릴 수가 없었다.

그래서 에이브히어는 지상을 향해, 그 우라질 개자식을 향해 급강하를 시작했다. 내내 스스로를 멍청이라 욕하면서 막센에게 이른 그는 앞발로 퍼 올리듯 개를 낚아챔과 동시에 비행의 방향을 반대로 틀었다.

그 순간, 모래 장벽이 그와 막센을 한꺼번에 덮쳐 —에이브히어는 우라질 개자식을 여전히 꽉 붙잡고 놓지 않았다── 헝겊 인형처럼 내던져 버렸다.

모래 폭풍이 갑자기 닥쳐왔을 때, 이지는 자신이 어디 있는지 궁금해하고 있었다. 귀에 들어오는 소리는 끔찍했지만 그녀는 꽤나 편안하고 멀쩡한 상태였다.

……그리고 혼자가 아니었다. 이지는 눈을 뜨고 손을 앞으로 뻗어 보았다.

"인간의 쓸모없는 시력이라니……."

어둠 속에서 목소리가 들려왔다.

"내가 좀 도와주지."

그녀는 바위가 바위를 긁는 듯한 소리를 들었다. 뭔가 번쩍하더니 빛이 생겨났다. 조그만 횃불이 보이고, 선명한 초록색 눈이 보였다. 그 눈의 주인, 갈색 드래곤이 그녀를 내려다보고 있었다. 그 역시 전체적으로 청동을 얇게 덧씌운 듯한 색조를 띠었는데, 희미한 빛 속이라 그런지 더욱 반짝거리는 것처럼 느껴졌다.

그가 말했다.

"어떠냐, 좀 나아졌을 거다."

이지는 주위를 둘러보았다.

"여기가 어디지?"

"넌 안전해."

"뭐로부터 안전하다는 건데?"

"모래 폭풍 말이다. 여기서는 수시로 일어나는 일이지."

그가 앞발 중간쯤에 드래곤의 거대한 머리를 얹으며 말했다.

"맙소사, 인간치고 넌 아름답구나."

"적어도 맛있어 보인다는 소리는 안 하네."

드래곤이 웃음을 터트렸다.

"안 하지. 나와 함께 있는 한 넌 안전하니까."

"날 납치한 드래곤과 함께 있는데 안전하다고?"

"구해 준 거지. 거기엔 차이가 있어."

이지는 머리를 내저었다. 그녀의 어머니가 항상 말했듯이, '드래곤의 저 켄타우루스 똥 같은 의미 따지기'란!

"구함을 받는 것과 납치를 당하는 것 사이에도 그렇게 엄청난 차이가 있지."

"넌 안전해, 안 그런가?"

"난 네가 누군지 몰라. 너도 날 모르는 게 분명하지. 난 도대체 네가 왜 날 '구해 줄' 필요가 있다고 생각했는지조차 모른다고."

"널 데려와야 한다는 얘기를 들었거든. 저 추악한 반역자들로부터 널 안전하게 지켜 주기 위해서 말이야."

"반역자들?"

"위대한 드래곤 킹 헤루에게 반역하는 자들. 헤루 왕은 공정하고 굳건한 발톱으로 이 아름다운 땅을 통치하고 있지. 그리고 사우스랜드의 드래곤 퀸과 마찬가지로, 그도 자신의 영토에 반역자들을 용납하지 않아."

"하지만 왜 그가 날 위해 누군가를 보내지? 애초에 내가 여기 있다는 건 어떻게 알았고?"

"우리의 마법사들은 강력하거든. 그들은 많은 것을 보지. 특히 화이트 드래곤 리아논의 인간 손녀딸이 이 땅을 향해 오고 있다는 사실 같은 것 말이다."

이지는 바닥에 앉아 등을…… 그러니까 이 드래곤의 단단한 껍데기에 기댔다.

"리아논 님의 손녀딸이 무슨 상관이라고?"

"모르나?"

"내가 '피투성이' 앤널 군대의 장군이라는 건 알지. 내 할머니가 날 가끔 봐주셔야 했던 건 꽤나 오래전 일이라고."

드래곤이 껄껄거리며 웃었다.

"사우스랜드의 드래곤 퀸은 종종 자기 후손을 제멋대로 자유롭게 살게 두고 살아 돌아오든 죽어 돌아오든 신경 쓰지 않는 것처럼 보이지. 하지만 우리, 다른 드래곤 왕국들은 정작 그녀의 후손들은 모르는 걸 꽤나 잘 알아."

"그게 뭔데?"

"그 여자가 잔인하고 용서를 모른다는 것. 그녀를 화나게 하고 싶거든 그녀의 후손이 해를 입도록 두면 돼. 그러니까 네가 그저 손녀딸일 뿐이고 혈족이 아니라 해도, 물론 넌 확실히 이 땅의 아이니까 혈족은 아니지만, 다른 왕국들 모두 너에 대한 그녀의 애정을 잘 알고 있다는 거야."

"그것참, 듣기 좋은 소리네. 하지만 그게 사실이라면 그분의 아들은 어쩌고?"

"어느 아들 말이지?"

"나랑 함께 여행하고 있던 아들. 당신네 그 강력하다는 마법사가 그에 대해서는 얘기해 주지 않았나 보지?"

"아, 막내아들 말이군. 그래, 얘기해 줬지."

그가 코웃음을 쳤다.

"그런데?"

"그런데 뭐? 그는 미루나크야. 헤루 왕은 결코 그런 너절한 야수를 자기 궁정에 들일 생각이 없을뿐더러, '무도한 자' 에이브히어는 제 몸을 돌볼 줄 알 테니까. 그걸 감안하면 내가 할 일은 널 구해 내는 것뿐이었지."

그가 미소를 짓자 하얗게 빛나는 송곳니가 어둠 속에서 번쩍였다.

"그리고 난 내 일을 해내서 기분 좋아."

"하지만 오래가진 못할걸."

이지는 부드럽게 말했다.

"왜 그런데?"

"난 내 가족을 잘 아니까."

"그게 무슨 뜻…… 으아아아아아아!"

이지를 머리를 숙이고 모래 드래곤의 껍데기 같은 날개가 활짝 열리며 그자가 나가떨어지는 것을 지켜보았다.

"편안하신가 보네?"

온몸에 모래를 뒤집어쓴 에이브히어가 그녀를 노려보며 따져 물었다.

"지금 날 탓하는 거예요? 납치당한 나를!"

"그래, 너 확실히 겁에 질려 보인다."

에이브히어는 이 상황을 믿을 수가 없었다!

그 고생을 해 가며 여기까지 왔는데, 저 우라질 똥개까지 구해서 데려왔는데, 이 '드래곤이라면 다 좋아' 아가씨가 대체 지금 뭔 짓을 하고 있는 거야? 시시덕거리기라고? 그것도 모래 식충이랑? 이런 위선자!

이지가 벌떡 일어나더니 그 탄탄한 엉덩이에서 모래를 털어 냈다.

"에이브히어……."

"잠깐 여기 있어."

그는 그녀에게 명령했다.

"일단 저놈부터 죽이고, 그러고 나면 이 문제를 얘기해 보지."

"이 문제? 무슨 문제요?"

그녀가 이 와중에 밀고 당기기를 하려 드는 데 짜증이 난 에이브히어가 모래 드래곤을 향해 돌아서려는 순간, '그 고생'을 한 보답으로 이지의 칼자루가 콧잔등을 때렸다.

"망할!"

이지가 엉덩이에 양손을 척 올린 채 웃고 있었다.

"충성심은 어디다 팔아먹은 거야?"

에이브히어는 따지듯 소리쳤다.

"징징거리는 어린애한테 바칠 충성심 같은 건 없네요! 그보다, 말이 나왔으니 말인데…… 막센은 어딨죠?"

"또 그 우라질 똥개부터 챙기나? 너, 내가 괜찮은지는 묻지도 않았잖아!"

"그야 당신은 여기 서 있으니까, 안 그래요? 살아 있네. 식식거리는 걸 보니 확실히 숨도 쉬고 있고요. 그런데 내 멋지고 충성스럽고 안 징징거리는 개는 안 보이잖아요!"

"배은망덕한 여자 같으니라고!"

하지만 이지가 인상을 찌푸리자 에이브히어는 즉시 기세를 누그러뜨렸다.

"왜 그래?"

그가 물었다.

대답 대신 그녀는 갑자기 바닥을 내려다보았다.

"이지?"

드래곤의 앞발이 모래 속에서 불쑥 튀어나와 이지의 다리를 감아쥐었다. 바로 다음 순간, 이지가 모래 속으로 꺼지듯 사라져 버렸다.

"이지!"

에이브히어는 그녀가 서 있던 곳으로 돌진했다. 하지만 그녀의 개만이 비난조의 시선으로 그를 쳐다보며 반대쪽에 서 있을 뿐이었다.

"이건 내 잘못이 아니잖아! 아니라고!"

에이브히어가 소리쳤다.

그 망할 개는 그의 말을 믿는 것 같지 않았고, 에이브히어 역시 확신할 수가 없었다.

그는 으르렁거리며 이지를 잡아 왔던 모래 식충이를 향해 돌아섰다. 그리고 저 드래곤에게서 진실을 쥐어짜 내고 말리라 작정하면서 그자를 향해 성큼성큼 다가갔다. 그러나 가벼운 진동이 느껴지면서 그 개자식도 모래 속으로 사라져 버렸다.

에이브히어는 포효했다.

내가 온 사막을 갈아엎어서라도 네놈들을…….

그때, 막센이 맹렬하게 짖으며 그를 지나쳐 달려갔다. 개를 따라간 에이브히어는 녀석이 곧장 모래언덕으로 향하는 것을 보았다. 원하는 지점에 이르렀는지 막센이 모래를 파헤치기 시작했다. 에이브히어도 그 곁으로 다가가 주먹을 말아 쥐고 모래 언덕을 내리쳤다. 하지만 더 많은 모래 대신 허공이 느껴졌고 열린 공간이 나타났다.

에이브히어는 꼬리로 막센을 말아 단단히 붙든 채 모래언덕 속의 어둠 속으로 뛰어들었다.

데저트랜드의 모래 드래곤, 여타 드래곤들 사이에서는 '모래 식충이'라 불리는 이들은 드래곤 종족 중에서도 아주 독특했다. 그들이 타고난 무기가 실제로 모래여서가 아니었다. 그들의 비늘 때문이었다. 아니, 그것을 비늘이라고 할 수나 있을까?

대부분의 드래곤 종과 달리 모래 드래곤은 연약한 피부를 크고 작은 비늘들이 덮고 있는 형태가 아니었다. 그들이 생의 대부분을 모래로 뒤덮인 땅에서 보낸다는 점을 감안하면 그것은 별로 놀랄 일도 아니니라.

드래곤이 견디기에 가장 혹독한 고문은 그들의 비늘 아래로 뾰족하고 고통스러운 뭔가를 집어넣는 것이다. 그러니 하루 종일, 매일매일을 모래에 둘러싸여 지내는 삶은 수시로 비늘 아래 들어간 모래를 빼내기 위해 스스로 제 비늘을 들춰야 한다는 것만으로도 비참하지 않겠는가.

대신에 그들의 몸은 껍데기 같은 한 장의 부드러운 비늘로 덮여 있었다. 날개로 펼쳐지기도 하고 모래 폭풍을 만났을 때 스스로를 보호하도록 공처럼 닫히기도 하는 한 장의 외피.

그 모든 사실은 꽤나 흥미롭고 매혹적이었지만, 동시에 현재 세 미루나크—드래곤 퀸 군대의 두려움을 모르는 최강 전사인—가 마치 겁에 질린 새끼 드래곤들처럼 웅송그리고 모여 앉아 있는 이유이기도 했다. 하지만 그럴 수밖에 없었다.

'지독한 자' 브란웬이 온몸에 피 칠갑을 하고 동굴 밖으로 걸어 나와 텅 빈 껍데기를 바닥에 던졌다. 그녀가 간단히 죽여 버리는 대신 수고롭게 포로로 잡아 온 모래 식충이들 중 하나에게서 체계적으로 벗겨 낸 외피였다.

"끝내 말을 안 하네."

그녀가 말했다.

물론 안 했겠지. 그 개자식도 비명을 지르느라 바빴을 테니까.

에이단은 친구들을 흘끗 돌아봤지만, 캐스윈도 우서도 절레절레 고개를 저었다. 그래도 에이단은 그들보다 강단이 있었다. 그는 괜히 한차례 목을 가다듬고서 물어보았다.

"도움이 될 만한 게 전혀 없었어? 뭐든 여왕님이 알고 싶……"

"알아, 나도 안다고……."

말하다 말고 그녀가 발톱을 탁 부딪쳤다.

"아! 뭐가 있긴 했다. 저 자식 지랄 맞은 비명 소리 때문에 완전히 잊고 있었네."

그러고는 동굴 안으로 다시 들어갔다. 최강의 미루나크 전사 셋은 하나같이 목을 쭉 뽑아 동굴 안을 엿보았다. 눈앞에 펼쳐질 광경이 얼마나 끔찍할지는 짐작이 갔지만, 그러지 않을 수가 없었다.

그러지 말았어야 했다.

브란웬이 꿈틀거리며 바닥을 기어 그녀에게서 멀어지려 애쓰는 모래 드래곤의 등을 앞발로 쾅 내리쳤다. 외피가 벗겨진 다른 드래곤이나 마찬가지로 그자 역시 이상해 보였다. 전신을 뒤덮은 피로도 가릴 수 없었던 것은 이 순간 그자가 나약하고 무력한 인 간이나 다를 바 없다는 찜이었다.

"앞발 하나만 줘."

브란웬이 말했다.

"죽여 주시오. 그냥…… 죽여……."

모래 드래곤이 애걸했다.

"그만 징징거려."

브란웬은 그자의 등에서 앞발을 떼고 대신에 팔을 밟았다. 그리고 자기 배틀액스를 들어 가볍게 내리찍었다. 모래 드래곤의 앞발을 간단히 잘라 낸 그녀가 그것을 집어 들고 동굴 밖으로 향했다.

미루나크 셋이 찍소리도 못 하고 재빨리 물러났다. 다행히 브란웬은 눈치채지 못한 듯했다. 에이단은 수년에 걸쳐 이사벨 장군과 브란웬 대위가 드래곤들보다는 인간 여왕 '피투성이' 앤널과 더 많은 시간을 보낸다는 얘기를 들어 왔지만, 그 소문이 진실임을 깨달은 것은 바로 이 순간이었다.

브란웬이 모래 드래곤의 앞발을 들어 그 안쪽을 보여 주었다.

"그게 뭐지?"

캐스윈이 물었다.

"문신이야. 일종의 룬문자 같은데."

"룬문자?"

"룬문자라면 마법을 의미하지. 마법이라면 신들에 관한 뭔가일 테고."

에이단이 설명했다.

브란웬도 고개를 끄덕였다.

"맞는 말이야. 그러니까 이걸 여왕님께 갖다 드려야 해."

"당신이 갈 건가?"

"그럴 필요 없어. 리아논 님이 내가 내 어머니와 하듯이 직접 연결할 수 있도록 허용해 주셨거든. 그 일을 끝내고 나면 난 이지를 찾으러 갈 거야. 무슨 일이 일어나고 있는 건지는 모르겠지만……."

그녀가 말꼬리를 흐렸다.

에이단은 브란웬이 지금 무슨 생각을 하고 있는지 물어보기가 두렵다는 것을 인정할 수밖에 없었다. 사실, 무슨 생각을 하고 있는지 알고 싶지도 않았다. 전혀.

"알아들었어. 우리도 함께 가지."

그는 동료들이 그 점을 두고 논쟁을 벌일 여지가 없도록 재빨리 말했다.

브란웬이 어깨를 추썩이고 동굴을 향해 몸을 돌렸다.

"맘대로."

그녀가 완전히 사라지자마자, 우서가 에이단의 목 줄기를 눌렀다.

"너 정신 나간 거 아냐?"

"난 저 여자와 아무 데도 안 가."

캐스윈이 절박한 어조로 속삭였다.

"우린 미루나크야."

에이단은 간신히 목소리를 짜냈다.

"그게 우리가 멍청이란 뜻은 아니지."

에이단은 우서의 팔을 쳐 내고 말을 이었다.

"맞아. 하지만 우린 서로에게 충성하지. 그러니까 에이브히어만 이지와 저 여자에게 맡겨 두고 떠날 순 없어."

"저 여자는 그 녀석 사촌이잖아. 어찌 되건 확실히 무사할 거라고 보는데."

"충성을……."

에이단은 친구들에게 상기시켜 주었다.

"목숨이 다하는 그날까지. 우리가 전쟁과 죽음의 여신 에이리안웬 앞에 올린 서약 기억하겠지?"

"그날 우리가 취해 있지 않았나?"

"요점이 그게 아니잖아!"

그때, 동굴에서 통통 튀어나온 모래 드래곤의 머리통이 그들 앞으로 바닥을 굴러갔다.

"미안. 발톱이 미끄러워서!"

브란웬이 소리쳤다.

"하지만 그 덩치만 큰 블루 드래곤 자식은 이 빚을 갚아야 할 거야."

에이단은 다짐하듯 말했다.

"우리가 단단히 받아 내고 말 테니까."

28

이지는 콜록거리고 머리를 흔들며 여기저기 붙은 망할 놈의 모래를 털어 내려 애쓰고 있었다.

"미안하게 됐네."

그녀는 손가락을 머리칼 속에 집어넣고 긁어내리며 아직도 모래를 털어 내기 바빴다.

"대체 여긴 또 어디야?"

"안전한 곳."

"그 소리 좀 그만하지그래. 짜증 난다고!"

마침내 그녀가 머리를 들며 눈을 떴다. 그리고 숨을 멈췄다.

"아름다워!"

그녀를 잡아 온 드래곤이 미소 지었다.

"네 마음에 든다니 기분 좋군."

그가 지하 동굴의 거대한 공간을 천천히 걷기 시작했다.

"우리 선조들이 이곳을 건설한 이래로 억겁의 세월이 흘렀지만 여전히 강건하게 버티고 있지."

동굴 한가운데 선 이지는 그 지점으로부터 수 킬로미터나 쭉 뻗어 이어지는 무수한 통로들과 동굴들과 방들을 볼 수 있었다. 무엇보다 그녀의 마음에 들었던 것은 그 전부가 넓게 열린 공간이라는 점이었다. 그 공간을 밝혀 주는 것은 벽 여기저기에 걸린 횃불들이 아니라 점점이 뿌려져 있는 거대한 색 수정들이었다.

그녀의 시선이 수정들에 붙박인 걸 알아챈 듯, 그가 설명해 주었다.

"이 아래로 몇 리그나 내려가면 용암의 강이 흐르지. 그 강의 지류가 너희 사우스랜드로 가서 화산이 되는 거야. 이곳의 조명도 그 강으로부터 뿜어져 나온 빛이 수정들을 통과해서 동굴들을 비춰 주는 거지."

"정말로 아름답네."

"이곳이 진정한 네 사람들의 땅이야, 이사벨. 네가 그 아름다움에 끌리는 것도 놀랄 일은 아니지."

그때 또 다른 드래곤이 이지를 비켜 지나가더니 그녀를 잡아 온 드래곤에게 다가서며 낮은 목소리로 말했다.

"이제 가셔야 합니다."

"그래야지."

이지를 잡아 온 드래곤은 그렇게 대답한 뒤 그녀에게, 말했다.

"자, 이쪽으로."

그녀는 두 드래곤을 따라 통로가 꺾어지는 곳까지 몇 분쯤 걸어갔고, 다시 몇 분쯤 더 나아가자 통로가 끝나고 거대한 구멍이 나타났다. 나중에 나타난 드래곤이 그녀의 허리에 꼬리를 감더니 자기 등에 이지를 올려놓았다.

"이봐!"

그자는 대답 대신 그저 날개를 펴고 구멍 위로 날아올랐고, 잘 정비된 거주 공간에 이르러서야 내려앉았다. 그곳에 가득한 모래 드래곤들을 보고 이지는 벌린 입을 다물지 못했다. 모두가 이지의 가족들 사이에서 보았던 드래곤들과 같은 색깔을 하고 있었지만, 역시 모래 드래곤 쪽은 청동빛을 덧씌운 듯한 색조를 띠었다. 이 순간, 웃으며 대화를 나누고 있는 그들의 모습이 그녀의 눈에는 온통 반짝거리는 것처럼 보였다.

이지는 자신이 그들의 겉모습에 현혹당하고 있다는 걸 알았지만 어쩔 수가 없었다. 그들은 모두가 너무나 아름다웠다.

두 드래곤이 군중을 뚫고 지나감에 따라 차츰 다른 드래곤들이 조용해지더니 대놓고 이지를 바라보기 시작했다. 이지는 그곳이 왕궁의 알현실이란 것을 깨달았다. 그들은 이지를 자신들의 왕에게 데려가는 것이었다.

바위 벽에서 튀어나온 조그만 연단이 보이자, 이지를 싣고 온 드래곤이 걸음을 멈추었다. 그러나 이지를 납치한 드래곤은 계속해서 걸어갔고, 이윽고 연단에 올라 드래곤들로 가득한 궁정을 마주하고 섰다. 그 순간, 이지를 둘러싼 모든 드래곤들이 일제히 무릎을 꿇고 머리를 조아렸다.

그것은 기본적인 궁중 예법에 까다롭기로 악명 높은, 사우스 랜드의 드래곤 퀸 리아논조차도 자기 백성들에게 시키지 않는 일이었다. 하지만 이 모래 드래곤들은 모두가 주저 없이 무릎을 꿇었다.

……이지를 납치한 자에게.

이지는 입술을 잘근잘근 깨물다가, 고개를 들고, 어깨를 으쓱해 보였다.

'죄송해요.'

그녀가 입 모양만으로 그에게 말했다. 이지는 그가 윙크로 대답해 주는 것을 보고서야 자신이 몇 마디 건방진 말로 할머니의 동맹자를 실망시킨 것은 아님을 알고 조금 안도할 수 있었다.

하지만 그녀의 안도감은 오래가지 못했다. 알현실 밖에서 울려온 전투 함성을 들었기 때문이다.

경비병들이 즉시 각자의 무기를 뽑았지만, 왕이 발톱을 들어 올렸다.

"괜찮다. 그를 들여보내도록."

"전하?"

"내 말대로 해."

이지는 자기가 타고 있는 드래곤의 어깨를 톡톡 두들겼다.

"지금 날 내려 주는 게 좋을 거야."

"괜찮으시겠습니까?"

"유감이지만 당신보단 안전할 거야."

그녀가 편하게 미끄러져 내려가도록 드래곤이 몸을 낮춰 주었다. 역시 잘한 일이었던 것이, 바로 그 순간 여전히 모래를 뒤집 어쓴 에이브히어가 양손에 각각 배틀액스를 든 채 안으로 들어섰 다. 꽤나 살벌한 모습이었다. 이지에게는 섹시하게만 보였지만.

나 좀 봐, 한심하긴.

이지는 그가 겁에 질려 떨고 있는 왕족들을 모조리 죽이려 들 기부터 할까 봐 크게 소리쳤다.

"에이브히어, 난 괜찮아요!"

"당장 가자."

그가 명령했다.

"내가 왜 이사벨 공주를 데려와야 했는지 알고 싶지 않나, 화 염 드래곤?"

이지는 피식 웃었다.

"이지 공주라, 듣기 좋은 소리네요."

"너, 내가 공주라 불렀을 때는 거의 머리통을 뽑아 버리려고 했으면서!"

에이브히어가 쓸데없이 상기시켰다.

"당신 말하는 투가 별로 맘에 안 들었으니까 그랬죠."

"넌 언제나 그런 식이지, 안 그래?"

"그게 무슨 뜻이에요, 이 덩치만 큰 멍청…… 막센!"

이지는 쪼그리고 앉아 두 팔을 활짝 폈다. 막센이 그 팔 안으 로 뛰어들어 그녀를 구역질 나는 침과 지저분한 털 범벅으로 만 들어 놓았다. 이지는 너무나 좋아했다.

"그러시겠지. 또 그 우라질 개자식이 먼저야."

에이브히어가 불평하자 이지는 눈을 가늘게 뜨고 비난하듯 말했다.

"질투하는 거예요?"

"개를?"

"내 개잖아요. 내 충성스럽고 믿음직한……."

"……멍청한 짓을 하면서 제가 멍청한 줄도 모르는 놈이지."

"……개죠!"

이지는 주변을 둘러보며 일어섰다.

"다들 어디 간 거지?"

동굴이 어느새 텅 비어 있었다. 남은 건 이지와 에이브히어, 막센 그리고 데저트랜드의 드래곤 킹뿐이었다.

이지는 데저트랜드의 왕을 돌아보았다. 그는 가슴 위로 팔짱을 낀 채 발톱을 톡톡 두들기면서 그들을 구경하고 있었다.

"미안하게 됐네요."

이지가 말했다.

"왜 네가 사과를 해? 저자가 널 납치한 거 그새 잊었어?"

에이브히어가 따져 물었다.

"날 구해 준 거죠. 거기엔 분명한 차이가 있다고요."

데저트랜드의 왕 헤루 칠세는 이사벨 공주와 드래곤 퀸의 막내아들이 티격태격하는 것을 지켜보았다. 둘이 만나기만 하면 언제나 하는 짓 같았다. 티격태격. 그들의 말다툼이 금방 끝나지 않으리라는 것을 깨달은 그는 왕족들에게 자리를 비우라 명령했다.

지금 그에게 가장 불필요한 일이 있다면 자신의 백성들에게 사우스랜드의 왕족이 얼마나 어처구니없는 자들인지를 눈앞에서 보여 주는 것이었다. 그는 화이트 드래곤 리아논의 동맹으로서의 가치를 잘 이해했지만, 아직도 많은 이들이 수백 년 전 그의 아버지가 화염 드래곤과 동맹을 맺은 결정에 대해 의문을 품고 있었다. 그런 염려는 사우스랜더들이 노스랜드의 번개 드래곤들과 연합군을 결성했다는 사실이 전해지자 더욱 커져 갔다. 야만족들. 리아논이 야만족들과 동맹을 맺은 것이다.

"아직 멀었나?"

그는 이사벨과 그녀의 —자기들이 그렇다니까 일단은— '삼촌'에게 물었다. 어린 왕족 놈이 그를 노려보았다.

"너 대체 누구야?"

"이분이 헤루 왕이세요."

이사벨이 경고의 의미로 눈을 부릅뜨고 블루 녀석을 노려보며 말했다.

"웬 켄타우루스 똥 같은 소리야?"

"에이브히어!"

"데저트랜드의 왕이 널 왜 납치해?"

"그게 무슨 뜻이에요?"

화염 드래곤이 인상을 찌푸렸다.

"무슨 뜻일 거 같아?"

"내가 무슨 뜻이라고 생각하는지 정확히 알잖아요. 그리고 당신이 무슨 뜻으로 한 소린지 내가 정확히 알고 무슨 뜻이냐고 물었다는 걸 당신도 알고 있을 거 같은데요."

"그게 무슨 말도 안 되는 소리야?"

"시끄러워요."

"하지만……."

"그냥 조용히 하라고요."

"날 새겠군. 너희 둘, 항상 이러나?"

드래곤 남자와 인간 여자가 쌍으로 그를 돌아보더니 동시에 물었다.

"그게 무슨 뜻이지?"

"그게 무슨 뜻이에요?"

라이는 그림 그리던 양피지에서 시선을 들고, 몇 걸음 떨어져서 있는 할머니를 올려다보았다.

"안녕하세요, 할머니."

"그래, 내 귀여운 아가. 할머니랑 얘기 좀 해도 될까?"

"그럼요."

그녀는 그림 도구를 한쪽으로 치웠다.

"내가 모습을 바꾸련?"

할머니가 물었다.

"안 그러셔도 돼요."

라이는 감상하듯 할머니를 바라보았다.

"전 할머니가 그 모습으로 계시는 걸 보는 것도 좋아하거든요. 진짜 아름다우세요."

할머니가 몸을 쭉 펴고 등에서 하얀 날개를 활짝 펼치더니, 꼬리를 뻗어 근처의 나무에서 열매들을 떨어냈다.

"널 찾아와야 했단다, 라이. 가족의 저녁 식사 자리에도 나오지 않았고, 네 방에도 없고, 성 안뜰에도 보이지 않아서 말이다."

"죄송해요. 전 그냥 저녁을 먹으러 갈 기분이 아니었어요. 혼자 있을 시간이 좀 필요했거든요. 그래서 여기로 온 거예요."

할머니가 사방을 둘러보았다.

"너 혼자서 만든 거니?"

"예."

"네 사촌들도 여기 데려오고?"

"아니요."

"영리한 아이로구나. 너도 아는지 모르겠는데, 내가 아무것도 없는 공간에 나만의 신성한 공간을 혼자 힘으로 만들 수 있게 되기까지는 수백 년이 걸렸단다. 넌 언제 처음 만들었니?"

"여섯 살 때요."

"음, 그 부분에 대해서는 더 이상 얘기하지 말자꾸나."

할머니가 그녀 앞에 책을 한 권 펼쳐 놓았다.

"이 룬문자를 알아보겠니?"

"예."

"어떤 신에 대한 것인지도?"

"예."

"그와 얘기를 나눠 본 적 있니?"

라이는 고개를 끄덕였다.

"……예."

"자주?"

"아니요, 아니에요. 딱 한 번이었어요."

그녀는 몸을 숙이고 속삭였다.

"사실은 그가 맘에 들지 않았거든요."

"네가 그자를 가 버리게 했니?"

"아니요. 탈원 언니가요. 언니는 그를 진짜로 싫어했어요. 그에게 눈만 없는 게 아니라 눈구멍 자체가 없다는 게 언니한테 굉장히 거슬렸던가 봐요. 곧장 칼을 뽑아 덤벼들었죠. 언니는 여덟 살이었는데……."

할머니가 발톱으로 관자놀이를 짚으며 눈을 감았다.

"할머니, 괜찮으세요?"

"머리가 좀 아프구나."

"아."

라이는 너무 새파랗지 않도록 부드럽고 포근한 분홍빛을 더해 하늘의 색깔을 조정했다.

"이렇게 하면 좀 나을까요?"

할머니가 눈을 뜨더니 하늘을 올려다보며 눈을 깜빡였다.

"방금 이렇게 한 거니?"

"예."

"있잖아, 아가. 넌 이 모든 걸 아무렇지도 않게 해내는 것 같구나. 그런데 네 힘의 다른…… 측면들은 통제할 수 없는 것 같고. 난 그게 좀 놀랍단다."

"제가 이걸 해낼 수 있는 건 흥분하지 않았기 때문이에요. 화가 나지도 않았죠. 그리고 오늘은 하루 종일 탈원 언니랑 탈란 오빠를 보지 못했거든요. 그래서 언니 오빠의 싸움판 한가운데 끼어들 필요도 없었고요."

그녀는 두 주먹을 꼭 쥐고 소리쳤다.

"전 언니랑 오빠가 싸우는 거 정말 싫어요."

"그 애들은 싸우는 게 아니야. 그냥 우리가 그런 식인 거지."

할머니가 달래듯 말했다.

라이는 한숨을 내쉬며 주먹을 풀어 버렸다.

"제 말이요."

"음…… 라이."

"예?"

"크람네……."

"그 이늠은 말하지 마세요."

"이름에도 힘이 있니?"

"아니요, 그냥 흉측하게 들려서요."

"그래, 그렇구나. 음…… 좀 전에 얘기한 그 신의 룬문자 말이다. 누군가 맨살에 그런 걸 문신으로 새겼다면 그 이유가 뭔지 알겠니?"

"그를 숭배하는 교단에 소속된 자들만이 그렇게 해요."

"그자를 숭배하는 교단이 있어?"

"그가 제게 왔을 때는 없었던 것 같아요."

"하지만 지금은 있고?"

"그가 계획하고 있는 게 느껴졌거든요."

"그자가 교단을 만들었다는 뜻이니?"

"예."

"그리고 네가 그걸 아는 건……?"

"그는 저더러 자신의 '선택된 자'이길 바란다고 얘기했어요. 그러면 제 존재를 숭배하는 이들이 수천, 어쩌면 수백만 명도 더 생길 거라고요."

"네가 그자의 '선택된 자'니?"

"아니요, 제가 그의 '선택된 자'가 되기를 바랐다고요. 제 생각에 그에게 전 별것도 아니었던 것 같지만요."

"그러니까 넌 수백만의 숭배를 거절한 셈이구나?"

라이는 화난 어조로 말했다.

"할머니, 아빠가 지금 저와 이지 언니를 당신의…… '완벽하고도 완벽한 딸'이라고 부르는 것만 해도 충분히 힘들다고요. 그런데 수백만 명이 절 숭배한다고 상상해 보세요. 수백만이요! 그리고 그런 일이 생기면 다음으로 어떤 일이 벌어질지는 할머니도 아시죠? 피어구스 삼촌이랑 그웬바엘 삼촌이 '그'를 죽여야만 할 거예요. 아빠가 끊임없이 그 얘길 해 대실 테니까요. 에이브히어 삼촌은 여기 머무는 경우가 별로 없어서 다른 삼촌들을 막아 줄 수도 없겠죠. 솔직히, 전 우리 가족을 위해 최선의 선택을 한 거라고요. 게다가……."

그녀가 자기 얼굴을 가리켜 보이며 속삭였다.

"그는 눈구멍이 없잖아요, 할머니. 저도 누군가를 평가하거나

120

할 생각은 없어요. 슬픈 일이긴 하지만, 세상에는 매일같이 온갖 종류의 문젯거리를 갖고 태어나는 사람들이 있으니까요. 그래도 그는 신이잖아요! 그에게 그걸 고칠 능력이 없는 거라고는 믿을 수가 없죠!"

라이는 한 손을 얼굴에 대고서 입술을 살짝 깨물었다.

"전 정말 끔찍한 애예요, 그렇죠?"

할머니가 그녀의 뺨을 코로 살짝 눌렀다.

"내가 너한테 이 말을 한 적이 있는지 모르겠구나, 리안웬. 넌 정말로 내 손녀딸이 되기에 넘칠 만큼 귀한 아이란다."

"우와! 고맙습니다, 할머니. 저도 사랑해요."

라이는 두 팔을 뻗어 할머니의 콧잔등을 껴안았다.

"자…… 이제 우리가 할 일이 있단다. 너 괜찮겠니?"

할머니가 몸을 세우며 물었다.

"물론이죠, 제가 뭐 하면 될까요?"

라이가 여섯 살 때 쌍둥이 언니 오빠의 끊임없는 싸움질에 지쳐 혼자 힘으로 만들어 낸 공간을 할머니가 다시 한 번 둘러보았다. 잠시 후, 그녀가 라이에게 미소를 지으며 말했다.

"여기서 해도 될 것 같구나."

29

그들은 긴 통로를 내려가 어느 방으로 안내되었다. 에이브히 어가 이 지하 동굴에서 보았던 다른 몇몇 방들만큼 크지는 않았 지만 침대와 탁자, 의자 그리고 화덕까지 있어서 충분히 쾌적했 다. 입구 바로 바깥쪽에는 갓 잡은 소도 쌓여 있었다.

"저녁 식사 시간에 맞춰서 모시러 오겠습니다."

호위병들 중 하나가 말했다.

"우리가 여기 머물 거라 생각하나 보지?"

에이브히어가 따지듯 물었다. 그로서는 여기 머무를 생각이 없었기 때문이다. 전혀 없었다. 그는 이지를 여기서 데리고 나가 안전한 곳으로 가고 싶었다. 하지만 왕이 이 방을 쓰기를 고집했 고, 이제는 저녁 식사도 함께해야 한다고 ─호위병을 통해─ 강 권하고 있는 모양이었다. 실제로 이곳을 돌아다니는 모든 이들이 그자의 지랄 맞은 명령을 따르고 있었으므로, 에이브히어로서도 그 문제에 대해서는 할 말이 별로 없었다.

"두 분과 전하께서는 인간의 모습으로 식사를 하시게 될 겁니다. 이사벨 공주님, 적당한 의상을 곧 보내 드리겠습니다."

"고마워요."

"그리고 공주님의 개는 이 방에만 두실 것을 권해 드립니다. 여기서는 안전하겠지만, 저희 전하의 왕국 나머지 곳에서는 그저 뛰어다니는 간식거리로만 보일 테니 말입니다."

"알아들었어요."

호위병이 이지에게 고개를 숙여 보였다.

"그럼."

그리고 에이브히어를 노려보며 으르렁거리듯 말했다.

"그럼."

그들이 완전히 가 버리고 나자, 이지가 말했다.

"당신은 정말 어딜 가나 친구를 만들고야 마네요."

"이 일로 내 탓을 하면 안 되지."

"내 탓도 아니죠!"

"난 그렇다고 말한 적 없는데!"

"그럼 왜 우리가 소릴 지르고 있는 거죠!"

"나도 진짜 모르지!"

에이브히어는 한숨을 내쉬었다.

"이거 재밌네."

이지가 방으로 들어가 침대에 주저앉았다.

"미안해요. 이런 일은 일어나선 안 되는 거였는데."

"하지만 일어났지. 그리고 우린 잘 해결할 거야. 언제나 그러잖아."

"잘못 알아들었어요, 에이브히어. 내 말은, 당신이 여기 있어선 안 되었다는 거예요."

에이브히어는 인간으로 모습을 바꾸고 방으로 걸어 들어갔다. 이지가 그를 흘끗 보았지만 곧바로 시선을 돌렸다.

"바지라도 걸쳐요."

"왜, 내 남자다움이 너무 압도적이라 네 숙녀다운 섬세한 감수성이 못 견디겠어?"

"내가 아직 무장하고 있다는 거, 당신도 확실히 아는 거죠?"

"알았어, 알았다고."

그는 메고 있던 여행 가방을 뒤져 가죽 바지를 꺼냈다. 그리고 바지를 다 입은 후에야 이지와 나란히 앉았다.

"너 정말로 내가 여기 없었으면 좋겠어?"

"그래요, 당신이 여기 있지 않았으면 좋겠어요."

이런……. 하긴, 세상 그 누구도 이지가 직설적이지 않다고는 말할 수 없겠지.

"이지, 걱정할 필요 없어. 난 우리 관계를 더 이상…… 밀어붙일 생각이 없으니까."

이지가 그를 똑바로 쳐다보았다.

"무슨 얘길 하는 거예요?"

"내가 오직 널 어떻게 해서든 다시 한 번 내 침대로 끌어들이고 싶어서 따라온 건 아니니까 걱정하지 않았으면 좋겠다고."

"당신은 침대도 없잖아요. 우서가 그러던데, 당신들은 침낭만 갖고 다닌다면서요."

"난 상징적인 의미의 침대를 말한 거지."

"하!"

그녀가 한동안 그를 노려보다가 물었다.

"우리가 섹스하는 게 대체 무슨 상관인데요?"

"그것 때문에 내가 여기 있지 않기를 바란 거 아니야?"

"아니에요."

에이브히어는 시간을 들여 눈을 문지르고 숨을 골랐다. 전투 중일 때, 이지는 가장 놀랄 만한 집중력을 보였다. 그러나 전투 전과 후라면…… 그다지 도움이 되지 않았다. 그는 자기가 알고 있는 것만으로 어떻게든 해 봐야 했다.

"그럼 내가 여기 있건 없건 뭐가 문제야?"

"나도 몰라요."

에이브히어는 손가락 끝으로 관자놀이를 문지르기 시작했다. 슬슬 두통이 자리 잡을 기미가 느껴졌기 때문이다.

"그런데도 어쨌든 내가 여기 없었으면 좋겠다고?"

"맞아요."

"왜냐하면……?"

"왜냐하면 뤼데르크 하일이 당신이 여기 있기를 바라니까요."

에이브히어는 손을 내렸다.

"뤼데르크 하일? 너…… 몇 년 동안이나 그자 애길 꺼내지 않앉잖아."

"쌍둥이가 태어난 후로 더 이상 얘기하지 않게 됐으니까요. 하지만 당신이 날 가반아일로 데려가겠다며 찾아온 직후에 그가 다시 나타났죠. 소금 광산에서 모래 드래곤들이 날 습격하기 직전에 다시 한 번 봤고요. 그가 날 이용해서 자기가 원하는 곳으로 당신을 움직이게 한 거예요. 그래서 내가 열 받은 거죠."

"날 움직이게 해? 나를? 그자가 날 가지고 뭘 한다고? 그자에게 빚이 있는 건 너잖아."

"내 말이요! 하지만 그는 확실히 내 능력을 낭비하고 싶어 하지 않더라고요."

그녀가 피식 웃으며 말을 이었다.

"보아하니, 당신은 나만큼 유능하지 않은 것 같네요. 그러니까 그가 당신을 곧장 함정으로 던져 버렸겠죠. 난 그저 그게 어떤 함정인지 알고 싶을 따름이에요."

에이브히어는 어깨를 추썩였다.

"뭐, 곧 알게 되겠지."

"당신은 걱정하는 것 같지 않네요."

"걱정해야 하나?"

"어떤 신이 당신 어머니의 몸을 무슨 갑주를 입듯 뒤집어쓰고서 피의 맹세를 하게 만든다면, 그런 신은 걱정하는 게 마땅하다고 하겠죠."

"네 말도 일리가 있어."

"당신은 돌아가야 해요."

"너도 갈 거야?"

"그럴 수 없다는 거 알잖아요. 난 놀웬 계집년을 만나야 해요."

"그럼 나도 안 돌아갈 거 같네."

"에이브히……."

"그 얘긴 끝났어, 이지. 그러니까 그냥 받아들이는 게 좋아."

"하지만 이제 당신한데 무슨 일이 생기면, 그건 내 잘못이 될 거예요."

"왜 그렇게 생각하는데?"

그녀는 뭔가 말하려고 입을 열었다가 그저 머리만 흔들었다.

"이유 같은 건 없어요."

"너 진짜 거짓말 못 한다. 케이타였다면 훨씬 더 잘해서 내가 그 말을 믿었을 텐데."

그가 그녀를 살피듯 잠시 뜯어보았다.

"이지, 그 신이 네게 뭐라고 했는지 말해야 할 거야."

"말하지 않는 게 좋겠어요."

"틀림없이 그렇겠지. 하지만 우리 둘 다 알잖아, 내가 대답을 들을 때까지 널 지쳐 떨어지게 만들 수 있다는 걸. 그러니까 불가피한 일을 질질 끌지 말자고."

"그게 왜 불가피……."

"그냥 말해!"

그녀는 코를 긁적거리며 웅얼거렸다.

"그는 내가 가는 곳이면 어디든 당신이 따라갈 거라고 믿는 거 같아요."

"아니지."

에이브히어가 즉시 대꾸했다.

"내 말이요. 나도 그렇게 말…….."

"어디든 따라가진 않지."

"잠깐. 뭐라고요?"

"난 널 '어디든' 따라가진 않을 거라고. 네가 날 '필요로 하는'
게 아니라면 말이야. 내가 그럴 필요 있어?"

"그럴 필요 없…….."

그녀는 아랫입술을 깨물며 눈을 감았다. 몇 초 후, 그녀가 말
했다.

"당신이 날 어디든 따라갈 필요는 없어요. 그리고 난 자기들이
원하는 걸 얻으려고 내 가족을 이용해 먹으려 드는 신들이 정말
싫어요."

"그자가 뭘 원하는데?"

이지는 어깨를 으쓱여 보였다.

"나도 몰라요. 그냥 당신이 데저트랜드에 있길 바란다는 것만
알죠. 그리고 당신은 여기 있네요."

이지는 어느 쪽이 더 신경 쓰이는지 알지 못했다. 에이브히어
가 이 모든 일에 전혀 동요하지 않는 것처럼 보인다는 점일까?
아니면…… 그녀가 '필요로 하는 한' 어디든 따라갈 거라고 말했
다는 사실일까? 그건 대체 무슨 뜻으로 한 말일까?

"난 걱정 안 해."

"안 해요?"

"걱정해 봤자 무슨 소용이야? 그런다고 달라지는 건 없잖아."

"난 그렇게 살 수 없어요."

"왜?"

"가능한 최악의 경우를 걱정하지 않으면 실제로 그런 일이 일어날 테니까요."

"그건 진짜 엄청나게 터무니없는 소리다."

"터무니없지 않아요. 그럼 나더러 어쩌라고? 일이 터질 때까지 그냥 기다려요? 끔찍한 일들이 나와 내 병사들에게 쏟아져 내리게 내버려 두라고요?"

"내가 가능한 최악의 경우를 위한 계획을 세우지 말아야 한다고 얘기한 게 아니잖아, 이지. 그걸 걱정하지 말아야 한다고 했지. 걱정해 봤자 정신만 산란해진다고. 하나 더 덧붙이자면, 너 목소리가 약간 날카로워져."

"내 목소린 안 날카로워져요."

"날카로워져. 그럴 때 들으면 딱 네 어머니 같다니까."

이지는 숨을 헉 들이켜고는 폭발했다.

"어떻게 그런 소릴 할 수가 있어요!"

"그야……."

"난 내 어머니 같지 않아요. 이 문제에 관한 한은 아니죠. 난 하루 종일 엉덩이 붙이고 앉아 잘못될 수 있는 온갖 사소한 일들에 사로잡혀 있진 않는다고요."

"그래, 넌 그저 잘못될 수 있는 큰일들만 걱정하지."

그녀는 한 발로 바닥을 탁탁 치기 시작했다.

"하긴, 나야 그것도 좋지만. 너 그럴 때면 네 어머니처럼 귀엽거든."

"아하! 그래요? 이제 알겠네. 당신, 내 어머니에 대한 연정을 아직도 품고 있는 거었군요. 내 아버지가 선수를 쳐서 거참 안됐네요."

"뭐, 괜찮아. 나야 언제든 너 정도면 만족할 수 있으니까."

이지는 그대로 얼어붙었다. 저절로 주먹이 쥐어지고 목덜미가 단단하게 굳는 게 느껴졌다.

"나 정도? 나 정도면 만족할 수 있다고요?"

"없는 것보단 낫잖아."

그녀가 주먹을 날린 것은 그 순간이었다.

에이브히어는 웃음을 터트리며 이지의 허리를 잡고 자기 쪽으로 당긴 후, 그녀를 자기 허벅지에 걸터앉게 돌려놓았다. 그리고 재빨리 양 손목을 붙잡아 그녀의 주먹세례를 막았다. 이지는 그의 형들 중 누군가에게 배웠을 게 분명한 라이트 훅을 구사할 줄 알았는데, 그걸 써서 치명적인 결과를 만들어 내곤 했다.

"미안. 미안해."

그는 재빨리 말했다.

"듣기 싫어요. 정말 못됐어!"

에이브히어는 그녀의 두 팔을 꼼짝 못 하게 등 뒤로 돌리고 그녀가 자신을 똑바로 쳐다볼 때까지 놓아주지 않았다.

"미안하다고. 내가 농담한 거야."

"당신이 내 어머니랑 이루어졌으면 좋았을 거라고 생각한다면, 그냥 그렇다고 해요."

"네 어머니는 아름다워. 하지만 내 취향엔 좀 지나치게 논쟁을 좋아한단 말이지."

이지의 한쪽 눈썹이 삐딱하니 세워졌다.

"우리랑은 반대랑은 반대라고요?"

"우린 논쟁을 안 하잖아."

"어…… 알았어요."

에이브히어는 몸을 숙이고 그녀의 턱에 코를 비볐다.

"뭐하는 거예요?"

"'코 비비기'라는 거야. 야생 동물들이 이러지."

"아이스랜드에서 많이 본 거구나, 그렇죠?"

"동물들 코 비비기 말고는 볼 게 없거든. 뭐, 우리가 걔들을 먹고 있는 게 아니라면 말이야."

이지가 머리를 흔들고는 그의 허벅지에서 내려오려 몸을 비틀었지만, 에이브히어는 그녀를 놓아줄 생각이 없었다. 다만 그녀가 계속해서 그렇게 엉덩이를 꿈틀거리는 건 나쁘지 않았다. 사실은 기분 좋은 느낌이었다.

"날 놔주긴 할 거예요?"

"아니. 네가 다시 주먹을 휘두르려 할지도 모르잖아. 그럼 그 앙증맞게 조그만 주먹에 내 섬세한 인간의 피부가 상하겠지."

"한심하시긴."

그녀가 웃음 지으며 말했다.

"내 형들도 계속 그렇게 말하더라고."

그는 그녀의 턱에 키스하고 목을 따라 내려갔다.

"에이브히어, 안 돼요."

"왜 안 돼?"

"이제 곧 저녁 먹으러 가야 하잖아요."

"당장은 아니지. 시간이 있어."

설사 시간이 없다 해도 그로서는 만들기라도 할 생각이었다.

"나 옷 갈아입어야 해요."

"그래? 뭐, 그거라면 내가 도와주지."

에이브히어는 이지의 팔목을 놓아주고 대신에 그녀의 미늘 셔츠를 잡았다. 그것을 그녀의 머리 위로 벗겨 침대에 던져 버리고, 그녀의 가슴을 동여매고 있는 천으로 넘어갔다. 그것마저 간단히 풀어 버린 그는 두 팔을 그녀의 허리에 감아 가까이 당기고, 가슴을 누르는 그녀의 젖꼭지가 주는 느낌을 기분 좋게 음미했다.

"이제 키스해 줘."

"이러면 안 되는 거잖아요. 우리 이 일을 복잡하게 만들지 않기로 하지 않았어요?"

"이지…… 난 미루나크야."

"그래서…… 뭐요? 어떻다고요?"

"내가 이 일을 복잡하게 만들지 않겠다고 했을 때는 그저 내가 원하는 걸 얻기 위해 거짓말을 한 거라고. 그게 우리가 하는 거야. 우리가 훈련받는 거고."

"거짓말을 하도록 훈련받는다고요? 당신 누나처럼?"

"아니지. 케이타는 여왕님과 왕국을 위해 거짓말을 하지만, 미루나크는 술과 여자를 위해 거짓말을 하니까."

"그런 걸 훈련받을 필요가 있단 말이에요?"

"그건 확실히 일종의 기술이거든."

"아하! 뭐, 당신이 그런 식으로 말한다면……."

"그냥 키스해, 이지. 더 기다리다가 내가 미쳐 버리기 전에."

그는 이지의 턱을 살짝 깨물었다.

"좋아요. 하지만 그냥 키스만이에요. 가벼운 키스만. 그리고는 저녁 먹으러 가게 옷을 갈아입는 거고요."

"그냥 가벼운 키스만. 약속해."

이지가 몸을 숙이다가 갑자기 멈추더니 눈을 가늘게 접었다.

"또 거짓말한 거예요?"

"미루니그에, 니사에, 빠진 건 술뿐이네."

"술이란 말이죠, 어? 뭐, 나도 좀 마실 수만 있다면……."

그녀가 어깨를 으쓱였다.

"술을 구하는 일에 관해서라면, 미루나크는 절대로 거짓말 안 하지."

이지가 미소를 짓더니 입술을 겹쳐 왔다. 그들의 혀가 만나고 그녀의 팔이 그의 목을 감았다. 에이브히어는 그녀를 더 단단히 끌어안으며 그녀의 상처들을 따라 손가락을 부드럽게 미끄러뜨렸다. 그러는 사이, 그의 물건이 바지 안에서 거북스러울 만큼 단단해졌다.

맙소사! 그는 그녀 안으로 들어가고 싶었다. 지금 당장, 그녀 안으로 들어가야 했다. 단 일 초도 더 기다릴 수 없었다.

"지금 뭔 짓들을 하고 있는 거야?"

에이브히어와 이지가 동시에 굳어졌다. 그에게 고정된 이지의 눈이 동그랗게 커지는 순간에도 그들의 입술은 함께 녹아 버린 듯 붙어 있었다. 에이브히어는 이지가 지금 아무 소리도 듣지 못했다고 믿고 싶어 한다는 걸 알아챘다. 하지만 그는 그녀보다는 어른이었다. 자신들이 들었다고 믿고 싶지 않은 바로 그 소리를 실제로 들었음을 알고 있었다.

성난 목소리가 이어졌다.

"너희 둘을 참 믿을 수가 없다. 내가 몸져눕도록 걱정하고 있는 동안 이런 짓거리나 하고 있었던 거냐?"

이지가 몸을 떼고 서둘러 두 손으로 가슴을 가렸다.

"솔직히 그 녀석이야 별 기대 안 했다, 이사벨. 하지만 너, 켈뤼 일을 겪었으니 배운 게 있었을 거 아니야."

에이브히어는 주변을 둘러보았다. 그들은 무언가에 둘러싸여 있었다. 아름다운 나무들과 부드러운 초록빛 풀들, 행복하게 지저귀는 새들이었다. 그 모두를 눈으로 볼 수 있고 귀로 들을 수 있고 피부로 느낄 수 있었다. 그리고 그와 이지는 엄청나게 거대한 바위 위에 앉아 있었다.

"어머니……."

그가 입을 열었다.

"듣기 싫다, 에이브히어. 둘 다 입 다물어!"

어머니가 말을 이었다.

"이지 네 동생 앞에서 이러고 싶지도 않으니까."

눈이 더 이상 커질 수 없을 만큼 커진 이지가 어깨 너머를 돌아보자, 리아논 곁에서 라이가 손을 흔들었다.

"대체 이게 무슨 일이에요?"

에이브히어는 이지가 어머니의 고압적인 시선과 라이의 즐거운 듯 호기심 어린 얼굴을 피해 허둥지둥 자신의 뒤로 숨는 걸 도와주면서, 따지듯 물었다.

"내 조카는 또 왜 여기 있는 거고요?"

"아무런 마법도 없이 신성한 공간에 그런 것들을 가져오는 게 쉬운 일인 줄 아니? 나처럼 놀랄 만한 능력을 가진 존재에게조차 말이다."

그녀는 에이브히어가 질문에 답하기를 기다릴 것도 없다는 듯 말을 이었다.

"아니거든. 그래서 라이의 도움이 필요했지. 하지만 가엾은 어린것에게 이런 꼴을 보여 주게 될 줄은 정말이지 몰랐구나."

"어머니."

"거듭 말하지만, 너한테야 기대할 것도 없었지. 넌 사내놈이니까. 나로서는 네가 생각을 할 수 있고 그걸 완전한 문장으로 말할 수 있다는 것만으로도 기쁜 일이지."

"어머니."

"하지만 이사벨, 탈라이스와 브리크의 딸, 네가 대체 무슨 생각을 한 거냐?"

"저요? 왜 이 모든 걸 제 탓이라고 하시는 거예요?"

"다른 누구도 아니고 너라면 수컷의 물건과 엮이는 게 얼마나 어리석은 짓인지 알아야 할 테니까! 그런데도 네가 이러고 있구나. 그것도 내 아들과 함께. 허, 이게 가당키나 한 일인 것처럼 말이다!"

이지는 숨을 몰아쉬었다.

"왜 가당치가 않아요? 저흰 혈연이 아닌데요."

"바로 그거야! 그러니까 넌 왕가의 혈통이 아니란 말이지. 그저 아주아주 운이 좋았던 평민 여자애였을 뿐이다. 그런 네가 그 평민 계집의 몸뚱어리로 내 쓸모없는 아들들 중 하나를 엮어 볼 생각이라면, 그거야말로 비극적인 착각을 한 거란 얘기야!"

"어머니!"

"그만 좀 불러! 그건 됐고. 내가 여기 온 건 이걸 전해 주기 위해서다."

그녀가 양피지 한 장을 던졌다. 룬문자가 적힌 양피지였다.

"혹시 '위험한 자' 이지와 물고 빠는 짓거리를 하고도 시간이 남거든 그 룬문자에 대해 알아봐라. 아마도 이미 한 번 너희를 죽이려 했던 자들에게서도 찾아볼 수 있을 게다. 그리고 네가 네 사촌 동생과 세 친구들을 걱정했을까 봐 해 주는 얘긴데, 보아하니 확실히 아닌 것 같다만, 그 애들은 무사하단다!"

"어머니……."

"아우, 바보 멍청이 녀석!"

그녀는 몸을 돌려 걸음을 떼려다가 다시 휙 돌아섰다. 그 바람에 그녀의 꼬리가 가엾은 라이의 머리를 거의 날려 버릴 뻔했다. 하지만 감사하게도, 라이는 동작이 민첩했고 제때에 머리를 숙여 피해 냈다.

"그리고 너희가 집에 돌아올 때는 이, 이…… 모든 짓거리를 완전히 끝낸 후인 게 좋을 거다!"

"어머니 좋을 대로 이래라저래라 명령하지…… 망할!"

한순간 예쁜 분홍빛 하늘 아래 아름다운 숲 속에 있었던 그가, 다음 순간 이 빌어먹을 동굴 방으로 돌아와 있었다.

노친네 성질머리 하고는!

"이사벨 공주님, 별일 없으십니까?"

호위병 중 하나가 출입구에서 서서 의심쩍다는 눈으로 그들을 살피며 물었다.

"어…… 그래. 그래, 아무 일 없어."

에이브히어는 돌아볼 필요도 없이 이지가 자신을 방패 삼아 경비병의 눈을 피한 채 서둘러 셔츠를 입고 있으리라는 걸 알 수 있었다.

"저희가 의상을 보내 드렸습니다만, 두 분을 찾을 수 없다고 하더군요."

"그게…… 어, 맞아. 여기저기 구경하고 다녔거든. 미안하게 됐네."

"저녁 식사가 곧 시작됩니다. 하지만 시간이 더 필요하시다면 전하께 여쭤……."

"아뇨, 그럴 거 없어요. 그냥 가죠. 배가 무지 고프거든요."

이지가 허둥지둥 침대에서 내려와, 맨몸에 걸친 셔츠를 반듯하게 매만지며 말했다. 호위병이 고개를 끄덕였다.

"알겠습니다. 그럼 가시죠."

그가 먼저 걸음을 옮기자 이지도 따라가려 했지만, 에이브히어는 그녀의 팔을 붙잡아 뒤로 당겼다.

"조금 전 일로 쓸데없는 생각 같은 건 하지도 마."

"이미 늦었어요!"

"난 내 어머니가 뭐라 하건 상관 안 해. 내 어머니든, 네 어머니든, 세상 온갖 신들의 어머니든 상관없어. 우린 우리가 원하는 대로 하는 거야, 이지. 그게 만약 토끼들처럼 떡 치는 걸 의미한다면 우리가 할 일도 정확히 그거란 얘기지."

이지가 그의 손을 뿌리치며 말했다.

"그런 건 나중에 얘기하면 안 돼요? 훨씬 나중에."

그녀가 돌아서서 걷기 시작했다. 하지만 에이브히어는 이지가 도망치고 싶어 한다는 걸 알 수 있었다. 그대로 도망쳐서 자기 부대로, 유혈 난무하는 전장으로 돌아가 버리고 싶은 것이다. 아니, 바로 눈앞의 상황을 피할 수만 있다면 어디로든.

에이브히어도 그녀를 탓할 생각은 들지 않았다. 하지만 그래도⋯⋯. 그녀는 그들 사이에 벌어진 일이 뭐가 됐건 가족들이 잘 받아들이지 못하리란 사실을 알았어야 했다. 그러니까 그저 그러려니 생각하면 되는 것이다.

가반아일에서 그리 멀지 않은 숲으로 안전하게 돌아온 라이는 할머니를 올려다보았다. 그들이 할 일이 끝났으니 이제 할머니가 그녀를 집으로 데려다줄 터였다.

하지만 아직, 라이의 마음에 걸리는 것이 하나 있었다.

"이지 언니랑 에이브히어 삼촌한테 왜 그렇게 말씀을 하신 거예요?"

"그래야만 했거든. 걱정할 건 없단다."

"하지만 전 이해가 안 돼요. 할머니는 그 둘이 함께하는 걸 괜찮다고 생각하시는 줄 알았는데요."

"아…… 내 사랑스러운 아가. 네가 어머니가 되면 이해하게 될 게다. 하지만 내가 그 애들의 결합을 축복해 주고 이미 수년 전에 일어났어야 할 일이라고 말해 줬다면 그 둘이 오래오래 행복하게 살 거라고는 생각하지 마라. 그건 네가 너무나 낙천적인 아이라서 드는 생각일 뿐이야. 대신에 그 애들은 일부러라도 정확히 그 반대로 했을 테니까. 그게 아이들이 자기 부모들에게 하는 짓이거든."

"전 안 그러는데요."

라이는 코를 찡그리며 말을 이었다.

"하지만 탈윈 언니랑 탈란 오빠는 그래요."

"바로 그거야. 그러니까 안 되지, 안 돼. 내가 한 일이야말로 고약한 짓이긴 해도 필요한 거란다. 내가 지금 그 애들의 관계를 반대하지 않으면 아마도 앞으로 삼사십 년은 더 그 둘이 싸워 대는 꼴을 봐야 할 테니까. 그 애들만 빼고 누구에게나 그토록 빤히 보이는 결과를 두고 말이다."

"그래도 할머니는 이지 언니를 거의 창녀라고 부르신 거나 마찬가지예요."

"거의랄 것도 없었지. 하지만 그럴듯하게 보여야 했거든. 어쨌든 걱정하지 마라. 일단 그 멍청한 녀석이랑 내 손녀딸이 온갖 바보짓을 끝내고 나면 내가 이지에게 사과할 테니까."

"에이브히어 삼촌은요?"

"그 녀석은 남자잖니. 아가, 남자들한테는 매사를 단순하고 쉽게 풀어 주는 게 최선이란다. 네가 어른이 되면 그것도 배우게 될 게다."

할머니가 그녀를 향해 살짝 몸을 숙였다.

"어떠냐, 집에 돌아가기 전에 할머니랑 좀 날아다녀 보겠니? 할머니가 심심풀이로 소들을 이리저리 집어 던지는 것도 보여 줄 수 있지."

"그건 불필요하게 잔인한 일인 것 같은데요."

"그렇지!"

리아논은 손녀딸을 꼬리로 감아 자신의 등에 올려놓았다.

"봐라, 이 가족의 일원이 되는 게 어떤 의미인지 너도 이미 배우고 있구나."

30

"배가 고프지 않나, 공주? 아니면 음식이 입맛에 안 맞아?"

이지가 지난 사십 분 동안 깨작거리고 있던 음식 접시에서 시선을 들었다. 에이브히어가 넘겨했던 대로, 그녀는 그의 어머니가 한 말을 심각하게 받아들인 것 같았다. 하지만 생각해 보면, 그건 놀랄 일도 아니었다. 이지는 그의 어머니를 사랑할 뿐 아니라 존경하기도 했기 때문이다. 그러니 이지에게 리아논의 말은, 수년 동안 그녀를 대체로 무시해 왔던 카드왈라드르 일족 어른들의 말보다 더 신경 쓰일 수밖에 없었다.

"아니에요. 다 괜찮네요."

이지가 대답했다.

"그럼 고민거리가 뭐지?"

그녀는 왕의 개인실에서 열린 저녁 식사에 참석한 세 드래곤을 흘끗 건너다보았다. 데저트랜드 외곽 어딘가에서 온 암시 공작, 왕의 개인 치유사이자 친구라 했던 바니, 왕실 수석 마법사 카펠레가 그들이었다.

"아무것도 아니에요."

이지가 마침내 대답했다.

"자, 자, 이사벨 공주. 나에게는 솔직해도 된다고 생각했으면 좋겠는데. 그리고 이들……."

헤루 왕이 세 드래곤을 가리켜 보이며 말을 이었다.

"이들은 모두 나와 가장 가까운 친구들이야. 나에게 하는 말은, 이 방 밖으로 퍼져 나갈 거라는 염려 없이 이 친구들 앞에서 해도 된다는 뜻이지."

"알겠어요, 하지만……."

"그러지 말고 마음 편하게 얘기해도 된다니까. 친구들과 함께 있다고 생각하라고."

이지의 눈썹이 한쪽만 삐딱하게 올라갔다.

"정말요?"

이런.

"이지……."

에이브히어는 경고의 의미로 그녀를 불렀다.

"좋아요. 마음 편하게 얘기해도 된다고 하셨나요? 이제부터 그러죠."

이지가 그를 무시하고 말을 이었다.

"이지……."

"괜찮네, 에이브히어 왕자. 나도 이사벨의 생각을 몹시 듣고 싶으니까."

그 시점에서 에이브히어가 할 수 있는 일이라고는 눈을 굴리며 의자 등받이에 기대앉는 것뿐이었다.

헤루가 친근한 어조로 말했다.

"계속해 봐, 이사벨. 네 고민거리가 뭐……."

"대체 무슨 지랄 염병할 일을 저희에게 바라시는 거죠?"

공작이 몸을 똑바로 하고 앉으며 어둡고 위험한 시선으로 그녀를 노려보았다.

"아마도 여기가 어딘지 잊어버린 모양인데, 사우스랜드 인간."

"입 닥치시죠. 그러지 않으면 등뼈를 갈라 버릴 테니까."

이지는 낮은 목소리로 경고하고 다시 헤루에게로 돌아갔다.

"전 이제 더 이상 이 개수작에 장단 맞출 기분이 아니에요. 당신이 직접 절 데리고 왔죠. 왜 그런 거예요? 너그러운 기분이 들었다든가, 그냥 그러고 싶었다든가, 아니면 예감이 있었다 하는 켄타우로스 똥 같은 소리는 꺼내지도 마세요. 제가 관심 있는 건 오로지, 당신이 저에게 뭘 원하는가뿐이니까요."

헤루는 이 상황을 즐기는 듯했지만, 공작은 전혀 아니었고 그것을 참을 수도 없는 모양이었다. 공작이 피식 웃음을 흘렸다.

"이봐, 인간. 네가 이 자리에 저 야만스러운 미루나크와 함께 있으니 안전하다고 생각하는가 본데, 내 분명히 말해 두……."

"당신을 죽이는 데 에이브히어의 도움은 필요 없어요. 난 당신이 꿈조차 꿔 볼 수 없을 만큼 강하고 대단한 드래곤들을 죽여 본 적 있으니까. 그러니 닥치고 계시라고요. 안 그러면 벽 장식으로 만들어서 '건달' 올게어의 뿔이랑 대군주 트라시우스의 등뼈랑 나란히 걸어 드릴 테니까!"

에이브히어는 잠시 이지를 뜯어보다가 물었다.

"트라시우스의 등뼈를 가져간 게 너였어?"

"내가 그걸 쪼개 놨잖아요."

"하지만 그자를 끝장낸 건 나야."

"그자가 날아서 도망갈 수 있는 능력을 내가 먼저 없애 버렸기 때문에 가능했던 일이죠!"

"잠깐. 화염 드래곤과 그 인간 가족들의 폭력적인 생활 방식을 듣는 것도 흥미진진한 일이긴 하지만, 이사벨은 분명 문제의 진실을 더 듣고 싶어 할 것 같은데."

헤루가 끼어들었다.

"예, 그래요."

"몇 달 전부터 시작된 일이야. 개종한 자들이 나타났지."

"개종?"

"크람네신드 교단이 생긴 거였어."

이지와 에이브히어는 서로를 쳐다보다가 동시에 헤루를 돌아보며 물었다.

"크람네…… 뭐요?"

"크람……?"

"크람네신드 교단은 피의 교단이야. 그자들이 어디서 왔는지,

144

왜 이곳으로 왔는지는 알 수 없지. 하지만 거기 소속된 자들이 데 저트랜드 출신만은 아니야."

"피의 교단이라고 하셨는데, 희생물을 바친다는 의미인가요?" 이지가 물었다.

"어린것들을 바치지. 인간을 비롯해서 다른 여러 종족들의 어린것들이야. 진정한 광신자들인 교단의 사제들은 장님인데, 보통 일종의 의식 중에 스스로 눈을 완전히 제거해 버린다고 해."

"자발적으로 자기 눈을 제거하게 한다고요?"

"자기네 신을 기리는 의미에서."

"크람네신드라는 신 말이군요."

에이브히어가 말했다.

"그렇지."

"드래곤 신이랍니까? 들어 본 적 없는 이름인데."

"아니, 그자는 인간 신들 가운데 하나야."

이지는 에이브히어를 흘끗 보고는 물었다.

"비난할 뜻은 없지만, 그럼 드래곤들이 인간의 교단에 들어가고 있다는 말씀이신가요?"

"그래."

이지는 이해할 수 없었다. 그녀가 자기 가족에게서 들은 얘기 뿐 아니라 뤼데르크 하일이 직접 해 준 얘기까지 더해서 생각해 보면, 드래곤 신들은 자기들 간의 일에 드래곤을 거의 끌어들일 수가 없다고 했다. 그렇다면 어떻게 하나의 인간 신이, 자기 신체를 훼손하고 어린것들을 죽이도록 강요하는 교단에 드래곤들을 가입하도록 만들 수가 있단 말인가? 가장 야만적인 드래곤 부족이라 할지라도 어린것들이 해가 된다고는 믿지 않는 법이었다.

"왜죠? 그따위 교단에 들어가는 것에 대체 그 어떤 대단한 혜택이 있다고요?"

에이브히어가 물었다.

"그건 나도 몰라. 지난 일 년 사이에 내 병사들이 그들의 추종자를 딱 두 명 포로로 잡았지. 하지만 둘 다 뭔가를 물어보기도 전에 목숨을 끊었거든."

에이브히어는 의자 등받이에 몸을 기댔다.

"하! 스스로 목숨을 끊었다고요? 드래곤이 자살을 했다고?"

"왜 그래요?"

이지가 물었다.

"드래곤은 자살 같은 거 안 해."

에이브히어가 대답했다.

"왜 안 해요?"

"오만하니까. 왜 완벽함을 파괴하려 들겠어?"

"당신 진지하게 말하는 거군요, 그래요?"

"그래."

식탁에 모여 앉은 드래곤들 모두 같은 생각인 듯 고개를 끄덕였다.

"그리고 그게 바로 우리가 대처해야 할 적의 힘이지."

헤루가 말을 맺었다.

"크람네신드가 인간 신이라면…… 드래곤들이 그자를 숭배한다는 게 무슨 소용이래요?"

이지는 왕에게 물었다.

"아마도 점차 커져 가는 교단의 군대에 힘을 더하는 것 말고는 나도 정말 모르겠다."

그때까지 그저 조용히 있던 왕실 수석 마법사가 마침내 입을 열었다.

"하지만 어쩌면…… 이사벨 공주님이라면 알아내실 수 있을지도 모르죠."

이지는 눈을 깜빡였다.

"내가요? 그러니까 내 할머니랑 모르퓌드 고모에게 물어봐 달라는 뜻인가요?"

"아닙니다. 제 말은 뤼데르크 하일 님께 여쭤 달라는 거지요. 당신은 그분의 선택된 대리자니까요. 그렇지 않습니까?"

이지는 마법사를 잠시 노려보다가 왕에게로 천천히 시선을 돌렸다.

"이게 이유였군요? 이게 당신이 절 여기로 데려온 진짜 이유였어요."

"우리도 어떻게든 해 봐야 했으니까. 그 교단이 내 왕국의 각계각층에 스며들고 있으니 말이다."

"당신이 직접 이지를 데리러 온 것도 그런 이유였습니까? 믿고 보낼 만한 자가 없어서?"

에이브히어가 물었다.

"그자들은 이사벨을 쫓고 있었지. 이사벨이 거기 있다는 것도 알고 있었고. 나로서는 신속하게 움직여야 했고, 배신자가 있을 지도 모른다는 위험을 배제할 수가 없었네."

"그자들이 저를 잡아가려는 거예요, 아니면…… 죽이려는 거 예요?"

"그건 모른다. 하지만 그건 별로 중요하지 않아, 그렇지?"

이지는 의자를 밀고 자리에서 일어났다.

"맞아요, 중요하지 않죠. 도움 주신 거 감사해요. 물론 제 할머 니께도 당신이 해 주신 모든 일에 대해 말씀드리죠."

왕도 자리에서 일어났다.

"그래, 여기서 잠시 머물다 갈 건가?"

"그럴 수 없어요. 전 세푸로 가야 하거든요."

"그럼 내가 너와 에이브히어 왕자를 위해 호위를 붙여 주지."

"호위는 필요 없어요, 헤루 님. 하지만 지금까지 해 주신 모든 일에 대해서는 진심으로 감사하게 생각해요."

이지는 식탁에서 한 걸음 물러섰다.

"제가 뭔가를 더 알아내게 되면 헤루 님께도 전해 드리죠."

"고맙군. 그럼 한 가지 조심할 것만 알려 주지. 한낮의 태양들 은 너희 다크플레인에서보다 내 아름다운 땅에서 훨씬 더 뜨겁 게 느껴진다는 거야. 그러니까 밤에 움직이는 편이 좋아. 낮 동안 은 자고 갈 수 있는 조그만 동굴들이 영토 전역에 흩어져 있으니 까 그곳을 찾아봐. 혹시 적당한 동굴을 찾지 못하거든 에이브히 어 왕자의 날개를 보호막 삼아 자면 될 테고."

이지는 고개를 끄덕여 보이고 왕의 개인실을 나와, 여행 가방과 막센을 남겨 둔 방으로 향했다.

에이브히어가 곧바로 뒤따라와 그녀와 보조를 맞추며 물었다.

"정말 지금 당장 출발할 생각이야?"

"우린 계속 움직여야 해요. 이걸 해결해 버려야 한다고요."

에이브히어는 그들의 방에 이를 때까지 아무 말도 하지 않았다. 하지만 일단 방으로 들어가자, 이지의 팔을 붙잡고 벽을 등지게 그녀를 돌려세웠다. 그가 목소리를 낮추며 물었다.

"왜 이러는 거야? 난 널 알아, 이지. 광신도들이 널 쫓고 있다고. 보통 때 같았으면 곧장 그자들을 찾아갔겠지, 다른 데로 갈 게 아니라."

에이브히어가 옳았다. 그녀는 그랬으리라. 앤닐이 언제나 가르쳤듯이, 그러지 말아야 할 전략적 이점이 있는 경우가 아니라면 이지는 정면으로 적을 향해 달려들었다.

하지만 이번의 특별한 결성은 그녀에 관한 것이 아니었다. 전혀 아니었다.

"라이가 어렸을 때, 나한테 해 준 얘기가 있어요. 그 애는 친구들이 아주 많다고 했죠. 그들과 항상 얘기를 나눈다고 했어요. 어떤 때는 탈란이랑 탈윈도 그 애의 친구들을 상관하지 않는데, 또 어떤 때는 그 친구들을 쫓아 버리기도 한대요."

"신들이구나."

"내가 라이에게 그 친구들이 어떻게 생겼냐고 물어보니까, 어떤 이들은 태양처럼 똑바로 쳐다볼 수 없을 만큼 빛이 난대요. 하지만 어떤 이들은 흙과 똥으로 만들어졌는데, 그 경우는 결코 착하지가 않더래요.”

그 말에 에이브히어가 키득 웃었다.

“내 동생과 그 애의 사촌들은 신들과 얘기를 주고받아요. 그런데 이제, 우리 중 누구도 들어 본 적 없고 드래곤과도 아무 상관 없는 어떤 신이 갑자기 교단을 만들었어요.”

“그리고 그 교단의 광신도들이, 사막을 가로질러 놀웬 마녀들을 만나러 가는 널 잡으려 하고 있구나.”

“내 어머니가 옳았어요. 라이는 자기 힘을 다스리는 법을 배워야만 해요. 그러고 나면 그 누구도 그 애를 이용해 먹을 수 없을 테니까.”

“그럼 헤루의 호위는 왜 거절한 건데?”

“난 그자를 믿지 않아요. 당신은 믿어요?”

“그다지. 하지만 그건 주로 그자가 널 바라보는 방식이 맘에 들지 않아서인 거 같은데.”

“당신은 그 어떤 남자가 날 보는 방식도 맘에 안 들잖아요. 그건 당신이 너무나⋯⋯.”

에이브히어의 손이 입을 막아 그녀의 말을 잘랐다.

“우리끼리만 가. 일단 놀웬 마녀들에게 가고, 나머지는 거기서 얘기하자고. 알았어?”

이지는 그의 손을 치워 버렸다.

“아뇨, 나 혼자 가요.”

에이브히어가 웃음을 터트렸다. 실로 우렁차게.

무례하잖아!

150

"뭐가 그렇게 재밌어요?"

이지가 따져 물었다.

"내가 너 혼자 데저트랜드를 돌아다니게 내버려 둘 거라고, 네가 단 일 초라도 생각을 했다는 거."

"당신 허락 구한 적 없어요, 에이브히어."

"나도 네 허락 구한 적 없지."

그녀가 그를 밀쳐 버리고 지나가며 말했다.

"당신 이런 식으로 나올 줄 알았다니까. 모르겠어요? 내가 그 모든 일을 진행하면서 당신까지 지켜볼 여력은 없단 말이에요."

에이브히어는 벽에서 천천히 몸을 돌려 이지를 마주해 섰다.

"지금 뭐라고 했지?"

"에이브히어, 당신은 신들과 엮여 본 적이 없어요. 난 있죠."

"그래서?"

"그래서 난 그들이 어떤 식으로 생각하는지 안다고요. 뤼데르크 하일이 당신에게 흥미를 느꼈을지는 모르지만, 당신을 걱정하지 않는 건 분명해요. 그는 당신을 보호해 주지 않을 거예요."

"그래서?"

"그건 내가 그 몫을 감당해야 한다는 뜻이죠."

"왜, 난 내 몸 하나 간수 못하니까?"

이지가 그 점에 대해 잠시 생각하는 듯 대답하지 않자, 이번에는 에이브히어가 그녀를 밀치고 쿵쿵거리며 자기 여행 가방이 있는 쪽으로 걸어갔다.

"당신 감정을 상하게 하려는 게 아니에요, 에이브히어. 난 그냥 신들이 어떤 짓을 할 수 있는지를 아는 데다, 이제 보니 하나도 아니고 둘이나 되는 신을 상대해야 할 판국이잖아요. 두 신들 사이에 끼인다는 건……."

"닥쳐."

그는 가방을 열고 여행에 더 필요한 것이 뭐가 있을지 재빨리 점검했다.

"지금 뭐라고 했어요?"

"닥치라고 했어."

길을 나서기 전에 물과 얼마간의 육포를 보충해야 할 듯싶었다. 그건 요청만 하면 분명 모래 드래곤들이 채워 줄 터였다.

"대체 왜 닥치라는 거예요?"

"네가 날 열 받게 하니까."

"내가 뭘 어쨌다고요? 당신을 보호할 생각을 만큼 신경 써 준 거요?"

"아니, 재수 없는 거만한 계집애처럼 군 거."

"뭐요?"

그는 가방을 놓고 일어나 살짝만 몸을 기울이고 그녀의 눈을 똑바로 들여다보며 말했다.

"잘 못 들었어? 네가 재수 없는 계집애처럼 굴었다고 했는데."

"이런 개자……."

"그래, 오직 위대하신 이지 님만 신들에 대해 알지."

"에이브히어!"

"오직 위대하신 이지 님만이 사악한 광신도들과 맞서 싸우는 방법을 알아!"

"난 절대로 그런 말……."

"오직 위대하신 이지 님만이 적 드래곤 죽이는 법을 알고, 오 직 위대하신 이지 님만이 내 형들을 다룰 줄 알아."

"난 그런 말……."

"오직 위대하신 이지 님만이……."

"그 소리 좀 그만해요!"

"……전 우주에서 최고의 전사가 되는 법을 알지! 그 외에는 어느 누구도 그저 그녀가 보호해야만 하는 존재에 불과한 거야. 그녀의 어린 여동생이나 가반아일을 돌아다니는 다람쥐들처럼."

"그 다람쥐들은 아빠가 웃음을 터트리실 때마다 자꾸 불을 뿜 으시는 바람에 지켜 줘야 했던 거라고요!"

"너 위대하신 이지 님도, 내 형들도 아버지도 깨닫지 못하는 게 있어. 난 누구의 보호도 필요 없다는 거야. 아니, 누구의 보호 도 원하지 않는다는 거지. 다들 이해를 못 하는데, 내가 스스로를 지키는 법을 배워야만 했던 건 믿을 수 있는 게 나밖에 없었기 때 문이라고."

"무슨 소릴 하고 있는 거예요? 당신 뒤를 지켜 줄 이들이 친척 들만 해도 이천은 될 텐데."

"이천은 아니야. 적어도 다들 친족은 아니지."

"당신을 보호하기 위해서라면 세상도 깨부술 수 있는 어머니 는 어쩌고요?"

"내 어머니는 아무 이유로나 세상을 깨부술 수 있어."

"당신 기분을 상하게 한 누군가를 독살해 버린 누나는요?"

"케이타가 그러지 않은 지도 오래됐지. 일흔 살이 넘어가고 나서는 그런 적 없어."

"당신이 통통해져 간다는 식으로 얘기했다는 이유만으로 전사 삼촌들 중 하나를 울게 만들었던 다른 누나는요?"

"그건 상처가 되는 얘기였다고. 그 소리 듣고 내가 몇 시간이나 먹지를 못했잖아."

"전장에서 항상 당신 뒤를 지켜 주는 형들은요? 거리낌도 주저함도 없이 죽이는 방법을 가르쳐 주실 만큼 당신을 사랑하신 아버지는요?"

"요점이 뭐야?"

"요점은 당신이 평생 동안 보호를 받으며 살아왔다는 거예요. 그걸로 당신에게 뭐라 그러는 건 아니에요. 당신은 당신을 사랑하고 보살펴 주고 안전하게 지켜 주는 가족들 속에서 자랐을 뿐이니까. 하지만 난 거의 태어나자마자 어머니의 팔에서 무자비하게 떨어져 나와 포로로 잡혀 있어야 했고, 그다음엔 세 명의 난폭한 전사들에게 납치당해 마을에서 마을로, 도시에서 도시로 떠돌아다녀야 했죠. 다시 어머니와 만나기까지 그렇게 여러 해를 살아야 했어요. 그 모든 일을 겪었음에도 불구하고 그것 때문에 당신에게 반감 같은 걸 가져 본 적은 한 번도 없다고요."

"그래, 확실히 아무 반감도 없는 거 같아 보인다. 그보다, 너 네 어머니의 '죄책감 유발 기법'을 참 멋지게도 통달했구나."

"난 그럴 의도가……."

"완전히 있었거든!"

"얘기 그만하죠."

"좋아. 그럼 가지."

에이브히어는 자기 가방을 어깨에 둘러멨다.

"에이브히어, 내 말을 안 듣고 있잖아요?"

그는 어깨를 으쓱해 보였다.

"내가 원래 가끔씩 그러거든. 하지만 다른 뜻이 있는 건 아니야. 그러니까 이제 갈까?"

이지가 방 안을 둘러보았다. 에이브히어는 그녀가 무엇을 찾는지 알 수 없었다.

"좋아요, 가자고요!"

마침내 그렇게 말한 그녀가 자기 여행 가방을 집어 들었다.

에이브히어는 눈을 가늘게 접었다. 이렇게 쉽게 포기할 이지가 아니었기 때문이다. 하지만 그녀는 이미 방을 나서고 있었고, 그도 서둘러 따라가야 했다.

그들은 여정을 위한 음식과 물을 모래 드래곤들에게 청해서 채우고 좀 더 정확한 이곳의 지도도 얻었다.

일단 지상으로 올라오자 에이브히어는 말했다.

"태양들이 뜨기 전까지 몇 시간밖에 못 가겠지만, 조금이라도 가 두는 게 좋겠지."

"알았어요."

에이브히어는 옷을 벗고 본체로 돌아갔다. 날개를 한차례 펼쳐 흔든 그가 몸을 낮추며 말했다.

"타."

하지만 이지는 올라타는 대신에 그를 쳐다보면서 그저 가만히 서 있었다. 계속해서 그대로 쳐다보기만 했다. 그녀가 한마디 말도 없이 그에게 말하려고 한 바를 마침내 에이브히어가 정확히 알아챌 때까지.

그는 단호하게 고개를 저었다.

"안 돼."

"그럼 당장 걷기 시작해야겠네요."

"그랬다간 영원이 걸리지."

"난 그를 두고 가지 않아요. 우리가 필요로 할 때 그는 거기 있었다고요."

"난 말이 아니야, 이지."

"알아요. 나도 다이한테는 절대로 막센을 태워 달라고 안 하는 걸요."

맙소사, 이런 흉악한 여자를 봤나. 흉악하기 짝이 없어. 하지만 어떤 부분에서는 그녀도 어쩔 수가 없는 것 같았다.

에이브히어는 머리를 돌렸다.

"난 안 할 거야. 저 개를 태우고는 어디로도 가지 않아."

이지가 자기 가방을 들어 어깨에 둘러메며 말했다.

"알겠어요. 가자, 막센."

그리고 곧바로 걷기 시작했다.

"몇 주쯤 후에 세푸에서 만나요, 에이브히어."

"낮 동안 머무를 동굴을 찾지 못하면 넌 목숨을 부지하지도 못해. 태양들이 네 살을 태워 버릴 거라고."

"내 사람들은 여기 출신이에요."

"그들은 말을 타고 다니지."

"나한테는 틀림없이 타고난 보호막 같은 게 있을 거예요. 그러니까 당신은 그냥 가 버려도 돼요."

"내가 널 두고는 가지 않는다는 걸 알잖아, 이지."

"그럼 '우릴' 두고 가지 않는 거네요."

"너 내가 그 망할 개를 데려갈 거라고 진심으로 기대하는 건 아니겠지?"

"난 이 녀석을 두고 가지 않아요, 에이브히어. 나의 막센을 두고 갈 수 없다고요."

"'너의' 막⋯⋯."

그는 송곳니를 한사레 뿌드득 갈고 말했다.

"좋아."

이지가 걸음을 멈추었다.

"뭐가 좋아요?"

"내가⋯⋯ 그걸 데려가 주지."

그녀가 그를 돌아보았다.

"우리가 날아가는 동안에 당신 등에서 막센을 떨궈 버리지 않을 거라고 약속해요?"

"내 등에서?"

"설마 발톱으로 쥐고 가진 않을 거잖아요."

"이지……."

"그냥 걸어갈게요."

그녀가 다시 걷기 시작했다.

"알았어, 알았다고! 태워 주지."

이지는 그의 한숨 소리를 들었다. 그리고 바닥을 데굴데굴 구르며 웃고 싶은 것을 참느라 정말이지 지난 세월 키워 온 온갖 힘을 소모해야만 했다.

"등에서 떨궈 버리지 않겠다는 약속도 하고요?"

"그래."

"어디 아무 데나 슬쩍 남겨 놓지도 않을 거죠? 그런 짓을 했다가는 정말……."

"내가 그 조그만 개자식을 내 목숨을 걸고 지켜 주지. 이제 좀 가도 되나? 제발?"

"좋아요."

그녀는 에이브히어를 향해 가면서 자기 개에게 손짓을 해 보였다.

"편하게 가자, 막센."

개가 걸음을 떼더니 에이브히어 주위를 한 바퀴 돌기 시작했다. 그러는 사이, 이지는 에이브히어의 갈기를 붙잡고 그의 등에 올랐다. 편하게 자리 잡고 앉은 그녀는 막센이 에이브히어의 뒷다리 바로 옆에 멈춰 서더니 제 뒷다리 하나를 들어 올리는 것을 보았다. 하지만 에이브히어의 긴 목이 갑자기 아래로 쑥 내려갈 때까지는 그가 막센이 하려는 짓을 알아챘다고 생각하지 못했다.

에이브히어가 막센의 주둥이 앞에 콧잔등을 들이밀며 말했다.

"내 다리에 오줌만 싸 봐라. 그게 그 물건으로 하는 마지막 짓거리가 될 테니까."

막센이 천천히 다리를 내리더니 저만치 몇 걸음 더 걸어가 모래 위에다 오줌을 누었다. 개가 볼일을 마치고 돌아오자, 에이브히어는 무거운 한숨을 내쉬고 꼬리로 녀석을 들어 이지 앞에 내려놓았다.

그녀가 막센의 엉덩이를 두 손으로 붙잡아 엎드리게 한 후에 소리쳤다.

"준비됐어요."

에이브히어는 날개를 펼쳤지만 날아오르기 전에 말했다.

"지금 이거 누구한테라도 얘기하면……."

"한마디도 안 해요, 누구한테도. 약속해요."

"그 녀석도 약속하나?"

이지는 눈을 깜빡였다.

"개가 약속하기를 바라는 거예요?"

"넌 개라고 말하지만, 난 그게 뭔지 모르겠거든."

"막센은 개예요!"

"약속!"

이번만큼은 에이브히어가 물러서지 않을 것임을 알았기 때문에, 이지는 막센의 오른쪽 옆구리를 가볍게 쳤다. 그러자 막센이 컹, 하고 한 번 짖었다.

그것은 오래전에 이지가 막센에게 재미로 가르친 신호였다.

그게 어느 순간 실제로 유용하게 쓰이게 될 줄 누가 알았을까.

"고맙군."

에이브히어가 웅얼거렸다.

"당신 지금 개한테 고마워한 거예요."

"그건 네 말이지!"

그가 버럭 소리쳤다.

지금은 드래곤과 합리적으로 따지려 들 때가 아니라고 판단한 이지는 ―이번만은― 침묵을 지키며 개를 쓰다듬었다. 그리고 날아가는 즐거움을 만끽하기 시작했다.

31

두 개의 태양이 뜨기 직전에, 에이브히어는 마침 동굴 하나를 보았다. 모래 언덕 가까운 곳에 반은 드러나 있고 반은 모래로 묻혀 있는 동굴로, 묵어가기에 완벽해 장소 같았다. 태양들이 하늘 꼭대기에 오르기 전까지 또 다른 동굴을 만나게 될지 알 수 없는 상황이고 보니 특별히 더 그랬다.

에이브히어는 동굴 바로 바깥쪽에 내려앉은 다음, 이지가 그 멍청한 개를 데리고 미끄러져 내리기 좋도록 몸을 낮춰 주었다.

그가 그녀에게 말했다.

"여기서 기다리고 있어. 동굴이 안전한지 확인해 보고 올게."

이지는 아무 말도 하지 않았고 그는 대답을 기다리지 않았다. 헤루의 궁정을 떠난 이래로 그녀는 완벽하게 침묵을 지키고 있다. 에이브히어로서는 몇 시간 안에 상황이 달라지리라고 생각할 수 없었던 것이다.

그는 밖에서 본 것처럼 동굴 내부가 작지나 않을까 염려하면서 안으로 걸어 들어갔다. 하지만 감사하게도, 그곳은 일종의 지하 공동이었고 아래로 좀 더 내려가자 낮 동안 자고 가기에 완벽해 보이는 방 같은 형태의 동굴들이 몇 개 더 있었다. 안을 좀 더둘러보기 위해 걸음을 떼려던 그는 이지가 횃불을 들고 자기 바로 뒤를 따르고 있다는 걸 그제야 알았다.

"내가 기다리라고 한 것 같은데."

이지가 깔깔거리며 웃었다.

"당신이 어떻게 내가 언제든, 세상에 알려진 그 어떤 이유로든 당신 명령을 따를 거라고 생각할 수가 있는지, 참 귀여울 따름이네요. 그냥 너무나 웃기잖아요. 당신이 그런 유머 감각을 갖고 있다니 말이죠."

"난 당신 명령 안 받아요, 그렇게 간단히 말할 수도 있잖아?"

"물론 그럴 수 있죠."

에이브히어는 한숨을 내쉬고 한쪽으로 방향을 잡아 걷기 시작했다. 이지도 검을 빼 들고 다른 쪽으로 향했다.

십오 분쯤 후에 그들은 처음의 동굴로 돌아왔다. 이지가 여행가방을 내려놓고 어깨를 쭉 펴며 말했다.

"비어 있네요. 쥐 새끼 한 마리도 없어요."

"드래곤들이 여길 쉬어 가는 곳으로 이용하는 거라면, 어떤 종류의 야생동물이건 여기 머무르는 건 바보 같은 짓이겠지. 어떤 드래곤에게 쥐는 조그맣고 따끈한 간식거리나 마찬가지거든."

"어떤 드래곤? 당신은 아니란 거예요?"

에이브히어는 저도 모르게 입술을 당겨 송곳니를 드러냈다.

"물론이지. 그냥 안 먹는 것들도 몇 가지는 있다고."

이지가 침낭을 꺼내 바닥에 펼쳐 놓고 그 위에 앉았다. 그리고 가방을 뒤져 육포와 수통을 꺼냈다.

에이브히어는 인간으로 모습을 바꾸고, 그녀가 한 것처럼 침 낭을 꺼내 바닥에 펼쳤다. 그리고 그 위에 앉은 후에야 이지가 그 망할 개와 자기 음식을 나누고 있는 것을 보았다.

"지금 그 녀석한테 네 육포를 준 거야?"

"막센 몫까지 넉넉하게 챙겨 왔어요. 걱정 마시죠. 이 녀석은 내 개니까 내가 돌볼 거예요."

"그 자식을 두고 와야 하는 거였다고."

"아, 그렇군요. 내가 내 소중한 막센을 아직도 개를 먹는 낯선 드래곤들 속에 남겨 두고 왔어야 하는 거였어요. 참 멋진 작전이 네요."

그녀가 고개를 들다가, 인상을 찌푸렸다.

"내가 왜 당신 물건을 보고 있는 거죠?"

"이게 너무 매혹적이니까?"

"바지 좀 걸칠 수 없어요?"

"걸칠 수 있지."

에이브히어는 그렇게 말한 다음 미소만 지었고, 그건 그저 이 지를 더욱 화나게 만든 것 같았다. 그녀의 입술이 살짝 말려 올라 갔다.

하지만 그에게 고함을 지르는 대신, 그녀는 망할 똥개 녀석을 먹이는 일로 돌아가 버렸다.

에이브히어도 자기 가방에서 먹을 것을 꺼냈다. 그리고 그것을 먹으면서 이지를 지켜보았다. 그녀는 그를 무시하는 척했지만 그는 믿지 않았다. 더 이상은.

"그 녀석을 얼마나 데리고 있었어?"

에이브히어는 결국 그 우라질 개에 대해 묻고 말았다.

"이제 삼 년 됐네요."

"그 녀석 씻겨 본 적은 있어?"

"내가 호수나 강에서 씻을 때마다 막센도 같이 씻어요. 물을 좋아하거든요."

"그런데도 깨끗한 건 한 번을 못 봤는데."

"막센이 물을 좋아하는 건 사실이지만, 마찬가지로 진흙이랑 피랑 똥이랑 소 오줌……."

"잠깐, 꼭 소 오줌이여야 해?"

"왠지는 묻지 마세요. 그냥 이 녀석이 그런 거니까."

"그런데도 넌 정말로 그 녀석이 저승에서 뱉어 낸 놈이라고는 생각하지 않는다고?"

"아뇨, 전혀요."

"그런 종의 개는 내가 생전 본 적이 없어서 하는 말이야."

"그거야 무의미한 소리죠. 세상은 당신도 나도 본 적 없는 것들로 가득 차 있으니까요. 게다가……."

그녀가 막센의 머리를 들어 보이며 말을 이었다.

"이 눈을 보고도 당신은 어떻게 내 막센이 사악하다는 식으로 생각할 수가 있어요?"

"멀쩡하게 남은 한쪽 눈이 붉은색이니까?"

"뭐요?"

이지는 개가 움직이지 못하게 머리를 좀 더 들고 녀석을 똑바로 들여다보았다.

"아, 이거요. 이건 그냥 횃불 빛이 반사된 거잖아요."

"뭐, 그렇게 믿어야 네 잠자리가 편하겠다면야."

"당신이 이 쪼그만 개를 무서워하다니, 믿을 수가 없네요."

"그 녀석은 쪼그맣지 않아. 난 무서워하는 게 아니고. 그저 그 녀석이 기분 나쁜 거지. 그러니까 쥐 같은 거라고. 난 쥐도 기분 나쁘거든."

"하지만 쥐는 충성스럽지도 않고 온갖 병들을 옮기잖아요."

"그 녀석이 병을 옮기는지 아닌지는 너도 모르잖아."

그녀가 좌절스러운 듯 한숨을 내쉬었다.

"내 개는 내버려 둬요."

"알았어. 하지만 한밤중에 그 녀석이 네 영혼을 훔쳐다가 지옥의 가장 깊은 곳에 던져 버리더라도, 울면서 구해 달라고 날 찾아올 생각은 하지 마."

이지는 자신의 다리에 침을 흘리고 있는 이 야수를 대체 어찌 사랑하지 않을 수 있다는 것인지 넌더리를 내고는, 가방에서 데 저트랜드 지도를 끄집어내 들여다보기 시작했다.

"그래, 넌 어디서 잘 건데?"

다시 에이브히어의 목소리가 들려왔다.

이지는 지도에서 고개를 들었다.

"어디서 자긴요. 여기서 자죠."

"자리는 있고?"

인상을 찌푸린 그녀는 자신의 침낭을 내려다보았고, 그 즉시 한숨을 내쉬고 말았다.

막센이 거기 사지를 편하게 쫙 펼친 채 등을 대고 누워 있었다. 녀석의 코 고는 소리가 동굴을 가득 채웠다. 그것은 보기 좋은 광경이 아니었지만, 한 가지는 입증해 주었다. 개가 에이브히어를 신뢰하기 시작했다는 것이다. 막센은 자신이 신뢰하지 않는 상대에게는 절대로 배를 드러내지 않았다.

"이 녀석이 자리를 만들어 줄 거예요."

이지는 웅얼거리며 지도로 돌아갔다.

"어쩌면 그럴 수도 있겠지. 하지만 난 확실히 자리를 내줄 수 있는데."

이지는 시선을 들고 건너편에 앉아 있는 드래곤을 바라보았다. 그는 거대한 허벅지에 팔꿈치를 편히 얹은 채 책상다리를 하고 앉아 있었다. 얼굴 위로 흘러내린 결 좋은 푸른빛 머리칼 사이로 반짝이는 은빛 눈이 그녀를 마주 보았다.

"진심은 아니겠죠."

그녀가 물었다.

"뭐가?"

"우리 지난 이틀 동안 얘기했잖아요."

"그래서?"

"그런데도 여전히 날 당신 침대로 끌어들이고 싶다고요?"

"널 가질 수만 있다면 어떤 식이든 상관없지."

이지는 그가 이미 단단해져 있음을 눈으로 보지 않고도 알 것 같았다. 어쩌면 건너편에 앉아 있는 여자가 누구든 상관없을 수도 있지. 하지만 그녀로서는 알 수 없었다.

"우리가 이걸 계속할 수 없다는 건 당신도 이해하는 거죠, 안 그래요?"

"원한다면 난 몇 시간이라도 계속할 수 있……."

맙소사, 이 드래곤이!

"아니, 아니요! 내 말은 당신과 나 사이에 진행되고 있는 거, 그게 뭐든 계속할 수 없다고요."

"우리 사이에 진행되고 있는 게 뭔시 놀라? 내가 그림이라도 그려 줄까?"

그녀는 좌절감을 느끼며 한숨을 내쉬었다.

"그림 같은 건 필요 없어요, 에이브히어. 내 말은…… 그러니까 내가 하려는 말은……."

"뭐가 문제야, 이지? 내 근사한 인간의 몸이 정신을 산란하게 하나?"

그래요!

"아뇨!"

"딱딱거릴 필욘 없잖아. 그냥 물어본 것뿐이데."

"난 그냥 설명을 하려고……."

"지금 당장 뭐든 설명하려 드는 건 잊어버리면 어때?"

"당신 말에 일리가 있을지도 모르겠네요."

이지는 다시 한숨을 내쉬고, 두 손으로 얼굴을 문질렀다.

"대신에 당신도 벗고 이리로 와서 내가 들어가게 해 주면, 우린 설명 같은 거 아예 다른 날로 미뤄 버릴 수도 있는데."

그녀는 얼굴을 덮은 손에서 손가락 두 개를 움직여 한쪽 눈만으로 드래곤을 바라보았다. 그리고 손가락 너머로 웅얼거리듯 말했다.

"난 옛날이 그리운 거 같아요. 당신 꼬리를 붙잡는 것만으로 내가 당신을 당황하게 만들곤 했던 그때 말이에요."

"넌 여전히 내 꼬리 붙잡는 거로 날 당황시킬 수 있어. 하지만 그것 역시 다른 날 얘기해야 할 거야."

이지는 두 손을 무릎 위로 떨구고 그를 노려보았다.

"정말 날 그렇게 간절히 원해요, 블루 드래곤 에이브히어?"

"숨 쉬는 것보다 더 간절하게. 그리고 맞아, 내 건너편에 앉아 있는 상대가 누군지는 중요해. 네가 궁금해하고 있을까 봐 해 주는 말이지만."

나쁜 자식.

그는 정말로 그녀를 잘 알았다, 그렇지 않은가? 그 모든 세월과 둘이서 함께 겪은 그 모든 일을 생각해 보면, 어쩌면 에이브히어는 누구보다도 그녀를 잘 아는 자일지도 몰랐다.

"이지."

그가 낮은 목소리로 부르더니 춤추듯 눈썹을 꿈틀거려 보였다. 이지는 입을 덮었지만, 손가락 사이로 웃음이 새어 나오고 말았다.

"뭐……."

마침내 그렇게 말한 이지는 무릎을 꿇었다.

"당신이 내 개를 실어다 줄 만큼 친절하게 굴었으니까, 나도 희생을 좀 할 수 있을 것 같네요."

"희생? 그래, 나와 함께하는 게 너한테는 스스로를 낮추는 일이라는 걸 매번 알려 주다니 너도 참 친절하다."

그녀의 미늘 셔츠는 이제 코를 고는 개의 주둥이 위에 걸려 있었다—그리고 천만에, 금속으로 만들어진 셔츠가 얼굴을 쳤는데도 이 멍청이는 깨어날 줄을 몰랐다. 가슴을 감싼 천도 벗어서 한쪽으로 던져 버린 이지가 몸을 쑥 뻗어 둘 사이의 작은 공간을 넘어왔다. 그녀의 두 손이 그의 엉덩이를 붙잡았고, 그녀의 입술이 그의 입술에 너무나 가까이 있었다.

에이브히어는 두 손을 들어 그녀의 얼굴을 감쌌다. 이지는 너무나 아름답게 자랐다. 코와 뺨과 턱을 가로질러 새겨진 전투의 상흔들조차 어쩐지 그녀의 아름다움을 부각시켜 줄 뿐이었다.

"나에게 키스할 거예요, 아니면 그렇게 계속 바라보고만 있을 거예요?"

그녀가 물었다.

"아직은 정말 모르겠는데."

그는 두 손으로 그녀의 얼굴과 목을 쓸어내렸다.

"이렇게 긴 세월이 지났는데도 여전히 폭력적으로 날 괴롭히는 개자식 셋한테 얻어맞아 피떡이 될지도 모른다는 걱정 없이 이렇게 널 볼 수 있다는 게 맘에 들거든."

이지가 피식 웃음 지었다.

"재밌네요. 결국에 가서 훨씬 더 심하게 당한 건 아빠랑 삼촌들이었던 같은데 말이죠."

"시작은 그쪽이 했잖아. 난 그저 스스로를 방어했을 뿐이지."

"이런 거짓말쟁이 개⋯⋯."

"이런, 이런. 공격적으로 나가진 말자고."

그는 그녀를 좀 더 가까이 당기고 입술로 그녀의 입술을 부드럽게 쓸었다.

"적어도 아직은."

이지는 그의 무릎 위로 미끄러지듯 올라가 다리를 그의 양쪽으로 걸치고 그의 어깨에 팔을 얹었다. 에이브히어가 손을 그녀의 목으로 미끄러뜨려 가슴을 가로질러 가면서 키스했다. 그의 손이 가슴을 쥐고 엄지로 젖꼭지를 쓸었다. 이지는 신음하며 두 눈을 감았다.

이건⋯⋯ 불공평해.

드래곤은 그녀를 거의 건드리지도 않았건만 그녀는 또다시 그의 손에 녹아내리고 그의 손가락에 무너지고 있었다. 그녀가 그를 가지고 놀고, 이용하고, 자신의 냉정한 즐거움을 위해 그의 삶을 살아 있는 지옥으로 만드는 쪽이어야 했다. 하지만 지금은 그 어느 것도 할 수 있을 것 같지 않았다. 대신에 그녀는 손가락을 그의 머리칼 속에 묻고 그를 더 가까이 당겼다.

그 커다란 손들이 더 아래로 미끄러져 그녀의 허리를 감았다. 에이브히어가 몸을 앞으로 기울이며 그녀를 누르듯 입술에, 턱에, 목에 키스했다. 그녀의 허리가 뒤로 한껏 휘자 그의 한쪽 손이 허리를 놓았고, 다음 순간 이지는 안으로 밀고 들어오는 그의 손가락을 느꼈다. 처음엔 하나가, 곧 하나 더. 그녀는 더 크게 신음하며 몸을 떨었다.

에이브히어가 입술로 젖꼭지를 감싸고 빨다가 혀끝으로 간질이기를 거듭했다. 이지의 몸이 뜨거워지고 땀이 솟기 시작했다. 그녀의 손이 그의 어깨를 붙잡았다.

맙소사!

정신이 아찔해지고, 미쳐 버릴 것 같았다. 똑바로 생각할 수가 없고, 자신의 몸이 자신의 것이 아닌 것만 같았다.

그가 다른 쪽 젖꼭지로 옮겨 가, 이로 잘근 깨물고 입술로 강하게 빨고 혀로 마음껏 희롱했다. 그러는 내내, 그녀 안으로 들어왔던 손가락 두 개는 안과 밖을 끈질기게 쓰다듬었고 우연인 듯 엄지가 간간이 클리토리스를 쓸고 지나갔다. 절정에 이르기엔 모자라지만 미칠 지경으로 몰아가기엔 충분한 자극이었다.

이지는 에이브히어의 손이 거기 머물기를, 어쩌면 절정에 오를 때까지 몰아쳐 주기를 희망하며 허벅지를 닫으려 애를 썼지만, 그는 허벅지 사이에 자기 몸을 끼우고 그대로 버텼다.

더 이상 견딜 수 없어진 그녀는 단 몇 초만 숨을 돌릴 수 있기를, 그래서 이 모든 자극을 감당할 수 있을 만큼 가라앉히기를 바라며 머리를 흔들고 몸을 움츠렸다. 하지만 허리를 감고 있던 그의 손이 등을 타고 올라가 어깨를 쥐었고, 그녀를 그 자세 그대로 묶어 버렸다.

이지는 절박하게 흐느끼듯 신음했다. 그녀는 어떻게 해야 할지 알 수 없었다. 혼란스러웠고, 스스로를 걷잡을 수가 없었다. 이렇게 되는 게 아니었다. 이렇게 강렬하고 압도적이어서는 안 되었다. 섹스가 사실은 어떤 것인지를 몰랐던 열여섯 살 이지가 꿈꾸었던 것이 무엇이건, 이성적인 성인으로서 그녀는 상대가 누구든 섹스가 이 같을 수 없다는 사실을 알고 있었다. 그 무엇도 이 같을 순 없었다. 너무나 지나치고, 너무나 좋았다. 모든 것이 너무나…….

그녀는 마침내 에이브히어의 어깨를 밀었고, 그도 마침내 그녀를 놓아주었다. 안도감과 실망감이 묘하게 뒤섞이는 걸 느끼며 이지는 질질 끌듯이 몸을 물렸다.

하지만 에이브히어는 끝나지 않았다. 그가 그녀의 허벅지를 붙잡아 자기 어깨 위로 들어 올렸다. 이지가 한마디 꺼낼 틈도 없이, 그의 머리가 다리 사이로 들어오고 그의 혀가 안으로 밀려들었다.

이지는 오직 그를 떨쳐낼 생각만으로 에이브히어의 뒤통수를 움켜잡았다.

그렇다, 그것이 그녀의 의도였다. 분명히, 절대적으로.

세상에서 가장 완벽한 혀와 만나면 의도란 아무 의미도 없어 진다는 게 안된 일이었을 뿐.

그 완벽한 혀가 위로 올라와 마침내 클리토리스에 자리를 잡고, 부드럽게 쓰다듬다가 누르기를 반복한 끝에 입술과 함께 전체를 감싸고 강하게 빨기 시작했다. 두 번째 움직임에 그녀는 흐느낌을 토했고, 세 번째에는 비명을 질렀다. 허리가 뒤로 활처럼 휘어지고 허벅지가 에이브히어의 머리를 감고 더할 수 없이 단단히 조여들었다.

그녀는 자신이 그를 죽여 버린 게 틀림없다고 생각했지만 상관없었다. 폭력적으로 휘몰아치는 오르가슴에 정신을 놓아 버린 이 순간만큼은. 한순간에 그녀를 해체해 버린 폭풍과 함께 이지는 손가락 하나 까딱할 힘도 없이 바닥에 누운 채 마지막 흐느낌을 삼켰다.

에이브히어가 마침내 몸을 빼고 그녀 옆에 길게 누운 채, 땀에 젖은 그녀의 몸을 부드럽게 쓸었다. 그녀의 얼굴에서 젖은 머리칼을 떼어 주며 그가 미소를 지었다.

"너 괜찮아?"

"당신이 미워요. 언제나 미워했어요."

그녀는 속삭이듯 말했다.

"거짓말을 한다고 일이 쉬워지진 않아, 이사벨."

"시끄러워요."

그가 웃음을 터트리며 두 팔로 그녀를 안아 자기 쪽으로 당겼다. 이지는 단단해진 그의 물건이 다리를 누르는 걸 느꼈지만, 그는 기꺼이 그녀를 기다려 주려는 듯했다.

물론 그래서 이지는 그가 더 미워졌다.

에이브히어는 그녀가 왜 자신에게 화를 냈는지 이제는 알고 있었다.

물론 처음에는 알지 못했다. 처음에 그는 완전히 혼란스럽기만 했다. 하지만 이십 분쯤 후에, 그녀가 그를 타고 올라와 허리 위에 다리를 벌리고 앉아 그의 물건을 안으로 받아들였다. 그리고 그가 수천 번도 더 꿈꾸었던 그 밝은 밤색 눈동자로 내려다보면서 움직이기 시작했다. 그녀의 엉덩이가 그의 것에 부딪치고, 그녀 안의 근육이 그의 것을 조였다 풀어 주기를 거듭하는 사이 눈앞이 서서히 흐려졌다. 마치 눈이 멀어 버린 것만 같았다. 더 나쁘게도, 이지는 시간을 들여 두 손으로 그의 가슴과 어깨를 끊임없이 쓰다듬었다.

하지만 그가 정말 알아야 할 것을 말해 준 것은 그녀의 신음과 그녀 안의 따뜻한 습기와 너무나 강하게 조여드는 허벅지의 움직임이었다.

그렇다. 그리하여 그는 그녀가 왜 자신에게 화를 냈는지 알게되었다. 그 역시 똑같이 느꼈기 때문이다. 에이브히어는 그녀가 자신에게 무엇이든 요구할 수 있고 자신은 하늘의 태양들을 움직여서라도 그녀의 청을 들어주리란 것을 알고 있었다. 그녀의 얼굴에 떠오른 미소를 보기 위해서라면, 그녀를 안전하게 지키기 위해서라면 그 어떤 일도 할 수 있었다는 것 또한.

그는 스스로에게 화가 솟는 걸 느끼며, 그녀의 허리를 잡고 몸을 뒤집어 그녀를 타고 올랐다. 하지만 이지가 시선을 드는 순간, 자신이 뭘 하려는지 그녀가 아는 것 같다는 느낌이 들었다.

통제할 수 없는 상황을 통제하려 드는 거예요.

하지만 그녀는 그를 비웃지도, 놀리지도 않았다. 그저 몸을 조금 들고 두 팔로 그의 목을 감으며 입을 맞췄을 뿐이다.

그렇다. 그가 제아무리 기를 쓰고 애를 쓴다 해도 이 상황을 통제할 수는 없을 터였다. 그저 불가능한 일이었다. 그래서 에이브히어는 더 이상 싸우지 않기로 했다. 그래 봤자 무슨 소용이겠는가? 대신에 그는 목을 감은 그녀의 팔을 풀어 머리 위로 고정시키고, 자신이 품고 있던 모든 것을 그녀 안에 맘껏 풀어 놓았다. 이지야말로 그 모든 것을 충분히 감당할 수 있는 유일한 여자임을 알기에.

이지는 배를 깔고 길게 누워, 엇갈리게 놓은 팔 위에 머리를 얹은 채 에이브히어의 손이 등과 다리를 쓰다듬는 감각을 즐기고 있었다.

"이 상처는 어디서 얻은 거야?"

그가 손가락으로 그녀의 등을 따라 살이 도독하니 올라와 굵은 선을 이루고 있는 상처 자국을 만지며 물었다.

"확실치 않은데요."

"이지, 이건 적어도 두 뼘은 되는 데다 척추와 위험할 만큼 가까운 상처야. 어떻게 글쎄라는 대답이 나올 수 있어?"

"내가 얼마나 많은 전투에 나갔는지 알아요? 치유사들이 날 고쳐 준 건 또 얼마나 많고요. 어떤 때는 상처까지 말끔히 없애 주기도 했지만 그러지 못한 때도 있었죠. 게다가……."

그녀는 팔꿈치로 바닥을 고이고 손바닥 위에 턱을 얹으며 말을 이었다.

"난 원래부터 나이 든 전사들이 자기 흉터들에 대해 떠드는 소리 듣고 앉아 있는 거 싫어했거든요. 서로 비교하고 자랑하고 그러는 거, 그게 다 무슨 소용이에요? 중요한 건 내가 지금 여기 사지 멀쩡하게 살아 있다는 것뿐이죠."

에이브히어가 키득 웃었다.

"너 지금 꼭 글레안나 고모 같았어."

"그분한테 배운 게 참 많아요. 아돌가 님한테서도요."

"그래, 내 아버지의 형제자매들은 우리 모두에게 온갖 전장의 교훈들을 가르쳐 주셨지. 하지만 글레안나 고모는 언젠가부터 더 이상 내게 얘기 안 하셔."

"왜요?"

"나에게 미루나크보다는 훨씬 더 대단한 소망을 품고 계셨던가 보더라고."

"여왕님이 미루나크를 당신 목적에 맞게 쓰시는 건데, 글레안나 님이 뭐라 할 일은 아니죠. 무엇보다, 내가 지금까지 본 바대로라면 당신들이 하는 일에는 부끄러울 게 전혀 없어요."

"왜, 네 휘하의 연대에 너만의 미루나크라도 만들어 보려고?"

"물론 아니죠. 격노와 두 자루 검만으로 무장하고 전장으로 돌진하는 한 떼의 미친 전사 같은 거 우린 필요 없어요."

"왜?"

"우리한텐 앤닐이 있잖아요. 그녀가 우리의 미루나크인데, 뭐가 더 필요해요?"

에이브히어가 등을 대고 구르며 큰 소리로 웃자, 그녀도 합세했다. 태양들이 지고 다시 여정을 시작할 때까지, 그들은 그렇게 끊임없이 웃고, 얘기를 나누고, 몸을 섞었다.

32

낮에는 잠을 자고 밤에는 여정을 잇는 사이 사흘이 더 지나갔
다. 세 번째 날에는 동굴을 찾지 못해 에이브히어가 날개로 이지
와 그 멍청이 개를 덮어 주었다. 온몸에 덮인 비늘들이 보호막이
되어 준다는 것만으로도 감사한 일이었지만, 그는 여행 가방에
털 망토를 챙겨 온 덕분에 조금 더 행복해졌다. 열기는 크게 상관
없었다. 문제는 비늘 사이의 깊은 틈까지 파고드는 모래였는데,
망토가 그것을 줄여 주었던 것이다.

매일 밤 출발하기 전이면 이지가 그를 도와 비행에 영향을 끼
칠 수도 있는 곳이면 어디든 깨끗하게 청소해 주었다. 그로서는
다른 부위가 근질거리는 것을 무시하느라 온 힘을 다하고 있었을
뿐이지만.

데저트랜드로 오는 대부분의 사우스랜드 드래곤들──그들 중

많은 이들이 이 땅을 사랑했다──은 이런 식으로 여행하지 않았다. 보통은 보호용 막사를 가져와 하루하루 펼쳤다 접었다 하기 마련이었다. 이지와 에이브히어도 애초에 막사를 챙겨 왔지만 소금 광산에 들렀을 때 그 아랫마을에 말들과 함께 맡겨 두었다. 말들을 끌고 왔다면 얼마나 좋았을까 싶기도 했지만, 물론 하나 마나 한 생각이었다.

뭐, 더 나쁠 수도 있었지.

어쨌든 그에게는 망토가 있었고, 사막의 열기도 꺾지 못할 삶의 의지가 있었으며, 무엇보다 이지가 있었다. 하늘을 나는 동안에도 끊임없이 재잘대는 그녀의 목소리는 기나긴 밤을 견딜 만한 것으로 만들어 주었다. 이지는 그보다 그 어처구니없는 개와 얘기를 나누는 때가 더 많았지만, 적어도 그 덕분에 우라질 똥개가 조용히 있는 것 같았다.

개는 주로 비행 중에 자고, 그들이 잠드는 낮 동안은 동굴 입구 어름에 앉아 있다가 경고의 의미로 짖곤 했다. 물론 그 대부분이 이 땅 어디서나 볼 수 있는, 죽은 동물의 사체를 먹고 사는 거대한 새들이 접근했을 때였다. 하지만 놈들도 사막의 뜨거운 태양 아래 죽어 누운 드래곤 사체인 줄 알았던 것이 전혀 죽은 게 아님을 알아채기 무섭게 재빨리 날아가 버렸다. 그래도 그놈의 개에게 끊임없이 침을 흘려 대는 식으로 이지를 기쁘게 하는 것 외에 약간의 쓸모가 있다는 것을 알게 된 것은 나쁘지 않았다.

태양들이 지자마자 잠에서 깨어난 에이브히어는 아직 잠들어 있는 이지 위에서 조심스럽게 날개를 들었다. 그리고 똑바로 앉아 한차례 기지개를 편 다음, 지도를 꺼내 들여다보았다. 드디어 문명 세계가 가까워져 있었다. 어느새 세부 근처에 이른 것이다.

이지가 하품을 하더니 몸을 뒤집고 두 팔을 한껏 뻗었다. 눈꺼풀이 파르르 떨리다가 열리고 그녀가 그를 올려다보며 미소를 지었다. 이지는 언제나 눈을 뜨자마자 맨 먼저 그를 올려다보며 미소를 지었고, 그럴 때마다 에이브히어는 속 깊은 곳에서부터 새로운 힘이 차오르는 것을 느꼈다.

하지만 그녀는 또 금세 얼굴을 찌푸리고, 마치 잠에서 깼을 때는 으레 좋은 기분이 아니란 것을 기억해 낸 듯이 굴었다.

"안녕."

그녀가 툴툴거리듯 인사하며 일어나 앉았다.

"잠은 잘 잤어?"

"충분히요."

그녀는 여행 가방에 손을 뻗어 수통을 꺼냈다. 그녀가 물을 마시는 사이, 멍청이 개는 오줌을 누러 달려갔다.

"이지, 네가 하룻밤만 더 길게 비행해도 괜찮다면 아마 내일쯤……."

그때, 갑자기 개가 으르렁거렸고 이지가 손을 들어 그의 말을 잘랐다. 더 이상했던 것은, 개가 이빨을 드러내고 목덜미의 털을 곤두세운 채 그들 쪽으로 뒷걸음질 치기 시작했다는 점이다. 배고픈 새들이 너무 가까워졌을 때면 언제나 보이던 것과는 아주 다른 반응이었다. 무언가 다른 것이 접근하고 있는 듯했다.

이지가 개에 대해 그보다 더 잘 아는 것이 분명했기 때문에,

에이브히어는 그녀를 바라보았다.

"인간으로 변신해요."

그녀가 낮게 말했다.

"고개 돌려."

에이브히어 자신이 모습을 바꿀 때면 뿜어져 나오는 화염에서 그녀를 보호하기 위해 그렇게 말한 다음, 재빨리 인간으로 몸을 바꾸고 가방에서 바지와 면 셔츠와 부츠를 꺼냈다.

하지만 그가 부츠를 다 신기도 전에 이지가 자리에서 일어났다. 그녀의 시선은 똑바로 정면을 향해 있었다. 그 역시 자리에서 일어났을 즈음, 기수들의 모습이 모였다. 그들 모두 가벼운 갑옷 차림이었고, 그들이 탄 말들은 사우스랜드의 말보다 체구가 늘씬했다. 그리고 확실히 그들은 이쪽으로 곧장 오고 있었다.

이지가 그의 앞으로 나섰다.

"믹샌을 시켜 줘요."

그녀는 정말로 그가 자신보다 그 개를 보호하려 들 거라고 믿는 걸까? 실제로 그녀는 에이브히어가 그러지 않으리란 것을 알았고, 그래서 일부러 더 그렇게 말한 것이었다.

맨 앞 열의 기수들이 말고삐를 당기더니 그들 바로 앞에서 멈추었다. 나머지는 그들을 우회해 뒤쪽으로 가서 섰다. 마치 이지와 에이브히어가 도망이라도 갈까 봐 막으려는 듯한 움직임이었지만, 대체 아무것도 없는 이 트인 공간에서 어디로 간다는 말인가? 에이브히어는 알 수 없었다.

기수들 중 우두머리로 보이는 자가 그들을 향해 뭐라고 소리쳤지만 이지도 에이브히어도 알아듣지 못했다. 그러자 그자가 이 땅의 공용어로 다시금 물었다.

"당신들은 누구지? 대답하라!"

"난 이사벨이고, 이쪽은 내 여행 친구 에이브히어인데요."

"어느 지방에서 온 거지? 어느 부족인가?"

"난 여기 출신이 아닌데요."

병사들이 그녀를 탐색하듯 바라보았다.

"아니라고?"

우두머리가 물었다.

"예."

"그럼 여긴 무슨 일로 온 건가?"

"우린 세푸로 가는 길이에요. 놀웬 마녀들을 만나러요."

"당신들이?"

그자가 웃음을 터트렸다.

"뭐, 어쨌든 그게 우리 목적지니까 이제 그만……."

"무장이 꽤 잘돼 있는데."

다른 병사가 지적했다.

"그저 안전을 위해서죠."

"그럼 저자는?"

우두머리가 에이브히어를 가리키며 물었다.

"내 호위예요. 좀 모자란 벙어리지만, 머리로 뭘 깨부수는 건 잘하죠."

이런 무례한 계집애가!

우두머리가 다시금 그들을 꼼꼼하게 뜯어보았고, 에이브히어는 자기들이 그자의 신경에 거슬렸다는 걸 알아챘다. 그들이 지금 거짓말을 하고 있음을 감안하면 정확한 판단이기도 했다.

"우리가 세푸까지 호위해 주지."

"그럴 필요 없는데요."

"그럴 필요가 우리에게 있어."

"다시 말해서, 우리 쪽엔 선택의 여지가 없다는 거네요."

우두머리가 피식 웃었다.

"그다지."

이지는 감방 문의 쇠창살 너머를 바라보았다. 현재 그녀는 그 뒤에 갇혀 있었다.

"거참 잘 풀렸네."

그때 뒤에서 코 고는 소리가 들려왔고, 이지는 막센이 그새 곯아떨어졌음을 알았다. 녀석은 무슨 일이 터져도 잠을 잘 수 있었다. 그녀는 에이브히어를 돌아보았다.

"안 그래요?"

대답 대신 그가 자기 입을 가리켜 보이며 고개를 저었다.

이지는 눈을 굴리고 말았다.

"꼭 그렇게 모든 일을 사적으로 받아들여야겠어요? 농담이었을 뿐이라고요."

"하, 하, 하."

그가 대답했다.

"모자란다고 한 것 때문이죠, 안 그래요?"

"넌 어떻게 생각하는데?"

이지는 다시 쇠창살 너머를 살펴보면서 지적해 주었다.

"그자들은 아주 의심이 많았어요. 그리고 당신은 척 보기에도 겁나는 인상이니까. 하지만 당신 그 무시무시한 생김새만으로 우릴 감방에 던져 버렸다는 건 좀 말이 안 되잖아요?"

"우리가 여기 도착했을 때 못 봤어? 도시로 들어오는데 안에서 문을 열어 줘야 했잖아. 내가 듣기로, 세푸는 개방 도시라 했거든. 방문객이 자유롭게 드나들 수 있었다고."

"전쟁을 준비하는 걸까요?"

"모르지. 그럴 수도 있고, 아니면 소금 광산에서 기지 사령관이 계속 얘기했던 것처럼 인간들 사이에서 소요가 일어나고 있기 때문일 수도 있고."

"하긴, 일어날 수 있는 일이야 많죠. 하지만 지금 그게 중요한 문제인지는 모르겠네요. 더 큰 문제가 있잖아요."

이지는 에이브히어에게 돌아서서 그 뒤편의 벽을 몸짓으로 가리켰다.

"자, 시작하시죠?"

에이브히어가 눈을 깜빡였다.

"뭘 시작해?"

"여기서 나가려면 벽을 부숴야죠. 마침내 그 믿을 수 없는 계집년을 만나기 바로 직전이에요. 난 기다리는 게 지긋지긋해요."

"그자들은 우리에게 아무 짓도 안 했어, 이지. 적어도 아직은 안 했지."

"그래서?"

"그러니까 네가 못된 늙은 계집년과 맞장 뜨러 갈 수 있도록 해 주기 위해서라는 이유만으로 여기 사람들의 격분을 일으킬 짓을 하진 않겠다는 거지."

"충성심을 또 얻다 팔아먹은 거예요?"

"그러는 넌, 합리적인 군사적 식견을 얻다 팔아먹었는데?"

"그거 무슨 뜻으로 한 말이에요?"

"여기서 나가는 건 어렵지 않아. 하지만 그게 도시 전체를 깨부술 수 있다는 뜻은 아니라고. 적어도 이 도시는 불가능하지. 들어오면서 성곽을 봤을 텐데? 거기 투석기들도 있었지, 거대한 석궁처럼 생긴 놈들로. 내 경험에 의하면, 그건 이 도시를 공격할지도 모르는 드래곤들을 대비해서 배치해 놓은 거야. 나 혼자서 그 전부를 상대할 수 있다고 생각한다면, 넌……."

"알았어요, 알았어."

"네가 그렇게까지 네 할머니에게 집착하고 있지만 않았더라면……."

"난 집착 같은 거 안 해요."

"경비병들이 돌아오면 그냥 사실을 말해 줘. 네가 누군지 밝히고, 원하는 게 뭔지 알려 주라고. 어차피 우리가 거짓말한 건 저들도 알고 있는 게 분명하니까."

"좋아요."

"난 그냥 제안을……."

"에베베베베베!"

이지는 에이브히어의 얼굴 앞에 두 손을 흔들며 그의 말을 막았다.

"그게 대체 무슨 소리야?"

"짜증 나게 하지 말라는 소리요."

"난 널 짜증 나게 하려는 게 아니야, 이지. 네가 진짜 긴장해 있어서 그렇게 느끼는 거지. 넌 싸움을 예상하고 있었는데 엉뚱한 게 끼어들었고, 게다가 그것마저 제대로 해결하지 못했잖아. 그래서 그걸 나한테 풀려는 거라고."

그녀는 어깨를 추썩였다.

"뭐…… 여기 있는 건 당신뿐이니까."

에이브히어가 웃어 버리자, 이지는 안도감을 느꼈다. 그녀는 확실히 긴장해 있었고, 가장 쉬운 표적을 상대로 완전히 못된 계집애 짓을 하고 있었던 것이다. 덩치 큰 블루 드래곤에게. 그보다 더 쉬운 표적도 없으리라. 하지만 분명 그것은 그에게 공정치 못한 짓이었다.

그녀가 뤼데르크 하일에게 들은 말을 전해 주었을 때에도 에이브히어는 단 한순간도 그녀에게 화내지 않았다. 그녀 탓 같은 건 전혀 하지 않았다. 심지어 그녀가 자기 부대와 함께 있을 때도 뤼데르크 하일과 애기를 나눴다는 사실을 숨긴 것에 대해서조차 아무 말 하지 않았다. 오히려 그녀는 물론이고 그녀의 개—그가 부르는 대로라면 '우라질 개자식'—까지 데저트랜드로 데려와 주었다.

그러니까 앤닐이 여왕과 여왕의 종자로서 그녀와 함께했던 당시에 적어도 한 번 이상 했던 말을 빌리자면, 이지는 '못된 계집애 짓은 그만두고 자신의 토실토실한 엉덩이를 보호해 주는 게 누군지 기억할' 필요가 있었다.

"미안해요, 에이브히어."

에이브히어는 눈을 깜빡였다. 자신이 들은 소리가 믿기지 않아서였다.

"……에?"

"미안하다고 말했어요. 당신이 옳아요. 난 지금 신경이 잔뜩 곤두서 있고, 그걸 당신한테 풀려고 했죠. 그러면 안 되는 거였는데, 미안해요."

에이브히어는 감방 안을 한 바퀴 돌아보고는 다시 물었다.

"에?"

"이봐, 방문객이 있다!"

그때, 감방 밖에서 목소리가 들려왔다. 이지가 그를 등지고 돌아서더니 문 앞에 서 있는 간수에게 다가갔다.

병사들이 모퉁이를 돌아 들어왔다. 사막에서 그들을 잡아들였던 자들처럼 이 병사들도 가벼운 갑옷 차림이었는데, 맨 앞의 여자만큼은 투구 끝에 긴 말갈기가 장식되어 있는 것을 보니 다른 이들보다 계급이 높은 듯했다.

"이름을 대라!"

병사들 중 하나가 명령했다.

에이브히어가 이지의 긴장을 누그러뜨려 주기 위해 했던 온갖 노력이 그 한마디로 물거품이 되는 순간이었다. 이지의 팔이 가슴 위에서 팔짱을 끼고 그녀의 발끝이 바닥을 탁, 탁, 신경질적으로 차기 시작했다. 이지를 상대할 때는 절대로 좋은 신호가 아니었다.

"이름을 대라고 했잖아."

그 병사가 되풀이했다.

"앞서 말한 것도 들었어. 예의 바른 태도가 가져다줄 수 있는 결과란 참으로 놀라운 것이란 말이지."

계급이 좀 더 높아 보이는 병사가 앞으로 나서려는 병사에게 몸짓을 보냈다. 이자는 좀 더 정중한 편인 모양이었다.

"당신들의 이름을 알 필요가 있다."

"이곳은 개방 도시인 줄 알았는데."

이지가 반박했다.

"이해가 안……."

"그냥 질문에 대답했으면 좋겠군. 가능한 한 빨리."

"이지, 그냥 대답해 줘."

에이브히어는 그녀를 채근했다.

만약 상황이 고약하게 변한다면 그가 드래곤의 본체로 돌아가 그들 모두를 죽여 버리는 것은 쉬운 일이었다. 하지만 이 병사들은 그저 그들이 누군지 알고 싶어 하는 것뿐 아닌가.

그 순간, 장교로 보였던 여자의 눈이 가늘어졌다.

"벙어리인 줄 알았는데."

에이브히어는 한숨을 내쉬었다.

"네가 저지른 짓이 뭔지 알겠어?"

하지만 그가 한 말은 이지를 그저 웃게 만들었을 뿐이다.

"이제 제발 좀 말해 줄래."

"좋아요. 난 앤닐 여왕의 군대에 소속된 이사벨 장군이다."

"앤닐? '피투성이' 앤닐 말인가?"

여장교가 다른 이들을 흘끗 돌아보며 말했다.

"훌륭하시군."

에이브히어는 반사적으로 이지의 셔츠 뒷자락을 붙잡아, 그녀가 쇠창살 사이로 팔을 뻗어 여장교의 목을 졸라 죽여 버리는 사태를 방지할 수 있었다. 세상에 이지가 절대로 참을 수 없는 일이 한 가지 있다면, 누군가 앤닐에 대해 부정적인 얘기를 하는 것이었다. 사우스랜드의 인간 여왕은 이지의 유일하면서도 진정한 약점인 것이다.

어떤 위험이 비켜 지나갔는지도 모른 채, 정중했던 병사가 물었다.

"그럼 여기는 무슨 용무로 온 겁니까, 장군?"

"놀웬 마녀들을 만나러 왔지."

"많은 이들이 그러죠. 하지만 그렇다면 당신의 여왕은 직접 와야 했습니다."

"난 내 여왕님을 대신해 여기 온 게 아니야. 나 자신의 목적으로 온 거지."

여장교가 짧게 코웃음을 쳤다.

"네 미친 여왕을 왕좌에서 끌어내릴 계획으로 놀웬 마녀들의 도움을 구하러 온 건가? 네 피부색이라면 도와줄 거 같아서?"

에이브히어는 자신의 손이 빠르다는 사실에 언제나 감사하리라 생각했다. 이지가 천장부터 바닥까지 단단하게 박혀 있는 쇠창살을 붙잡고 흔들어 뽑아 던져 버리기 전에 이번에도 그럭저럭 그녀를 막을 수 있었기 때문이다.

그는 이지가 버둥거리며 거칠게 주먹을 휘두르고 저주를 퍼붓는 사이, 설명해 주었다.

"여왕은 장군이 여기 있다는 걸 알고 계시지. 하지만 이 일은 앤널 여왕과 아무 상관 없어. 장군의 일족은 원래가 여기 출신이니까."

"그게 누굽니까?"

정중한 병사가 물었다.

"장군은 탈라이스의 딸이야."

그 순간, 에이브히어는 시야 끝 쪽에서 여장교의 머리가 번쩍 들렸다가 살짝 기울어지는 것을 보았다.

"탈라이스라고요?"

병사가 다시 물었다.

"할데인의 딸, 탈라이스지."

에이브히어는 좀 더 정확히 말해 주었다.

여장교가 앞에 있는 병사들을 밀치고 앞으로 나섰다. 그녀는 강건한 여자였다. 키가 크고 힘이 느껴지는 체구에, 갈색 곱슬머리를 긴 깃털들과 함께 전사의 장식으로 여러 가닥 땋아 내리고 있었다. 하지만 코까지 투구에 가려진 탓에 에이브히어는 그녀의 얼굴을 제대로 볼 수 없었다.

"할데인의 딸이라고 했나?"

그녀의 물음에 에이브히어는 뒤에서 몸부림치는 이지를 억누르며 물음을 되돌렸다.

"할데인을 알아?"

여자가 고개를 저었다.

"아니, 개인적으로는 아니야. 하지만 놀웬 마녀라면 누구나 알겠지."

"그럼 그들과 만나도록 우릴 도와줄 수 있을까?"

"난 정말로 몰라."

그녀는 계속해서 그의 뒤쪽을 보려 했지만, 이지는 여전히 그의 뒤에서 저주를 퍼부으며 그의 손을 떼어 내려 애쓰느라 바빴다. 당장이라도 앞으로 튀어나와 주먹을 휘두르고 싶은 것이다.

에이브히어는 자기에게 집중하도록 그녀를 한차례 흔들었다.

"왜요?"

이지가 쏘아붙였다. 하지만 고함과 저주는 섞여 나오지 않은 것을 보고, 에이브히어는 그녀를 자기 앞으로 돌려놓았다.

"이사벨 장군."

그가 소개하듯 말했다.

"이쪽은……."

"레일라 대위."

여장교도 자기를 소개했다.

이지가 고개를 까딱해 보였다.

"대위."

대위가 더 가까이 다가서더니 이지를 꼼꼼히 뜯어보았다. 그리고 마침내 말했다.

"우리와 함께 가지. ……부탁이야."

대위가 걸음을 떼자 간수들 중 하나가 감방 문의 자물쇠를 풀고 문을 열어 주었다.

이지는 곧장 나서는 대신 에이브히어를 올려다보았다.

"네가 가는 곳이라면 어디든."

그가 웅얼거리듯 말했다.

그녀는 고개를 끄덕이고 감방을 나섰다. 에이브히어도 따라나서려다, 아직도 코를 골며 자고 있는 개를 흘끗 돌아보았다.

"어이, 멍청이! 가자!"

개가 눈을 떴지만 그저 그를 쳐다보기만 할 뿐 움직이려 하지 않았다. 그때 이지의 휘파람 소리가 들려왔고, 그제야 몸을 굴려 벌떡 일어난 녀석이 주인을 따라 달려 나갔다.

에이브히어는 넌더리를 내고는 그들을 따라갔다. 어디로 가는 것인지, 거기서는 대체 어떤 일이 벌어질지 궁금해하면서.

33

　그들은 병사들에게 둘러싸인 채 감옥을 나왔고 도시를 관통해 갔다. 어디로 가고 있는지 아직도 알 수 없었지만, 이지는 정말로 놀웬들에게 가는 것이길 바랐다. 가서 그 계집년을 만나고, 라이를 넘겨주기 전에 그녀가 얼마나 끔찍한 인간인지 말해 줄 수 있기를 간절히 바랐다. 놀웬들에게 동생을 줘야 한다고 생각하는 것만으로도 여전히 몸서리가 났지만, 달리 그녀가 할 수 있는 일이 뭐가 있겠는가?

　그들은 십오 분쯤 도시의 중앙 시장을 지난 끝에 새로운 거리로 들어섰고, 어떤 건물 앞에서 멈추었다.

　대위가 자기 휘하의 부하들을 돌아보며 명령했다.

　"너희는 여기서 기다려라."

　"대위님, 괜찮으시겠습니까?"

그녀가 고개를 끄덕였다.

"그래."

그리고 이지와 에이브히어에게 말했다.

"당신들은 나와 함께 가지."

이지는 막센을 돌아보았다.

"여기서 기다려."

그녀는 개를 데려갈 생각이 없었다. 안에는 에이브히어와 함께 들어갈 테니 혹시 바깥에서 문제가 생기면 막센이 알려 주리라는 걸 알았기 때문이다.

개가 자리에 앉아 혀를 빼물고 어느새 질질 침을 흘리기 시작했다. 이지는 수통을 꺼내 막센에게 충분히 물을 마시게 한 후에야 대위를 따라 안으로 들어갔다.

하지만 몇 걸음 가지도 않아서 그곳이 어떤 가정집이라는 것을 알아챘다.

"놀웬들이 여기에 사나?"

"난 너희를 놀웬들에게 연결해 줄 수 없어. 그들이 날 만나는 데 아무 관심도 없으니까."

"그럼 우리가 여기서 뭘 하고 있는 거지?"

대위는 대답하지 않았다. 그저 계속해서 집 안으로 걸어 들어갈 뿐. 그곳은 아름다운 공간이었다. 하얀 아마포와 편안해 보이는 가구들이 많았다. 그리고 바깥이 찌는 듯이 더운 것과 달리 안쪽은 시원하기도 했다.

몇 분쯤 더 걸은 후에 그들은 집의 후면으로 나와 풀밭이 깔린 열린 공간으로 들어섰다. 더 많은 아마포와 이파리 많은 거대한 나무들이 덮개처럼 펼쳐져 있었다. 그 바깥쪽은 여자와 남자와 아이 들로 가득했다. 노인 여자와 남자 그리고 어린아이들은 태양으로부터 몸을 보호해 주는 헐렁한 옷을 걸치고 있었다. 하지만 더 나이 든 아이들과 어른들은 대위가 입은 것과 같은 가벼운 갑옷 차림이었다.

"엄마 오셨다!"

아이들 중 하나가 소리치자 그들 중 몇 명이 달려와 그녀를 끌어안았다.

갑옷을 입은 또 다른 강인한 인상의 나이 든 여자가 앞으로 나섰다.

"누굴 데려온 거니, 레일라?"

대위가 투구를 벗었다.

"이쪽은 나크를레인에서 온 이사벨 장군이에요. 앤닐 여왕의 장군들 중 하나죠."

나이 든 여자가 갑자기 아주 염려스럽다는 듯한 표정을 하며 물었다.

"여긴 무슨 일로 온 거라더냐?"

"제대로 만나 보셔야 할 것 같아서요. 이사벨 장군, 이분은 내 어머니 마스키니 장군이시다. 지금은 은퇴하셨지만 세푸 수비군의 사령관이시기도 하지."

이지는 이마를 찌푸리며 시선을 돌렸다.

"왜 그래?"

에이브히어가 속삭이듯 물었다.

"전에 어디선가 들은 이름 같아서요."

레일라 대위가 소개를 계속했다.

"어머니, 이쪽은…… '탈라이스'의 딸 이사벨이에요. '할데인의 딸' 그 탈라이스죠."

순간, 그 작은 공간 안의 모든 것이 움직임을 멈춘 것 같았다. 그리고 모두의 시선이 이지에게 모아졌다. 물러서고 싶은 충동이 불쑥 들었지만, '피투성이' 앤널 군대의 전사로서 이지는 결코 물러날 수 없었다. 그래서 땅바닥에 굳건히 다리를 버티고 선 채로 물었다.

"내 어머니가 당신들의 적인가?"

마스키니 장군이 이지를 향해 다가오더니 길다고 느껴질 만큼 한참 동안 말없이 그녀를 바라보았다.

그리고 마침내 울음을 터트렸다.

장군의 울음은 너무나 격렬해서 스스로 몸을 가누지 못할 정도였고, 비틀거리는 그녀를 에이브히어가 즉시 잡아 주어야 했다. 그는 그녀를 부축해서 의자로 데려가 앉게 도와주었다.

여전히 그들을 바라보고 있는 사람들을 뚫고 뒤뜰에서부터 연로한 여인 하나가 나아왔다. 에이브히어는 그녀가 이곳에 있는 다른 많은 이들과 똑같은 눈을 하고 있음을 알아챘다. 이지의 눈과도 같은 눈이었다. 탈라이스는 언제나 이지가 자기 아버지의 눈을 닮았다고 얘기했었다. 밝은 밤색의 강렬한 눈…… 마치 그녀 자신과도 같은.

연로한 여인이 두 손을 모아 꽉 움켜쥐며 입을 열었다.

"네 이름이……."

하지만 목이 메는지 몇 번인가 기침을 하고는 다시 시작했다.

"네 이름이 이사벨이라고?"

"예. 제 일족은 이지라고 부르죠."

"네 일족?"

"제 가족요."

"혈족 말이냐?"

"아니요, 제 어머니의……."

이지가 적당한 단어를 찾지 못해 잠시 끙끙거리다가 말을 이었다.

"제 어머니와 아버지가 결혼을 했고, 아버지의 일족이 저를 딸로 받아들였어요."

그리고 에이브히어를 가리켜 보였다.

"이쪽이 제 삼촌이죠."

에이브히어는 모든 남자들의 시선이 명백한 적의를 담고서 일제히 쏟아지는 것을 느끼고 공황에 빠지지 않기 위해 애를 써야 했다. 그는 이지를 건드리지도 않았건만…….

내가 뭔가 의심받을 만한 짓을 했나?

어쨌든 그들은 알고 있었다. 수컷들은 언제나 아는 법이었다.

"그래, 넌 친아버지를 한 번도 만나 본 적 없고?"

"……예."

이지가 두 손을 바지에 대고 문지르기 시작했다. 그녀가 불안할 때면 보이는 신호 가운데 하나였다. 에이브히어는 꽤나 오랫동안 그녀의 그런 모습을 보지 못했다. 그녀의 어머니가 뤼데르크 하일과 그자가 이지의 팔에 찍어 넣은 낙인에 대해 정면으로 물었던 때가 마지막이었다.

"제 어머니 말씀으로는, 제가 태어나기 전에 돌아가셨대요."

"그의 이름을 아느냐?"

이지는 두 눈을 감고, 아마도 아주아주 오래전에 어머니가 말해 주었을 그 이름을 떠올렸다.

"세소스, 음…… 세소스……."

그녀가 목을 가다듬고는 말했다.

"……마스키니의 아들, 세소스."

연로한 여인이 팔을 뻗어 이지의 손을 붙잡았다.

"그리고 자라의 손자이기도 하지. 가장 사랑받은 손자란다, 내 아가 이사벨. 가장 사랑받은 손자……."

이지는 자신의 손을 쥐고 있는 여인을 멍하니 바라보았다. 하지만 갑자기, 불쑥 몸을 물렸다.

"저는…… 죄송해요. 전 그저…… 이건…… 전 못 하겠어요."

에이브히어는 이지가 도망치듯 집으로 달려가 버리는 것을 보고 충격을 받았다.

"이지!"

그가 반사적으로 일어나 그녀를 뒤쫓으려는 순간, 자라가 그의 팔에 손을 얹으며 만류했다.

"시간을 좀 주게. 그 애에게는 쉽지 않은 일일 게야."

정말이지 이 여인은 이지에 대해 아무것도 몰랐다.

이지는 무작정 집 안을 달렸다. 하지만 워낙 크고 긴 구조로 된 집이었던 탓에, 그녀가 미처 깨닫기도 전에 다시 밖으로 나가는 길을 찾을 수 없는 곳까지 들어와 있었다. 이지는 절망적인 기분을 느끼면서도, 최소한 자신이 원했던 대로 스스로를 추스를 만한 조용한 공간은 찾을 수 있겠다 싶었다.

하지만 복도를 따라 내려가던 이지는 에이브히어와 그녀를 이곳까지 호위해 왔던 두 병의 병사를 보았다. 그녀는 어떤 병사에게도 지금 같은 모습을 보이고 싶지 않았기 때문에 눈에 보이는 첫 번째 문으로 들어가 재빨리 문을 닫았다. 그리고 두 손으로 문을 누른 채 앞으로 몸을 기울였다.

눈물이 왈칵 쏟아신 섯은 바로 그때였다.

그녀는 울음을 멈추려 애썼지만 그럴 수가 없었다. 아무래도 되지 않았다. 더 나빴던 것은, 그녀가 전투 중에 불타는 건물에 갇혀 나갈 길을 찾을 수 없었던 그때 처음으로 외었던 주문 같은 말을 저도 모르게 다시금 되뇌기 시작했다는 점이다.

"엄마…… 제발, 엄마……."

"그 애 때문에 너무 맘 상할 것 없다."

화들짝 놀란 이지는 재빨리 몸을 돌려 문을 등지고 섰다.

"죄송해요, 저는……."

"내 딸은 싹수가 보이는 녀석들에게만 거칠게 군단다."

이지는 고개를 저었다.

"아뇨, 전……."

"괜찮아. 난 그 애에게 아무 말 안 할 테니까. 잠깐 쉬면서 숨이나 돌리려무나."

남자는 육십 대쯤으로 보였고, 잿빛 머리칼을 아주 짧게 깎은 데다 팔뚝에는 우람한 근육이 붙어 있었다. 이지는 남자의 손에 들려 있는 검을 보고 그가 대장장이라는 것과 이곳이 그의 작업장이란 것을 깨달았다. 어떻게 해서인지 다시 밖으로 나온 모양이었다. 이 집은 안에서 밖으로, 다시 밖에서 안으로 복잡하게 연결된 근사한 미로 같았다.

그녀는 손바닥으로 얼굴을 닦아 내고 작업장 안쪽으로 나아갔다. 거기 있는 무기들은 아름다운 물건들이었다. 곡도가 아주 많았고 금과 철로 만든 단검들도 있었는데, 대부분 보석들로 장식되어 있었다. 다크플레인에서 인기 있는 무기들과 달리 이곳의 무기들은 장식용처럼 보였지만, 이지는 무기에 대해 잘 알았고 그래서 여기 있는 무기들이 그 아름다움만큼이나 치명적이기도 하다는 것을 알아보았다. 그것들은 이지에게, 공식적인 일족의 모임이나 중요한 행사 때 앤빌이 지니고 나가는 무기들——피어구스가 선물한 것들이었다——을 떠올리게 했다.

"어르신의 무기들은 아름답네요."

이지가 말했다.

"고맙구나."

그녀는 검들 중 한 자루를 가리켜 보이며 물었다.

"좀 봐도 될까요?"

"얼마든지."

이지는 제법 큼직한 검이 막상 집어 들자 꽤나 가벼운 것을 보고 감탄했다. 자기가 잘 아는 것—전투와 전쟁과 무기—의 안전함에 몰두한 나머지, 그녀는 공터로 걸어 나가 검을 들어 올렸다. 몇 번인가 연습 삼아 휘둘러 보았지만 이 곡도를 자기 무기로 쓰고 싶은가 하면 확신은 들지 않았다. 그러나 다른 무기를 시험해 보고, 군대에서 사용하는 무기들과 어떤 점이 다른지를 알아보는 것은 언제나 기분 좋은 일이었다.

이지는 검을 내리고서야, 남자가 그녀를 강렬한 눈빛으로 지켜보고 있다는 것을 알았다. 유쾌한 듯했던 그의 표정이 언제부터인지 깊은 찌푸림으로 변해 있었다.

"죄송해요."

이지는 시둘러 무기를 원래 자리에 돌려놓으며 말했다. 그녀가 모르는 사이에 뭔가 넘어서는 안 되는 관습적 선을 넘어 버린 것이 틀림없었다.

"넌 훈련병이 아니구나, 그렇지?"

그가 물었다.

"예, 어르신. 더 이상은 아니죠."

"넌 진짜배기 기술을 가졌어. 그리고 힘도."

그의 눈이 살짝 가늘어졌다.

"어디 출신이지?"

이지는 한숨을 내쉬었다.

"그건 좀 복잡하네요."

그가 벼리고 있던 무기를 바닥에 내려놓고 작업대 밖으로 나섰다.

"우리가 서로 아는 사이냐?"

그가 다시 물었다.

이지는 고개를 저었다.

"아닐 거예요."

"그런데 왜 내가 널 아는 것 같을까?"

"……이제 가 봐야겠어요."

"잠깐만 더 있어 주겠니?"

이지는 문을 향해 걸음을 떼었다.

"전 가야 해요. 누가 절 기다리고 있거든요. 걱정할 거예요."

그녀가 문고리를 잡았지만, 커다란 손이 그녀의 힘을 거슬러 문을 눌렀다. 이지는 그 손을 간단히 치워 버릴 수도 있었다. 하지만 이 순간 누군가와 싸울 수 있을지 확신이 서지 않았다.

"나를 좀 보렴. 부탁이다."

이지는 천천히 몸을 돌려 남자를 마주하고 섰다. 그녀는 눈물 방울이 가슴에 떨어져 내리고 나서야 자신이 다시 울고 있음을 깨달았다.

그가 그녀의 턱을 들어 올리고 이지의 얼굴을 똑바로 들여다보았다.

"신들이여, 맙소사!"

속삭이듯 말한 그는 두 손으로 그녀의 얼굴을 부드럽게 감싸

올렸다.

"네가 여기로 걸어 들어온 순간 알아봤어야 했거늘…… 내 어찌 알아보지 못했을꼬?"

"저는 가야 해요……."

이지는 이제 애원하다시피 말하고 있었다. 솟아오르는 흐느낌 때문에 말이 잘 나와 주지 않았다.

"……가야 해요."

커다란 두 팔이 그녀를 안고 가까이 당겼다.

"하지만 집에 왔잖니, 내 아름다운 아가. 네가 이제야 집으로 돌아왔는데 어디를 또 간단 말이냐?"

34

에이브히어는 의자에 앉아 있었고, 그곳의 모든 인간들이 그를 쳐다보고 있었다. 아이스랜드 군대에 잡혀 뾰족한 말뚝 위에 매달렸던 때 이래로 이렇게 불편한 기분을 느껴 본 것은 처음이었다. 그때는 하루 만에 미루나크 동료들이 구해 줘 살았지만, 오늘은 어쩐지 무사히 넘길 수 있을 것 같지 않았다. 불행하게도.

마침내 호기심 많아 보이는 아이들 중 하나가 물었다.

"아저씨는 왜 그렇게 하해요? 곧 죽는 거예요?"

"아니."

좀 더 나이 많은 다른 아이가 물었다.

"아저씨 머리 색이 파란 거 알고 있어요?"

"그래."

"머리 색이 왜 파래요?"

"그건…… 그러니까…… 음……."

맙소사, 이지는 어디 있는 거야? 날 어떻게 그냥 이렇게 버려 둘 수가 있지?

그는 그녀가 감당하기 어려운 상황에 압도당했으리란 것을 이해했다. 하지만…… 하지만……. 나도 네가 필요하단 말이야!

갑옷 차림의 여자 하나가 그에게 가까이 몸을 숙였다. 너무나 가까워졌기 때문에 에이브히어는 그녀가 키스라도 하려는 줄 알았다. 적어도 예쁜 여자인긴 했지만.

"당신 드래곤인가요?"

그녀의 질문에 펄쩍 튀어 오를 뻔한 것을 에이브히어는 간신히 참았다. 하지만 확실히 놀랄 만한 질문이었다.

"왜 묻는 거죠?"

"여기도 드래곤들이 조금 있거든요. 그자들은 인간인 척하고 다니죠."

여자가 더욱 가까이 얼굴을 들이밀었다.

"그자들과 머리 색은 다르네요. 진짜 눈부신 빛깔이야. 하지만 그자들도 피부색이 당신처럼 창백하죠."

"비늘 탓일 겁니다."

"자네 곁에 있어도 이사벨은 안전한가?"

자라가 물었다. 그녀의 손자들 중 하나가 자라를 부축해 에이브히어의 맞은편 의자에 앉도록 도와주었다.

"그녀 스스로 의식하고 있는 것보다도 훨씬 더 안전하죠."

이 대답은 거기 있는 모든 사람들을 만족시킨 것 같았다. 다들 조금씩 물러나 그에게 공간을 내주었고, 덕분에 에이브히어도 숨을 돌릴 수가 있었다.

남자들 중 하나가 물었다.

"그래, 드래곤…… 당신 일족은 어떤 자들이지? 아니, 당신에게도 일족이 있나? 그냥 도마뱀들인가?"

"난 도마뱀이 아니야. 그것들과 의사소통은 할 수 없고. 하지만 내게도 일족이 있어."

"인간도 아닌데 어떻게 일족이 있을 수 있나?"

"일족이 있는 건 인간에게만 해당되는 사항이 아니야. 일족이란 인간뿐 아니라 드래곤, 켄타우루스, 미노타우루스 그리고 데저트랜드를 돌아다니는 그, 머리가 재칼처럼 생긴 자들도 쓸 수 있는 일반적인 단어지. 그러니까 맞아. 난 드래곤이고 내게는 일족이 있어."

"그들은 정확히 어떤 자들이지?"

"난 '무도한 자' 에이브히어야. 괄크마이 바브 과이어 가문의 막내아들이자 사우스랜드 드래곤 퀸의 왕위 계승 서열 다섯 번째이고, 노스랜드의 재앙이며 아이스랜드가 가장 저주하는 적이고 명예로운 미루나크의 일원이자 미루나크 연례 격투 대회의 세 차례 연속 맨손 격투 대회 우승자이기도 하지."

장내가 일순 침묵에 빠졌다. 여전히 모두의 시선이 집중된 가운데, 마침내 자라가 물었다.

"자네가 왕자라고?"

"그렇습니다. 이지 역시 공주죠."

"그녀가 어떻게 공주가 되나?"

"탈라이스가 제 형 '막강한 자' 브리크와 짝을 맺었으니까요."

모든 사람들이 한꺼번에 입을 열고 애기를 시작하는 바람에 에이브히어는 그중 어떤 말도 알아들을 수 없었다. 다행히 자라가 소리쳤다.

"조용!"

모두들 그녀의 말을 따랐다. 그러자 자라가 그를 향해 몸을 기울이며 물었다.

"탈라이스가 드래곤과 짝을 맺었다고?"

"예."

"어떻게 그런 일이 일어났지? 그녀가 희생물로 바쳐진 건가?"

"다크플레인에서는 누구도 더 이상 그런 짓 안 합니다. 그 누구도 강제로 탈라이스에게 브리크와 짝을 맺게 만들지 않았고요. 그녀가 브리크와 짝을 맺은 건 그를 사랑하기 때문이었죠. 그렇지 않았다면 그와 함께 있지도 않았을 겁니다. 제 형은 너무나 짜증스러운 존재라 그를 사랑하지 않고서는 참아 주기조차 힘들거든요."

"탈라이스가 드래곤을 사랑한다고?"

"저희는 아주 사랑스러운 존재랍니다. 대부분은 그렇죠."

"그럼 자네의 드래곤 형은 이사벨을 어떻게 생각하고 있나?"

"몹시 사랑하죠. 브리크는 그녀를 '내 완벽하고도 완벽한 딸'이라고 부른답니다."

자라의 또 다른 손자가 가슴 위로 팔짱을 끼며 그에게 물었다.

"그럼 당신은 그녀의 '완벽하고도 완벽한 삼촌'인가?"

"혈연은 아니지."

"네 형이 이사벨을 가족으로 받아들였나?"

"그래."

"그럼 넌 그녀의 삼촌이지."

"그래, 하지만 혈연은 아니라고."

"그게 중요한가?"

에이브히어는 고집스럽게 말했다.

"단언컨대, 중요해."

자카리아는 이사벨에게 커피를 한 잔 따라 주며 말했다.

"네가 내 손주라는 걸 보자마자 알아챘어야 했는데. 넌 내 아들을 너무나 많이 닮았구나."

네 어머니도 많이 닮았고.

"죄송해요. 제가 너무 흥분해 버렸네요."

이사벨이 그렇게 말하고 시선을 내리깔았다.

"그럴 만도 했지. 이해한단다."

"이제 에이브히어에게 돌아가야겠어요."

"아니야, 여기 더 있어야지. 커피를 좀 들려무나. 그는 괜찮을 게다. 우리 가족들이 챙겨 줄 테니까."

이사벨이 잔을 들고 두 손으로 꼭 쥐었다. 그녀가 잔을 탐색이라도 하듯 들여다보고 있는 동안, 자카리아는 그녀를 살피듯 바라보았다. 세상에, 아들이 살아 있었다면 틀림없이 그녀를 자랑스러워했으리라. 그녀는 강인하고, 건강하고, 아름다웠다.

하지만 자카리아에게는 물어볼 것들이 있었다. 좀 더 기다려야 한다는 것을 알면서도 더 이상 참을 수 없는 질문들이었다.

"이사벨……."

"이지, 이지라고 불러 주세요."

"이지, 왜……."

그는 잠시 목을 가다듬고 다시 시작했다.

"어쩌면 네가 답을 모르는 질문일 수도 있겠지만, 일단 물어보마. 네 어머니는 왜 우리에게 오지 않았던 거냐? 네 할머니가 그녀를 쫓아내 버렸을 때 말이다. 우린 당연히 그녀를 받아들였을 거야. 그녀도 그 점을 알고 있는 줄 알았는데."

"그건 굉장히 복잡한 이야기네요."

이지가 한숨을 내쉬었다.

"복잡해?"

"그러니까…… 신들을 상대할 땐 일이 복잡해지거든요."

"신들? 아, 그렇구나. 네 어머니는 놀웬이었지."

"제 생각에, 그 부분은 놀웬과 별로 상관없는 이야기 같아요. 그 여자는 그저, 누군가 그 일을 해낼 만큼 충분히 강하고 충분히 영리한 존재를 찾고 있었는데, 그게 마침 제 어머니 탈라이스였던 거죠."

"잠깐만. '그 여자'라니, 누굴 말하는 거지?"

"아르젤라요."

"여신 말이냐?"

"맞아요. 그 여자에겐 앤널을 죽여 줄 누군가가 필요했어요. 그래서 절 포로로 잡고 어머니를 꼼짝 못하게 한 뒤에 암살자로 만들었죠."

"네 어머니가 암살자라고? 대체 어떻게 그런……."

자카리아는 말을 멈추고, 방금 손녀딸이 한 얘기들을 잠시 생각해 보았다.

"방금 앤…… 앤널이라고 했느냐? '가반아일의 미친 여왕'?"

"예. 그분은 남들이 그렇게 부르는 걸 안 좋아하지만요. 그러니까 저라면 그렇게 부르지 않겠어요. 게다가, 앤널은 사람들이 막 비난하는 것만큼 미치지도 않았거든요. 그녀가 널 보는 순간 네 머리는 날아간 후일 것이다, 맞는 얘기예요. 하지만 그건 오직 그분의 적에게만 해당되는 일이죠. 가족들한테는 절대로 안 그러세요."

"알겠다."

"제 어머니도 그분을 죽이려고 했잖아요. 하지만 앤널은 어머니를 용서해 주고 저까지 받아들여 줬어요. 그러니까 그분은 지독한 오해를 받고 있는 거라고요."

"그렇……구나."

이지가 여전히 두 손으로 컵을 모아 쥔 채 탁자 위에 팔을 얹었다.

"솔직히 말씀드리면, 전 아주…… 갈피를 못 잡겠어요. 어머니가 여기 머물렀다면, 전 그냥 또 다른 놀웬이 돼서 주문을 외고 약속을 정해서 왕족들을 만나고 그랬겠죠. 하지만 어머니에게 일어난 일 때문에 전 세상을 봤고, 전장에서 병사들을 이끌었어요. 게다가, 그 애가 없는 삶은 상상할 수도 없는 동생도 생겼고요. 하지만 그렇게 생각하면 죄의식이 느껴져요. 그게 꼭, 어머니와 제 친아버지에게 일어난 온갖 가혹한 일들을 좋아라 하는 것 같아서요."

"그것참, 말도 안 되는 소리구나. 그리고 너도 한 사람의 전사로서 그 정도는 알아야지. 네가 가진 것, 네게 남겨진 것을 최대한으로 이용하는 건 그저 네가 인간으로 살아가고 있다는 의미일 뿐이야."

자카리아는 그녀를 잠시 바라보다가 물었다.

"그게 네가 여기 온 이유인 거냐, 이지? 네 어머니의 복수를 하려고?"

"아니요, 전 동생을 위해 할데인의 도움을 구하러 온 거예요."

"할데인이 널 돕지 않으면?"

"절 돕지 않겠다고 하면 그 여자는 멍청한 거죠. 분노한 제 할머니가 그 여자의 목을 치러 달려오시는 건 절대로 바라지 않을 테니까요."

자카리아가 이마를 찌푸리자, 이지가 말을 더했다.

"아, 제 양할머니요. 리아논 여왕님이죠."

"리아논? 이름이 귀에 익구나."

"사우스랜드의 드래곤 퀸이자 강력한 드래곤위치세요."

자카리아는 아들의 아이를 멍하니 바라보았다.

"'그 리아논'이 네 양할머니라고?"

"그러니까, 아버지가 어머니와 짝을 맺었을 때 괄크마이 바브 과이어 가문과 카드왈라드르 일족 전체가 어머니와 저를 가족으로 받아들였거든요."

자카리아는 저도 모르게 몸을 세워 앉으며 물었다.

"그러니까 지금 네 양아버지가……?"

"드래곤이냐고요? 맞아요. '막강한 자' 브리크, 드래곤 퀸의 둘째 아들이자 왕위 계승 서열 두 번째……."

"그자의 신분이나 지위 같은 건 상관없어. 네 어머니는 왜 드래곤과 함정에 빠진 거냐?"

"함정에 빠졌다고 할 수는 없겠는데요. 아, 그런 적이 있긴 하죠. 특히 아빠가 그녀의 과일을 제대로 점검하지 않았을 때요."

"과일을 점검해?"

"알고 싶지 않으실 거예요. 어쨌든 아니에요, 어머니는 함정에 빠진 게 아니라고요. 물론 아버지를 떠나실 수도 있었죠. 하지만 그랬다면 아버지가 상처 받으셨을 거예요. 어머니를 사랑하시거든요. 물론 저도 사랑하시고, 라이도 사랑하시죠. 사실 제가 여기 온 건 그 애 때문이에요."

"'라이'는 또 누구지?"

"제 동생요, 두 분의 딸이죠."

충격과 혼란을 동시에 느끼며 자카리아는 더듬더듬 말했다.

"탈라이스가…… 아이를 그…… 그……."

"그 드래곤과? 맞아요, 두 분 사이에 제 아름다운 동생 리안웬이 태어났답니다. 다들 줄여서 '라이'라고 부르죠."

"이지, 그런 일이 어떻게 가능하단 말이냐?"

"신들이죠."

"신들이라고?"

"예. 앤닐과 피어구스 삼촌 사이에 쌍둥이가 태어난 것도 그들의 조화예요. 하지만……."

이지는 숨도 쉬지 않고 말을 쏟아 냈다.

"있지요, 제 생각에는 이번에도 뤼데르크 하일이 수작을 부린 것 같아요. 뤼데르크 하일은 모든 드래곤들의 아버지 신이거든요. 그가 아버지한테 뭔가를 해서 어머니가 라이를 갖게 된 거죠. 하지만 그는 아니라고 했어요. 어머니는 그에게 얘기하지 않고 그도 어머니에게 얘기하지 않는데, 자기가 제 어머니를 위해 그런 일을 할 리가 있겠느냐고요. 저도 그에게 말하지 않아요. 하지만 그는 저에게 자꾸만 말을 걸죠. 입 닥칠 줄을 몰라요."

"신들이 네게 말을 한다고?"

"하나만요. 다그마 숙모처럼 신들…… 아, 들어 보셨을지도 모르겠네요. '노스랜드의 야수'라고……."

"그건 남자인 줄 알았는데?"

"많은 사람들이 그렇게 오해를 하죠. 어쨌든, 다그마 숙모는 신들이랑 아무 때나 얘기를 해요."

"종교적인 사람인가 보지?"

이지가 웃음을 터트렸다.

"다그마 숙모가요? 아니요! 그분은 아오바엘의 추종자예요."

"그 이단자 말이냐?"

"저라면 그녀를 그렇게 부르진 않겠어요. 아오바엘이 왜 이단자가 아닌지, 그 차이점을 왜 신경을 써야 하는지에 대해 적어도 한두 시간은 들으실 생각이 없다면요. 그건 꽤나 감당하기 힘든 경험이 될 테니까 진짜로 바라지 않으실 거예요. 제 아버지 표현에 따르자면 '야수 다그마의 불경스럽고도 터무니없는 횡설수설'인데, 제가 보기에 어르신은 그런 데 낭비할 시간이 없는 분 같으니까요."

자카리아는 아들의 아이를 한동안 물끄러미 바라보다가, 이윽고 말했다.

"넌 네 어머니를 꼭 닮았구나."

이지의 미소가 활짝 커졌다. 딱 제 아버지의 미소처럼.

"우와, 참 다정한 말씀이네요. 고맙습니다."

그때, 문을 두드리는 소리가 들려와 자카리아가 이 정처 없고 방향 없는 대화로부터 빠져나오도록 도와주었다.

"들어와라."

처음에 자카리아는 어떤 종류의 비극적인 사고를 당해서 털이 홀딱 벗겨진 곰 한 마리가 어슬렁거리다가 자신의 작업장으로 잘못 들어온 줄 알았다. 그런 게 아니고서야 문간을 꽉 채운 저 푸른빛 긴 머리의 덩어리를 어찌 설명할 수 있을까?

"왜요?"

이지가 그것에게 물었다. 그제야 자카리아는 그것이 앞서 그녀가 얘기했던 에이브히어라는 것을 깨달았다.

"그냥 너 괜찮은가 확인하려고."

"난 괜찮아요."

"그러니까, 얘기가 즐거운가 보네?"

"불쾌한 얘긴 한마디도 없었죠."

그 순간, 뭔가를 갈아붙이는 듯한 끔찍한 소리가 터졌다. 자카리아는 대체 어디서 나온 소리인지 찾기 위해 작업장 여기저기를 필사적으로 훑었다.

"그런 식으로 쳐다보지 마, 이지. 난 배가 고프단 말이야."

그 덩치가 그녀에게 말했다.

"그럼 가서 뭐라도 좀 먹어요."

"널 두고는 안 가."

"난 여기서 완전히 괜찮다고요. 당신 보호는 필요 없어요."

"어쨌든 안 가."

"당신은 내 삼촌이고, 날 사랑하니까요?"

자카리아는 그들을 사뭇히 지켜보았다. 덩치의 턱이 어금니를 깨물듯 죄어졌다 풀어지고, 이지가 미소를 지었다. 자카리아는 그 망할 놈의 미소를 알고 있었다. '난 당신을 괴롭히는 게 너무나 즐거워요.'라는 의미의 장난기 가득한 미소. 아들이 아직 소년이었던 때 완벽하게 그려 냈던 그 미소였다.

그랬다. 이 여자, 이 강력한 장군이자 전사는 틀림없는 그의 손녀딸이었다.

그리고 저 덩치는…… 그녀를 사랑하고 있었다.

"이지……."

"당신은 내 삼촌이고 나를 사랑하기 때문이라고 말해 주세요.

그럼 제 할아버지도 당신이 여기서 돌아다니는 걸 훨씬 편하게 느끼실 거예요. 저 때문에 여기 가족들이 안전하지 않게 되는 건 바라지 않으시거든요."

"난 그런 얘기 하지 않을……."

"하지 않으면 아빠한테 얘기할 거예요!"

"그게 네가 네 병사들에게 하는 말인가 보지? 네 명령에 따르지 않으면 아빠한테 일러바칠 거라고?"

"내가 원하는 걸 하게 만들 수만 있다면 뭐든 못 할까."

"그래, 자네가 이지의 삼촌이라고?"

자카리아는 덩치를 올려다보며 물었다.

"혈연은 아니죠."

"그게 중요한가?"

"중요합니다."

또다시 뭔가를 갈아붙이는 듯한 소리가 덩치의 위장에서 울려 나왔다.

"산 두 개가 한꺼번에 부대끼는 소리 같네."

이지가 중얼거렸다.

"그야, 네가 날 먹여만 줬으면!"

"내가 당신을 먹여 줘요? 어미 새가 새끼 새 먹여 주듯이?"

자카리아는 자리에서 일어났다.

"그래, 알았다. 둘 다 우리와 함께 먹자꾸나."

그리고 덩치를 흘끔 보며 덧붙였다.

"우리와 '함께', 알아들었나? '함께'다!"

덩치가 머리를 긁적이며 물었다.

"그게 무슨……?"

"우리'를' 먹는 게 아니란 말이지!"

덩치가 입을 딱 벌리고 한 걸음 물러났다.

"전 그런 짓 절대로 안 합니다! 저는 인간을 먹지 않아요!"

완전히 순진무구한 표정을 한 이지가 눈을 똥그랗게 뜨고 그를 올려다보았다.

"심지어 전투 중에도…… 아오! 왜 꼬집고 그래요?"

"인간을 먹는 걸 좋은 일이라고 생각하지도 않고요. 제 부모님이 그러긴 하셨지만…… 제 형들도……."

그가 어깨를 추썩이고는 시선을 피하며 슬쩍 덧붙였다.

"……케이타도."

하지만 곧 다시 그들을 향해 말했다.

"어쨌든, 나블 시남은 그러지 않습니다. 앤널이 가족의 일원이 되고부터는요. 그리고 탈라이스가 가족이 됐을 때는 말도 먹지 않게 됐죠."

또다시 시선이 딴 데로 흐른다.

"제 생각에는 집에 가축류가 떨어져 가는 것 같지만, 뭐……."

이 괴상한 대화를 끝내기로 마음먹은 자카리아는 문을 향해 걸음을 옮기며 말했다.

"내일 우리가 널 놀웬들의 사원에 데려다주마. 아마 내 어머니의 이름이면 네가 할데인과 약속을 잡는 데 도움이 될 게야. 그분은 은퇴하실 때까지 삼십 년 동안 도시 수비군 사령관을 지낸 장군이셨으니까. 오늘 밤은 여기서 묵도록 해라."

거기서 걸음을 멈춘 그는 덩치를 노려보며 덧붙였다.

"각자 다른 방에서 말이네, 삼촌."

그리고 손녀딸을 향해 미소 지은 후, 작업장을 나섰다.

노인이 방을 나가자마자 에이브히어는 문을 닫고 이지를 마주하고 섰다. 그가 악다문 잇새로 내뱉었다.

"삼촌이라고 그만 좀 불러!"

"하지만 당신은 내 삼촌 맞잖아요. 사랑스럽고 귀여운 데다 훨씬 더 어린 조카를 사랑하는 삼촌. 뭐가 잘못됐다고 그래요?"

"네 이쪽 가족들 전부가 전사라는 거 눈치 못 챘어? 아니면 병사거나, 아니면 팔뚝 우람한 대장장이거나!"

그녀가 두 손을 짝, 마주쳤다.

"할아버지랑 로나 고모랑 술리엔 님이 빨리 만나게 됐으면 좋겠다! 이분들이 만나서 이야기를 나눴을 때 우리에게 생길 무기들을 상상해 봐요."

이지는 두 가족 최고의 장인들을 떠올리고는 신이 났다.

"넌 모르나 본데, 전사와 병사와 대장장이로 이루어진 네 데저트랜드 가족 전체가 드래곤을 싫어하거든!"

"오! 아니죠, 아니에요. 다들 그저 드래곤을 두려워하는 것뿐이에요. 아직 드래곤에 대해 잘 모르고 이해하지도 못하니까요. 내 생각에 그들이 싫어하는 건 당신뿐인 것 같은데요. 그건 완전히 다른 문제죠."

갑자기 그녀가 펄쩍 뛰었다.

"이런!"

"왜? 왜 그래?"

"막센을 잊고 있었어요. 밖에 두고 왔는데."

"그 녀석은 괜찮아. 널 찾으러 다니다가 내가 안으로 들여놨으니까. 심지어 먹을 만한 돌도 좀 줬다고."

"막센은 돌 안 먹어요. 그냥 씹어서 가루로 만드는 걸 좋아하는 거지."

"그런데도 넌 거슬리지 않고?"

"거슬려야 해요?"

"그럼!"

이지가 깔깔거리며 웃었다. 하지만 그 웃음은 오래가지 못했고, 에이브히어는 그녀의 얼굴에서 걱정을 읽었다.

"뭐기 길못됐어?"

"우리가 그들과 식사를 해야 하는 건지 모르겠어요."

"그들이 날 싫어한다는 거 말고, 다른 이유가 있어?"

그녀가 바지에 두 손을 문지르기 시작했다.

"만약에, 우리가 얘기를 나눈 후에…… 그들이 날 좋아하지 않으면요 어떡해요? 나에 대해 실망하면요?"

"여기 사람들이 너에 대해 실망할 거 같다고? '너'에 대해?"

"무슨 뜻……?"

"그들은 평상시에도 무장을 하고 다니는 사람들이야. 남자도 여자도, 모두 다. 아이들은 장난감 검을 가지고 놀아. ……메이스도 있더라. 철퇴도……. 아무튼, 네 증조할머니 자라 님은 손가락 세 개가 없고, 등에 배틀액스 자국이 새겨져 있으시지. 그분이 아주 자랑스럽게 직접 가리켜 보이기까지 하시더라. 그런 분이 네 증조할머니야. 그리고 이지 넌 존경과 두려움을 한 몸에 받는, '피투성이' 앤뉠 군대의 장군이지. 뭐, 그들은 생각했던 것보다 앤 뉠을 덜 두려워하는 것 같긴 하지만……. 아무튼, 그러니까 난 네 아버지의 가족이 너에게 실망할 거라고는 도저히 생각할 수가 없다. 사실, 그들 모두가 날 무슨…… 내가 마치 아무 앞에서나 물건을 덜렁거리고 돌아다니기라도 하는 것처럼 노려보던 걸 감안하면, 그들이 이미 널 사랑하고 있거나 적어도 널 보호하고 싶어한다는 증거나 다름없지. 나한테는 그렇게 보인다고!"

에이브히어는 그녀를 문 쪽으로 돌려세우며 말했다.

"자, 이제 제발 좀 먹으러 갈래? 내가 내 팔이라도 뜯어 먹기 직전이란 말이야!"

이지가 문을 당겨 열고는 물었다.

"저녁 식사 자리에서 에이브히어 삼촌이라고 불러도 돼요?"

"아니, 절대 안 돼! 나쁜 계집애……."

35

　저녁 식사는 이지가 두려워했던 것처럼 불쾌한 일 같은 건 전혀 일어나지 않고 진행되었다. 사실, 그녀는 꽤 즐거웠다. 에이브히어두 그런 것 같기는 않았지만 잘 견뎌 냈고, 이지는 그 점에 진심으로 감사했다.

　이지는 감옥에서 그들을 꺼내 주었던 여장교이자 새로 생긴 고모 레일라에게 물었다.

　"궁금한 게 있는데, 저와 에이브히어가 왜 감옥에 들어가게 된 거죠? 이곳은 개방 도시인 줄 알았는데요."

　"개방 도시 맞아."

　레일라가 어깨를 추썩였다.

　"아니, 개방 도시였지. 하지만 최근에 광신도 문제가 생겨서 말이야."

"광신도요?"

에이브히어가 물었다.

"확실한 정체는 알 수 없지만, 도시 지하의 터널에서 희생물들이 나오고 있어요. 사막에서도 시체들이 발견되었고. 추잡한 짓거리들이죠."

"그래서 내가 명령을 내렸다."

이지의 증조할머니 마스키니가 끼어들었다.

"소속 표시를 달고 있지 않은 무장한 자는 누구든 잡아 와서, 적절한 조사를 끝낼 때까지 억류해 두라고 말이야."

이지에게 미소를 지으며 그녀가 말했다.

"넌 소속 표시 없이 무장을 하고 있었잖니."

그리고 에이브히어를 흘끗 보았다.

"자넨 그냥 무섭게 생겼고."

에이브히어가 어깨를 으쓱여 보였다.

"죄송하게 됐네요."

이지는 식탁에 둘러앉은 사람들을 한차례 돌아보고는 말을 이었다.

"그런데…… 전 좀 놀랐어요."

"왜?"

"여기에 여자 병사들이 아주 많아서요. 어머니가 아버지에 대해서는 얘기해 주셨지만, 데저트랜드의 삶에 대해서는 별로 하신 얘기가 없거든요. 여자들이 혼자서 여행하지 않는다는 것 말고는 없죠."

"여기선 누구도 혼자 여행하지 않아."

레일라가 와인을 한 모금 마시고 말했다.

"이 땅의 여자들은 몇 세기 동안을 전사로 살아왔단다. 하지만 언제나 그랬던 것은 아니야. 한때는 우리도 인간 신들이 정해 놓은 규칙을 따랐지. 남자들은 전장에 나가 싸우고, 여자들은 아이를 낳아 기르고."

자라가 설명해 주었다.

"그러다 뭐가 달라졌어요?"

"오래전에 이 도시의 남자들이 멀리 떨어진 사막으로 전투를 나가야 했단다."

"도시를 무방비 상태로 남겨 두고요?"

"맞아. 성문들을 닫아걸고 바리케이드를 쳤지만 아무 소용 없었지. 성문이 무너지고 나자, 그다음부터는…… 상황이 아주 나빴다. 일부 여자들은 자식들을 죽이고 자기도 목숨을 끊었지. 하지만 포위 기간 동안 이미 세 아이를 잃은 한 여자가 울분에 가득 차서 들고일어났단다. 살아남은 여자들을 결집시켜 싸우기로 했어. 다행히도 그녀들은 현명했지. 그래서 적병들이 술에 취할 때까지 기다렸다가 죽여 버렸단다. 모조리 다. 남자들이 돌아왔을 때, 그들은 다시는 여자들만 무방비하게 남겨 두고 떠나지 않기로 결정했어. 하지만 모두들 그것만으로는 충분치 않다는 걸 알고 있었지. 여자들도 스스로를 보호하는 방법을 알아야 했어. 그래서 여자들이 수련을 시작했단다. 그리고 딸들을 훈련시켰지. 다음으로 손녀들을 훈련시켰고. 그렇게 세대가 거듭되면서 우리는 점점 강인해지고, 점점 강력해졌어. 이제 우리는 하나의 세력이란다. 누가 도시로 들어오든, 도시를 나가든, 이제 우리는 절대로 무방비하게 남겨지지 않아."

다시는 무방비하게 남겨지고 싶지 않다는 욕망을 누구보다 잘 이해하는 이지는 말없이 고개를 끄덕였다.

저녁으로 나온 주 요리는 황소 고기였다. 음식은 다 아주 맛있었고, 이지는 요리에 사용된 양념이 꽤나 흥미롭다고 생각했다.

마스키니가 물었다.

"이제 네 얘기를 좀 듣고 싶구나, 이지. 어떻게 해서 세 개 연대의 장군이 된 거지?"

이지는 입안에 든 음식을 삼키고 대답했다.

"많이 죽였거든요."

에이브히어는 이지의 대답에 저도 모르게 움찔했다. 설상가상으로, 식탁에 앉은 사람들이 모두 음식을 씹다가 말고 서로를 돌아보고 있다는 것을 그녀는 의식하지 못한 모양이었다.

"그러니까 이지가 하려는 얘기는……."

"제가 죽였다는 거죠. 그것도 많이요. 그게 제가 하는 일이니까요. 누구도 '위험한 자' 이지를 평화 유지나 전선 사수를 위해 보내진 않아요. 제가 이끄는 부대들은 섬멸 작전에 투입되죠. 평화 유지를 원한다면 십, 십삼 연대의 보던 장군을 보내요."

"그럼 그런…… 상황은 네가 몇 살 때부터……?"

자라가 물었다.

이지는 황소 요리를 한입 더 먹고 잠시 생각에 잠겼다.

"음…… 제가 처음으로 노스랜드 드래곤을 죽인 건 열일곱 살 때예요. 어머니가 도와주시긴 했죠."

자카리아가 눈을 깜빡였다.

"네가 탈라이스와 함께 드래곤을 죽였다고?"

"예, 제가 이병으로 배치된 직후였어요. 그다음은 강철 드래곤과 퀸틸리안 독립국을 상대로 전쟁이 터졌을 땐데, 전 앤닐 여왕님의 종자로 참전했죠. 거기서는 일이 아주……."

이지는 천장을 올려다보며 볼을 살짝 부풀리다가, 마침내 말을 맺었다.

"뭐, 그랬어요. 한참 전의 일이네요."

"그렇구나."

자라는 그렇게 대꾸하고, 이번에는 에이브히어에게 시선을 주었다.

"자넨 어떤가, 에이브히어 왕자?"

이지가 낄낄거렸지만, 에이브히어는 무시하고 입을 열었다.

"그냥 에이브히어라고 부르셔도 됩니다. 저희는 칭호를 거의 안 쓰거든요. 뭐…… 제 어머니는 쓰시지만, 그분이 워낙 칭호를 좋아하시니까 그런 거죠."

"알겠네, 에이브히어. 자네도 자네 어머니의 군대에서 복무하고 있나?"

에이브히어는 공연히 목을 가다듬었다.

"그런 셈이죠."

"'그런 셈'이라니?"

자카리아가 캐물었다.

"전 미루나큽니다."

"그게 뭔데?"

"광전사예요."

이지가 불쑥 끼어들었다.

"우린 광전사가 아니야."

"미루나크는 벌거벗고 싸우죠. 맨손으로 전장의 한복판에 뛰어들고요."

이지가 계속했다.

"우린 그러지 않는다니까."

에이브히어는 이지에게서 시선을 돌려, 자신을 뚫어져라 쳐다보고 있는 사람들에게 다시 한 번 말했다.

"저흰 그러지 않거든요. 정말입니다."

"저도 질문이 하나 있어요. 우리 전투견들 중 하나를 어떻게 찾아내신 거예요?"

십 대로 보이는 소년이 물었다.

"이게 그 냄새였던 게냐?"

마스키니가 불평하듯 말하더니 식탁 아래를 들여다보았다. 막센이 거기 있었다. 사실, 저녁 식사 내내 거기 있었던 것이다.

"난 또 망할 드래곤 냄새가 원래 그런 줄 알았지."

"그게, 며칠 동안 목욕할 기회가 없었으니까요."

에이브히어는 모욕당한 기분으로 쏘아붙였다.

그가 그러거나 말거나, 이지는 소년에게 되물었다.

"너희 전투견이라고?"

"이 녀석, 데저트랜드 전투견이잖아요. 이곳은 거의 모든 부대에 전투견들이 있죠."

"정말로? 난 막센을 서부 산맥 근처에서 발견했는데. 그곳에서 내 연대들이 기마 부족들 중 하나와 전투를 벌였거든."

"그럼 이 녀석은 정말 멀리까지 간 거네요."

"이 녀석이 정말 악마가 아닌 거 확실하니?"

에이브히어는 소년에게 물었다.

이지가 양손을 들어 보였지만, 소년은 고개를 끄덕이더니 말했다.

"돌 먹는 거 말이죠?"

"내 배틀액스의 머리 부분도 씹어 먹었지."

에이브히어는 이지를 돌아보니 덧붙였다.

"그러고 보니, 너 나한테 배틀액스 한 자루 빚진 거야."

"내가 무기들을 아무 데나 내놓지 말라고 했잖아요. 그 정도만해도 막센이 유혹을 오래 참아 준 거라고요."

"이 녀석들은 탁월한 전투견이란다."

자라가 설명했다.

"마지막 숨을 내쉬는 순간까지 주인에게 절대적으로 충성하지. 나도 수년 동안 아끼던 녀석이 있었어. 냄새가 나고, 고집스럽게도 다이아몬드만 씹어 먹었지만 말이야. 그 녀석을 데리고는 보석 상가에 절대로 갈 수 없었단다. 진열장에 뛰어들어서 다이

아몬드란 다이아몬드는 죄다 먹어 치워 버렸을 테니까."

그녀는 고개를 저었다.

"그래도 루비는 좋아하지 않았어. 난 언제나 루비가 더 예쁘다고 생각했는데 말이지."

"들었죠? 막센은 강력한 혈통을 타고난 전투견이라고요."

이지가 에이브히어를 향해 꽤나 의기양양한 어조로 말했다.

"어쨌든 냄새가 고약한 건 사실이잖아. 심지어 네가 목욕을 시켜 준 후에도 냄새가 나고 침을 뚝뚝 흘리는 데다, 방귀 문제는 아직 얘기도 안 꺼냈지."

에이브히어는 그녀에게 상기시켜 주었다.

"아! 방귀 문제라면 도움이 될 만한 걸 내가 주지."

자라가 생각났다는 듯 말했다.

"냄새랑 침 흘리는 건 어쩔 수 없고요?"

에이브히어의 질문에 자라는 얼굴을 살짝 찡그리며 대답했다.

"안됐지만, 그건 그냥 견디는 수밖에 없네."

"그래, 그냥 견디는 수밖에 없다네. 에이브히어 '삼촌'."

남자들이 그를 노려보고 있는 가운데, 자카리아가 불만스러운 듯 말했다.

에이브히어는 반사적으로 이지를 건너다보았지만, 그녀가 입술을 비틀고 있었다. 그는 이지가 웃지 않으려고 애쓰고 있다는 걸 알아챘다. 그리고 계속 그녀를 보고 있다가는 둘이 함께 웃음을 터트리고 멈출 수도 없을 터였다. 그래서 에이브히어는 재빨리 시선을 정면으로 둔 채, 이 망할 저녁 식사가 얼른 끝나기만을 기도했다.

"내일 제가 할데인을 만날 수 있을 거라고 생각하세요?"

"시도는 해 봐야지."

레일라가 대답했다.

이지는 레일라와 함께 침실들이 줄지어 있는 복도를 걷고 있었다. 두 시간쯤 전 에이브히어가 그녀를 가족들과 함께 남겨 두고 먼저 자리를 떴던 것이다. 이지는 그가 어디로 갔는지 알지 못했다. 그저 조용히 빠져나가 버렸기 때문인데 ―그렇게 덩치 큰 남자치고 에이브히어는 살쾡이처럼 움직임이 은밀했다― 그 후로는 보이지 않았다. 하지만 그녀는 그에게 감사하고 있었다. 친아버지의 가족에 대해 알아 갈 수 있는 기회를 주었기 때문이다.

이지는 아버지의 젊은 시절에 대한 이야기도 들었고 젊은 탈라이스에 대한 그의 사랑에 대해서도 들었다. 당시에도 어머니는 아름다웠고, 마스키니의 말에 따르면 반항아였다고 한다. 젊은 탈라이스는 처음부터 놀웬의 제약들에 반항해 싸웠고, 그로 인해 경탄의 대상이 되었다.

이지의 아버지가 전장에서 죽고 탈라이스가 그녀를 가진 채 실종되었을 때, 아버지의 가족은 비탄에 빠졌다. 이지는 자신이 브리크를 '아버지' 혹은 '아빠'라고 부르는 것이 그들을 심란하게 한다는 것을 알았지만, 그들은 또한 그가 이지가 실제로 알고 겪은 유일한 아버지라는 존재임을 이해해 주는 것 같았다. 더 중요한 것은, 그가 이지에게 좋은 아버지였다는 사실이었다. 그는 이지와 탈라이스를 보호해 주었다. 그들은 이지가 누군가를 뭐라고 부르느냐보다는 그 부분에 더 마음을 썼다.

"할데인은 지금껏 한 번도⋯⋯."

"인간인 적이 없다고요?"

레일라가 웃음을 터트렸다.

"그렇게 말하는 이들도 있지."

그들은 복도 끝에 있는 마지막 방 앞에서 걸음을 멈췄다.

"이지, 물어볼 게 있는데 말이야. 막센을⋯⋯."

"그 의자를 먹어 버린 건 정말 죄송해요."

"아니, 아니야. 그건 별일도 아니지. 그보다, 내일 잠깐 그 녀석을 우리에게 빌려 줄 수 있는지 물어보려는 거야."

"막센을 빌리고 싶다고요?"

"우리 근위대 전투견 사육장에 있는 암컷 몇 마리가 지금 발정기거든. 내일 사원에 가는 길에 막센을 거기 맡겨 둬도 괜찮을까? 하룻밤 정도만?"

"그러니까 제 개를 한껏 달아오른 한 떼의 암컷들 속에 집어넣고 싶으시다고요?"

레일라가 웃음 사이로 말했다.

"가끔씩 새로운 피가 들어오는 건 좋은 일이지. 막센은 특출한 표본이기도 하고."

이지는 이마를 찌푸렸다.

"막센이요?"

"우리 전투견의 기준으로 본다면 그래. 사실, 그 녀석을 개인

사육자에게 팔면 엄청나게 많은 금을 받을 수 있을걸."

"아, 저는 막센을 절대 안 팔아요. 하지만…… 정말이세요? 정말 막센을 원하신다고요?"

이지는 다시 이마를 찌푸리다가 고개를 젓고는 말을 이었다.

"어쨌든, 제 생각에 그 녀석은 근위대를 기꺼이 도와 드릴 거예요. 근위대 전투견 사육장이라고 하셨죠?"

"그래."

레일라는 그렇게 대답하고 침실 문을 열어 주었다.

"오늘 밤은 여기서 자면 돼."

"에이브히어는요?"

"위층에 있는 방에서 묵게 될 거야."

레일라가 헛기침을 하더니 덧붙였다.

"아버지가 꼭 그렇게 하라고 고집하셔서 말이지. 네가 개의치 않았으면 좋겠다."

"물론이죠."

이지는 방으로 들어섰지만 휘청이며 멈추고 말았다.

"뭐가 잘못됐니?"

레일라가 걱정이 담긴 얼굴로 묻자 이지는 코를 문질렀다.

"어…… 아니요, 방이…… 음…… 좋네요."

"뭐 더 필요한 건 없고?"

"아뇨, 없어요. 전혀요. 전 괜찮아요. 방이 맘에 드네요. 고맙습니다."

레일라가 미소를 지었다.

"이사벨…… 널 발견하고 집으로 데려오게 된 게 나라서 얼마나 기쁜지 모른단다."

이지도 뭔가 한마디 하려는 순간, 그녀가 말을 잘랐다.

"네가 여기 머물 수 없다는 건 알아. 하지만 그냥 다니러 올 수는 있지 않을까? 여기 가족들하고 시간도 좀 보내고 말이야. 널 보면 내 꼬마 동생을 보는 것 같구나. 다시 널 잃고 싶지 않아."

이지는 새로 생긴 고모를 끌어안았다.

"잃지 않으실 거예요."

"그래그래, 좋아."

레일라가 천천히 몸을 떼고는 말했다.

"잘 자라, 이지."

"고모도요. 아침에 봬요."

레일라가 떠나가자, 이지는 문을 닫고 돌아서서 가슴 위로 팔짱을 끼었다.

"미쳤어요?"

침대 위에 인간의 모습으로 사지를 쭉 뻗은 채 누워 있는 드래곤을 향해 그녀가 속삭였다.

"네 데저트랜드 가족들이 내 가족보다도 더 다루기 어려운 자들일 줄 누가 알았겠어? 글쎄, 그들이 날 이 집 정반대쪽에 있는 방에 던져 버리더라고."

"거기가 지금 당신이 있어야 할 곳이죠. 당신이 묵을 방."

"난 이미 지난 며칠 밤을 너와 함께 잤어. 이제 와서 그걸 왜 바꿔야 해?"

232

이지는 침대 곁으로 다가갔다. 여전히 속삭이는 목소리로 그녀가 설명했다.

"왜냐면…… 저들이 못마땅해할 게 뻔한 판국에, 저들의 지붕 아래에서 섹스를 하는 건 무례한 짓이 될 테니까요."

"누가 섹스를 한대?"

이지는 인상을 찡그리며 되물었다.

"그럼 그냥 잠만 자려고 왔다는 거예요?"

"잠을 잘 자려고 온 거지."

그가 자기 옆자리를 툭툭 쳤다.

"그냥 잠만 잔다, 약속할게."

"막센은 어디 있어요?"

"침대 아래. 꽤나 편해 보이더라."

"침대 '아래'라고요?"

"저 바깥에 있는 것도 아니잖아, 안 그래?"

에이브히어가 그 은빛 눈동자로 그녀를 지그시 바라보았다.

"혼자 자게 하지 말아 줘, 이지."

맙소사, 이걸 어떻게 거절할 수 있어? 약해 빠져 가지고, 한심하긴.

그것은 푸른빛 머리칼 때문이었다. 푸른빛 머리칼 때문일 수밖에 없었다. 이지는 그를 처음 만난 순간부터 그 머리칼에 무장 해제되고 말았다. 만약 그가 머리칼을 모두 잃기라도 한다면? 글쎄…… 그래도 괜찮을 것이다. 그녀는 아마 여전히 그에게 매혹되리라. 하지만 어디서 자고 누구와 자는지를 두고 이렇게까지

약해지지는 않을 터였다.

이지는 여행 중에 입었던 옷을 벗어 버리고, 무릎까지 내려오는 긴 면 셔츠를 걸친 다음 침대 위 에이브히어 곁으로 올라갔다. 그녀가 그를 등지고 눕자, 그가 그녀 뒤에 자리 잡고 팔로 그녀의 허리를 감싸며 그녀의 목덜미에 얼굴을 묻었다.

"내일이 걱정되는구나?"

그가 물었다.

"아마도 필요 이상으로요."

"걱정하지 마. 내가 처음부터 끝까지 한 걸음 한 걸음을 함께 할 테니까."

"내 할머니로부터 날 보호하기 위해서요, 아니면 나로부터 할머니를 보호하기 위해서요?"

부드러운 입술이 그녀의 목덜미에 와 닿았다.

"둘 다지."

앤닐은 무릎 위에 책을 펼친 채, 침대에 허리를 세우고 앉아 있었다. 피어구스는 오늘 밤 늦게 올 모양이었다. 하지만 그건 그녀 혼자 책을 읽을 시간이 좀 더 늘었다는 의미밖에 되지 않았다. 피어구스와 행복하게 뒹굴며 하루를 마무리하는 평소의 밤과 달랐다.

사실은 그녀도 얼마간 혼자서 보낼 시간을 절실하게 기대하던 참이었다. 침실 문을 두드리는 소리가 들려왔을 때, 그래서 그녀는 한숨을 내쉬고 눈을 굴릴 수밖에 없었다.

"뭐야?"

문이 열리고, 앤널로서는 놀랍게도 아들이 머리를 쏙 들이밀었다.

"어머니, 시간 좀 있으세요?"

"물론이지. 들어오렴."

그녀는 읽던 곳을 기억하도록 가죽 책갈피를 끼운 다음, 책을 한쪽으로 치웠다.

"뭘 읽고 계셨어요?"

"이스트랜드의 전쟁에 관한 역사책이야."

"재미있어요?"

"아주. 하지만 네가 책 얘기를 하러 온 건 아니겠지, 내 아들. 무슨 일이니?"

탈란이 문을 닫고 다가와 침대 위 그녀 곁에 앉았다.

"제가 보여 드릴 게 있어요."

"보자."

아들이 한숨을 내쉬더니, 부츠 끝에서 두루마리 하나를 꺼내 그녀에게 건넸다.

"누가 네게 전갈을 보낸 거니?"

앤널은 그렇게 묻고는, 봉인을 뜯은 흔적이 있는 문서를 내려다보았다. 보통은 그녀의 아이들에게 어떤 전갈이 오든 그녀에게도 보고가 올라오게 되어 있었는데, 이 문서에 대해서는 들은 바가 없었다. 심지어 다그마조차 아무 말도 하지 않았다.

"예."

"굳이 내가 읽을 거 있니? 그냥 네가 이야기하렴, 탈란."

탈란이 공연히 목을 가다듬었고, 그 순간 앤뉠은 아들의 표정이 이처럼…… 불편해 보인 것은 처음이라는 걸 깨달았다. 그리고 솔직히, 그에게 그런 감정을 느끼는 능력이 있다는 사실을 알게 된 것은 놀랍게도 그녀의 마음을 누그러뜨려 주었다.

"괜찮아, 탈란. 얘기해 봐."

"화내지 않겠다고 약속하실래요?"

"아니."

그녀의 즉각적인 대답은 탈란을 웃게 했다.

"맞아요, 제가 불가능한 일을 청했네요."

"너도 이제 그 정도는 알고 있을 줄 알았지. 그래, 뭐니? 이 두루마리에 무슨 내용이 들어 있기에 내가 봐야 한다는 거지? 그것도 네 아버지가 없을 때 말이야."

"여기서 서쪽으로 아주아주 멀리, 퀸틸리안 독립국을 지나서까지 멀리 가면 수도회가 하나 있어요."

"수도회?"

아들이 어깨를 으쓱해 보였다.

"예, 수도회요."

"수도사들이 뭘 원하는데?"

"저에게 자연에 관한 마법을 수련하는 자리를 제안했어요. 신들과 반대로 순전히 자연으로부터 뽑아낸 힘을 다스리는 법을 수련하는 거죠."

"그러니까 네가 수도원에 들어가고 싶다고?"

"영원히는 아니죠."

앤닐은 웃음이 터지려는 걸 막기 위해 재빨리 머리를 긁적거렸다.

"그자들은 네가 이걸 영구적인 해결책으로 생각하고 있지 않다는 걸 안다니?"

"그자들이 뭘 아는지는 저야 모르죠. 전 그냥 제가 아는 것만 알아요. 제가 아는 건, 제가 모르뭐드 고모와 탈라이스 숙모와 할머니께 배울 수 있는 건 다 배웠다는 거고요. 하지만 그걸로는 충분치 않다는 것도 알죠."

앤닐은 손에 들린 두루마리를 내려다보았다.

"탈란, 뭐 하나 물어봐도 될까?"

"거기 있는 동안 여자랑 자면 안 된다는 거, 저도 알아요."

"내가 물어보려던 건 그게 아니야. 하지만…… 그 대답이 즉각 튀어나오는 걸 보니 꽤나 의미심장하구나. 그저 네 아버지랑 있을 때는 그런 식으로 대답 안 하는 게 최선이야. 알아들었지?"

"예, 어머니."

"좋아. 그럼 이제 물어보자. 너랑 네 동생이 떠나는 건 나 때문이니?"

아주 짧은 순간이었지만, 앤닐은 아들의 얼굴에 떠오른 놀람의 기색을 보았다. 탈원 역시 떠날 준비를 하고 있다는 것을 누구도 말해 주지 않았지만 그녀가 안다는 사실이 마치 기습처럼 탈란을 놀라게 한 것이다. 그러나 그는 재빨리 놀라움을 감추고 대답했다.

"제가 단언할 수 있어요, 어머니. 할 수만 있다면 탈윈도 저도 여기 영원히 머물렀을 거예요. 그냥…… 빈둥거리면서 싸움이나 하고요."

"하지만 그럴 수 없단 말이구나. 왜냐면……?"

"어머니도 아시잖아요. 탈윈과 저에겐 이런 일이 끝나지 않을 거예요. 저희는 폼브레이 경의 아들과 같은 삶을 누릴 수 없을 거라고요. 심지어 삼촌들처럼 살 수도 없겠죠. 하지만 어머니가 저희에게 처음부터 끊임없이 말씀하신 게 있어요. 지식이 없으면 지휘할 수도 없고 싸울 수도 없으며, 다른 이들이 너흴 보호해 주기를 바라는 것밖에는 할 수 없다. 그리고 어머니…… 저희는 더 이상 그런 사치를 누릴 수가 없어요."

앤널은 고개를 끄덕였다.

"내 입이 뱉은 말로 나를 치다니…… 물론 여전히 현명한 금언이긴 하다만."

탈란이 빙그레 웃었다.

"딱 어머니 아들이죠."

앤널은 아들의 손을 잡았다.

"네 동생이 퀴비치와 함께 떠나 버리는 게 넌 정말 괜찮니?"

"아뇨. 하지만 탈윈에게 나쁜 일이라서는 아니에요. 그 애가 퀴비치로 살 생각이 없다는 걸 제가 알고 있기 때문이죠. 언제가 될지는 모르지만 일단 탈윈이 떠날 때가 됐다고 마음을 정하면, 그건 진짜 문제가 될 테니까요."

"그 애에게?"

"퀴비치들에게죠."

"그리고 넌 이…… 수도원인가 하는 데로 가고 싶다고?"

"아뇨. 하지만 가야 해요. 제가 원하는 바가 아니라 제게 필요한 일인 거죠. 솔직히 인정하자면, 전 거의 거절할 뻔했어요. 그냥 모른 척하려 했어요. 하지만 어머니는 언제나 자신의 감을 믿으라고 하셨죠. 제 감이 이걸 해야 한다고 말하는 거예요. 그것도 지금. 나중이 아니라 지금 당장."

아들이 그녀에 손등에 입을 맞추었다.

"어머니가 어떻게 생각하시는지 알기 때문에 드리는 말씀인데, 전 그저 어머니 말씀을 안 듣는 것처럼 '보일' 뿐이에요. 실제로는 한마디 한마디에 귀를 기울이죠. 그리고 감사드려요. 어머니가 살아오신 것과 저희를 위해 해 주신 모든 일에 대해서요. 제가 사실로 아는 한 가지는, 이 우주의 그 어떤 여인도 내 어머니처럼 하시는 못했으리라는 거예요."

앤닐은 애써 눈물을 참으면서, 아직 자라고 있는 중인데도 꽤나 큼직한 아들의 어깨를 두 팔로 감싸고 꼭 끌어안았다.

그때, 침실 문이 벌컥 열리고 피어구스의 목소리가 들려왔다.

"내가 왜 그 노친네를 다뤄 보겠다고 나섰었는지 한 번만 더 생각나게 해 줄래? 그냥 혈연 때문이라는 헛소리는 꺼내지도 말……."

피어구스는 걸음을 멈추고 자신의 짝과 아들을 의심쩍다는 눈으로 노려보았다.

"그 자식이 이번엔 또 무슨 짓을 저지른 거야?"

앤뉠의 어깨에 머리를 기대고 있던 탈란이 대답했다.

"아버지가 오직 꿈꾸기밖에 못했던 온갖 일들이죠."

앤뉠은 즉시 움켜쥔 피어구스의 주먹을 붙잡으며 소리쳤다.

"피어구스, 안 돼!"

"딱 한 대만이야! 머리통에 딱 한 대만!"

36

이지는 자신을 놀웬 사원에 들려보내 줄 수 있는지를 두고 할머니—세푸 수비군 사령관이기도 한—가 협상을 벌이는 것을 삼십 분째 가만히 서서 지켜보았다.

그녀의 할아버지와 고모들, 삼촌들, 그녀보다 나이가 위인 몇명의 사촌들 그리고 에이브히어 또한 그녀와 함께 서서 기다리고 있었다.

하지만 두 개의 태양이 하늘 꼭대기에 이르고 그 열기에 두개골 속의 뇌까지 화끈거리는 듯 느껴지자, 슬슬 짜증이 치밀어 오르기 시작했다. 그녀는 짜증을 억누르려 애썼다. 뭔가 다른 것으로 초점을 돌리려고노 해 보았다. 이를테면 이 도시의 아름다움 같은 것으로.

세푸는 바다와 데저트랜드의 주요 항구 몇 개로 이어지는 본

류가 강이 되어 흐르는 웅장한 도시였다. 최고의 도서관과 대극장을 자랑하는 잘 설계된 도시이기도 해서 생기 있게 북적거리는 느낌을 주었다.

하지만 그런 생각조차 이지를 더욱 짜증스럽게 만들었을 뿐이다. 지금으로써는 그런 것들을 즐기고 싶어도 즐길 수 없기 때문이었다. 꼭 해야 할 일이 있는 지금으로써는.

마스키니가 긴 계단을 천천히 내려왔다. 실망스러운 소식을 크게 떠들어 대고 싶지 않았기 때문에 그녀는 이지 곁에 가까이 이르러서야 말을 꺼냈다.

"미안하구나, 이지. 내일 다시 와 보라고 하는구나. 내일 잡힌 약속들 중 하나가 취소될 것 같으니, 다시 오면 저들이 알려 주…… 이지? 어디 가는 거니?"

"다들 여기서 기다리세요."

계단을 한꺼번에 두 개씩 뛰어 올라간 이지는 사원의 정문으로 다가갔다. 그리고 문을 힘껏 밀었지만, 견고한 대리석인 데다 안에서 빗장이 걸린 듯 꿈쩍도 하지 않았다.

"이지?"

그녀는 어깨 너머로 에이브히어를 돌아보았다. 그가 어느새 따라 올라와 그녀를 지켜보고 있었다. 이지는 몇 걸음 물러나 문을 가리켜 보이며 말했다.

"부숴 버려요."

에이브히어가 주변을 둘러보다가 물었다.

"진심으로 하는 말이야?"

"얼마나 진심인지 상상도 못 할걸요. 당장 깨부숴요."

에이브히어는 어깨를 추썩이고 두 계단을 내려갔다. 옷을 다 벗어 이지에게 건넨 그는 더 멀리 물러나라고 손짓한 후, 본체로 돌아갔다. 드래곤의 모습일 때 본신의 힘이 훨씬 더 강해지기 때문이었다.

일단 드래곤의 본체가 되자, 그는 깊이 숨을 들이마시고 사원 문을 향해 길게 화염을 내뿜었다. 두꺼운 대리석이 뒤틀리고 문의 일부가 화염에 녹아내렸다. 그러나 문은 여전히 굳건하게 버티고 있었다. 에이브히어는 화염을 계속해서 쏘듯이 내뿜으며 문을 향해 곧장 돌진해 어깨로 들이받았다. 문의 경첩들이 찢겨 나가며 육중한 대리석 문짝들이 안쪽으로 날아가 벽과 천장에 몇 차례 부딪치더니 바닥으로 떨어져 내렸다.

에이브히어는 한 걸음 물러나니 열린 문 쪽으로 머리를 슬쩍 꺾어 보였다. 이지가 그의 옷을 바닥에 내려놓고는 계단을 올라와 사원 안으로 걸어 들어갔다. 에이브히어는 그녀의 가족을 돌아보았다. 다들 경악한 얼굴로 눈을 동그랗게 뜨고 있었고, 몇몇은 입까지 딱 벌린 채였다. 그들을 향해 살짝 윙크를 보낸 그는 이지를 따라 안으로 들어갔다.

이지는 놀웬 마녀들의 사원으로 들어섰다. 상당히 아름다운 곳이었다. 크기도 했다. 너무나 커서 에이브히어가 인간으로 모습을 바꾸지 않아도 편하게 돌아다닐 수 있을 정도였다.

그녀는 대리석 조각상들과 바닥들을 둘러보다가 소리쳤다.

"할데인은 어디 있지?"

"그래, 네가 탈라이스의 딸인가?"

젊은 마녀 하나가 물었다.

"할데인은 어디 있나?"

이지는 그 마녀에게 다가가며 다시금 물었다.

"그분은 할 일이 많으시다. 안됐지만 너 따위를 만나는 데 시간을 내 주실 만큼 한가한 분이 아니지. 배신자의 딸 따위……."

그녀의 말은 턱에 날아온 이지의 오른손 한 방에 잘리고 말았다. 마녀를 바닥에 때려눕힌 이지는 그녀를 밟고 지나가며 또다시 소리쳤다.

"난 내 할머니를 만나러 왔다! 지금 당장 만나야겠다!"

그녀의 목소리가 대리석으로 만들어진 신전 전체에 쩌렁쩌렁 울려 퍼졌다. 그녀가 기다란 복도를 따라 내려가자, 더 작은 방들에서 마녀들이 하나둘 나타나 그녀를 쳐다보았다. 하지만 그들 중 누구도 입을 열지는 않았다.

이지는 마침내 거대한 문 앞에 이르렀다. 곧장 안으로 들어간 그녀는 그러나 몇 걸음 가지 않아 멈춰 서고 말았고 몇 차례 눈을 껌뻑였다.

에이브히어가 그녀를 뒤따라 들어왔고, 이지는 그가 숨을 헉 들이켜는 소리를 들었다.

"맙소사."

그가 속삭였다.

이지가 어머니 탈라이스를 다시 만나고 그녀가 어떻게 생겼는지 알게 되기도 전부터, 뤼데르크 하일은 그녀에게 부모를 아주 많이 닮았다고 얘기했었다. 어머니의 얼굴에 아버지의 눈과 미소를 닮았다는 얘기였다. 친아버지의 가족들과 하룻밤 보낸 후다 보니 이지 역시 그들 모두가 어머니에 대해 하는 말들이 틀림없는 진실임을 알고 있었다. 그래서 그녀는 어머니가 할머니와 상당히 닮았으리라고 예상도 하고 있었다.

하지만 이 정도일 줄은 몰랐다. 이 정도로 거울을 비춘 듯이 똑같을 줄은.

"그래, 네가 바로 내 딸이 이 모든 것을 포기하고 얻은 것으로구나."

마녀의 짙은 갈색 눈동자가 이지를 탐색하듯 훑어보았다.

"너란 말이지."

이시는 마녀의 녹소리에서 실망감을 감지할 수 있었다.

"뭐, 네 어미는 원래가 영리한 물건이 아니긴 했지."

적어도 사백 년 이상을 살아온 놀웬 마녀, 엘리사의 딸 할데인에게는 관자놀이의 몇 가닥 잿빛 머리칼을 빼면 세월의 흔적이 전혀 보이지 않았다.

과장 없이 말해서, 어머니가 아님을 분명히 알고 있는 상대가 어머니의 모습을 하고 눈앞에 서 있는 것을 본다는 경험은 이지에게 꽤나 심난스러운 것이었다. 지난번에 그와 같은 경험을 했을 때는 뤼데르크 하일이 다른 신의 영역으로 침투해 그 신을 죽이기 위해 탈라이스의 몸을 껍질처럼 뒤집어쓰고 있었다.

하지만 지금 높은 단 위에서 서서 마치 너 따위는 아무것도 아니라는 듯 이지를 바라보고 있는 것은 단순명료하게 탈라이스가 아니었다. 그 여자는 오직 차갑고도 차가운 계산적인 속셈만을 가진 무정한 계집년이었다.

그리고 이지는 그 여자가 죽기를 바랐다.

"이런! 이 아이가 우리에게 선물을 가져왔구나. 이놈은 선물이겠지?"

탈라이스 닮은꼴이 천천히 방으로 들어오며 다른 마녀들을 향해 말했다.

"당신과 할 얘기가 있다, 마녀."

"그 세월을 다 보내고서? 삼십 년도 지난 이제 와서야 날 찾았다고?"

"날 위한 일이 아니니까. 이건 내 동생을 위한 일이야."

"그래, 세상에 존재해서는 안 되는 그 아이 말이군."

"하지만 그 앤 존재하지."

"넌 그 아이의 힘이 두려운 거고."

"내 동생에 대해 내가 두려워하는 건 아무것도 없어. 난 그저 그 애에게 최선이 되는 일을 하고 싶을 뿐이야."

"그래서 내게 그 아일 넘겨주러 왔느냐?"

"내가 원하는 건 그 애에게 최선이 되는 일이야."

마녀가 킬킬거렸다.

"정말로 내가 그 아이에게 조금이라도 신경을 쓰게 만들고 싶

었다면 그 앨 데려왔어야지. 직접 내 눈으로 보게 해 줬어야 하지
않느냔 말이다."

"당신이 나와 함께 가반아일로 가면 돼. 가서 얼마든지 직접
보라고."

"내가 너와 함께 이방의 영역으로 여행하기를 바란다고?"

그녀가 이지를 향해 손가락을 튀겼다.

"너 따위와 함께?"

"그게 내 계획이지."

마녀가 입술을 오므리더니 머리를 흔들었다.

"아니, 난 그럴 생각이 없어. 하지만……."

그리고 에이브히어를 향해 미소 지으며 덧붙였다.

"네 선물은 즐겁게 받아 주지."

에이브히어는 이지를 한차례 돌아보고는 입을 열었다.

"당신이 내가 여기 외 있는 이유를 살못 이해한 것 같은데. 난
'무도한 자' 에이브히어라고 해. 드래곤 퀸의 막내아들……."

"상관없어. 선물은 선물이니까."

마녀가 그의 말을 잘랐다. 다음 순간, 탈라이스와 그다지도 빼
닮은 얼굴이 잔혹하게 변했다.

"우리한테 네 뼈는 아주 훌륭한 재료가 되거든."

마녀들 중 그에게 가까이 있던 여자가 팔을 휘둘러 뭔가를 그
의 목에 감더니 뒤로 잡아챘다. 에이브히어는 목에 걸린 것을 붙
잡으려 했지만 자신의 비늘밖에는 아무것도 만져지는 것이 없었
다. 하지만 그는 분명 뭔가가 자신을 구속하고 있으며 이지로부

터 자신을 떼어 놓으려 하고 있다는 것을 알았다.

또 다른 마녀가 앞으로 나서더니 앞서의 마녀와 마찬가지로 팔을 휘둘렀다. 이번에는 뭔가가 그의 다리를 감았다. 에이브히어는 그대로 배를 깔고 넘어졌고, 어딘가로 질질 끌려가기 시작했다.

할데인이 손녀딸을 바라보며 말했다.

"너에 대해서는 말이다."

비웃음을 띤 얼굴로 그녀가 다시금 손가락을 튀겼다. 마치 신들이 조화라도 부린 듯이 이지의 몸이 붕 떠오르더니 거칠게 뒤로 날아갔다.

에이브히어는 어머니를 불렀다.

— 어머니! 어머니, 이지에게 도움이 필요해요!

할데인이 그를 돌아보았다.

"엄마를 찾고 있나, 드래곤? 그래, 부를 테면 얼마든지 불러 봐라. 절대로 듣지 못할 테니. 그 여자는 네가 남긴 뼛조각 하나도 찾지 못할 거다."

그녀가 커다란 방 뒤쪽을 향해 고갯짓을 해 보였다.

"아래층으로 데려가서 준비시켜 둬라. 오늘 밤 만월이 뜰 게야. 내 그놈을 마음껏 써먹어 주……."

할데인의 말은 거기서 멈추고 말았다. 대전을 가로질러 날아온 거대한 조각상이 가슴을 쳐 그녀를 바닥에 내팽개쳐 버렸기 때문이다.

"할데인 님!"

248

마녀들 중 하나가 비명처럼 외쳤다.

이지가 방으로 다시 걸어 들어오고 있었다. 그녀는 아주……
화가 난 것처럼 보였다. 하지만 그것만이 아니었다. 그녀에게서
다른 뭔가가…….

에이브히어는 눈살을 찌푸리며 그녀를 좀 더 훑어보았다. 뭔
가가 이지의 몸에서 불꽃을 일으키고 있었다. 그녀는 충분히 화
가 나 있었기 때문에 그는 그것이 그저 이지의 분노로 인해 일어
난 불꽃이라고 믿을 수밖에 없었다. 하지만 에이브히어는 그렇게
생각하지 않았다.

또 다른 마녀가 신음하는 할데인을 보호하려는 듯 그녀 앞으
로 돌진했고, 다른 마녀들도 서둘러 자신들의 우두머리 곁으로
몰려들었다. 맨 먼저 움직인 마녀가 손을 들고 손가락으로 이지
를 가리켰다. 그리고 에이브히어로서는 이해할 수도 없고 들어
본 적도 없는 주문 같은 것을 외기 시작했다. 그녀의 몸에서 힘이
포효하듯 뿜어지더니 손을 타고 날아가 이지의 가슴을 쳤다.

하지만 이지가 걸음을 멈추고 두 손을 내젓자 그녀를 쳤던 힘
이 그대로 날아가 버렸다. 그 광경은 에이브히어에게 미루나크들
이 술에 취했을 때 즐겨 하는 '눈보라 속의 전투'를 떠오르게 했
다. 거대한 눈덩이를 서로에게 이리저리 던지는 놀이 같은 것으
로, 눈덩이를 맞으면 새로운 눈덩이를 만들어 보복하기 전에 일
단 자기 몸에 묻은 눈과 얼음을 털어 내야 했다. 지금 이지가 하
고 있는 것이 바로 그런 행동이었다.

마법은…… 이지를 건드리지 못했다. 그녀에게 전혀 해를 끼

치지 않았다. 마법이 마땅히 발휘해야 할 힘을 발휘하지 못했을 뿐 아니라 누군가를 해치려는 목적을 달성하지도 못했다. 대신에 마법은 이지에게 무언가 다른 작용을 하는 것 같았다. 그녀를 더 강하게 만들어 주고 있었다. 에이브히어가 보기에 그 힘이 계속해서 유지될 것 같진 않았지만, 이지가 앞으로 나아가기에 충분한 힘은 되어 주는 모양이었다.

놀웬 마녀들을 보호하기 위해 목숨을 바칠 준비가 되어 있는 경비병들이 숨겨진 복도에서 갑자기 달려 나왔다. 다들 무기를 빼 들고 공격한 태세를 갖춘 채였다. 그들이 달려들자 이지도 자기 검과 배틀액스를 뽑았다. 그녀는 양손을 휘둘러 덤벼드는 경비병들을 갈라 버렸다. 그들의 피와 살점이 사방으로 터져 나가 아름다운 대리석 조각들과 그것들을 관리해 왔던 마녀들에게로 쏟아졌다.

이지는 경비병들을 산산조각 내며 길을 열어 에이브히어에게 다가갔다. 그 앞에서 무기를 떨군 그녀가 그를 구속하고 있었지만 정작 그로서는 볼 수도 느낄 수도 없었던 무언가를 맨손으로 끌러 냈다. 에이브히어는 그제야 두 발로 설 수 있었다.

더 많은 경비병들이 달려오자 그는 뼈와 살을 통째로 태워 버릴 화염을 내뿜어 선 채로 잿더미로 만들어 버렸다.

"거기까지!"

할데인의 목소리가 쩌렁쩌렁 울렸다. 세 명의 마녀가 그녀를 도와 일으켜 세우고 쓰러지지 않도록 팔을 붙잡아 주었다.

그녀가 이지를 똑바로 노려보더니 입을 열었다.

"네 어미 짓이로구나."

이지는 에이브히어 앞을 가로막고 섰다.

"내 어머니가 뭐?"

"그 애가 한 짓이야. 네가 자궁 안에 있는 동안 그 애가 너에게 보호막을 쳐 두었어. 우리로부터, 다른 마녀들로부터 보호하도록. 그래서 마법 공격이 통하지 않은 거다. 통하기는커녕 마법이 널 칠 때마다 네 그 과도한 근육 덩어리에 힘만 더해 준 거지."

할데인이 희미한 웃음을 지었다.

"내 아이는 언제나 겉으로 보인 것보다 영리했지."

"당신이 날 파괴하려 들리라는 걸 알고 있었으니까."

"네가 첫 숨을 터트리기 전에 그 목을 붙잡을 기회만 있었더라면…… 그랬겠지. 그 애도 그걸 알았고."

"지금이라도 늦지 않았으니 해 보시든가. 내가 여기 있잖아."

"그럼 필요는 없겠구나."

새로운 목소리가 끼어들었다. 그리고 모든 마녀들—할데인까지도—이 무릎을 꿇었다. 좀 더 나이 든 여인이 에이브히어의 뒤쪽에서 걸어 나오더니 그와 이지를 향해 미소를 지었다.

"둘 다 반갑구나."

"당신은 누구지?"

"내 이름은 엘리사란다. 놀웬 마녀들의 장로지."

그녀가 몸을 숙이고 이지에게 —에이브히어도 똑똑히 들을 수 있긴 했지만— 속삭였다.

"네 증조할머니기도 하고."

이지의 눈이 놀람으로 활짝 커졌다.

"그럼 백만 살은 됐을 텐데."

"이지······."

그녀는 에이브히어를 올려다보았다.

"왜요?"

이지는 그 마녀의 얼굴에서 탈라이스와 닮은 점을 알아볼 수 있었다. 할데인만큼은 아니었지만 확실히 닮았다. 그녀의 눈이라든가 광대뼈라든가.

"어머니는 당신 얘길 한 번도 한 적 없는데."

"그럴 이유가 없었지. 나 역시 그 애 생각은 별로 해 본 적 없구나. 난 그 애가 그 애 어머니나 내 어머니나 나처럼 놀웬 마녀의 길을 따르리라고 생각했으니까 말이다. 그 애가 나이를 더 먹고 진정한 힘을 가지게 되기 전까진 우리 사이에 오갈 만한 게 뭐가 있었겠니?"

"당신 혈육이었잖아. 당신의 손녀딸이었다고."

엘리사가 웃음을 터트렸다.

"넌 정말로 네 어머니의 딸이로구나."

"자랑스러운 일이지."

"그래, 나도 알겠다. 심지어 보이고 느껴지기도 하는구나."

그녀가 대전을 가득 메운 마녀들과 경비병들에게 말했다.

"다들 나가라."

"하지만······."

그들 중 하나가 입을 열었지만, 짙은 갈색 눈동자가 그 마녀를 향하자 즉시 입을 닫고 머리를 조아렸다.

"두 번 말하게 하지 마라."

엘리사가 명령했다. 그리고 대전이 텅 비기까지는 채 일 분도 걸리지 않았다.

마녀가 다시 이지와 에이브히어를 향했다.

"차 한잔하겠니?"

"오! 차라면 완전 좋죠."

에이브히어가 말했다.

이지는 빙글 몸을 돌리고 두 손을 쳐들며 입을 벌렸다. 윗입술이 절로 말려 올라갔다.

"뭐?"

에이브히어가 말했다.

"난 치기 좋단 말이야."

37

에이브히어—이제 인간의 모습을 하고 옷도 입은 채였다—와 엘리사가 두 잔째의 차를 즐기고 있는 사이 이지는 여전히 첫 번째 잔을 홀짝이고 있었다. 마녀는 유쾌하기 그지없는 태도를 보여 주었지만, 이 순간 이지에게 그런 것은 아무 의미도 없었다. 아무 의미도.

바로 조금 전 그녀와 할머니 사이에 벌어진 일을 생각하면 어찌 그러지 않을 수 있겠는가. 그 끔찍한 계집년. 이지는 그 여자에게 라이의 귀한 시간을 다만 일 초라도 할애할 가치가 없다는 걸 언제나 알고 있었다. 하지만 한편으로 라이의 삶에 지금 그보다 더 큰 문제가 있다는 사실이 계속해서 떠올랐다.

"네 분노가 파도처럼 뿜어져 나온다는 걸 알고 있니, 이사벨?"

이지는 고개를 들고 증조할머니 엘리사를 올려다보았다. 그녀의 짐작이 맞다면 엘리사는 족히 육백 살은 되었음에도 불구하고 쉰 남짓으로밖에 보이지 않았다. 이지는 인정하지 않을 수 없었다. 자신 또한 육칠백 년이 지난 후에도 그녀 같은 상태라면 좋을 것 같았다.

하지만 그 점을 제외하고는 지금의 상황 전체가 그저 울화가 치미는 일뿐이었다.

이지는 평온한 목소리로 말했다.

"전 그 여자를 보기도 전부터 싫어했죠. 그런데 보고 나니까 더 격렬히 싫어졌어요."

"넌 정말 네 어머니랑 닮았구나. 그 애도 너처럼 솔직했지."

"지금도 그러세요."

"할데인은 바로 그 점 때문에 그 애를 더 싫어했단다."

"그렇담 전 제 어머니의 유산을 그대로 물려받았다는 사실이 더욱 기쁘네요."

"나도 그렇구나. 물론 나로서야 내 딸을 원래부터 별로 좋아하지 않긴 했다만. 그러니까 넌 내 유산 또한 그대로 물려받은 셈이란다."

그녀가 접시를 들어 보였다.

"비스킷 좀 들겠니?"

이지는 접시를 빼앗아 벽에다 내팽개쳐 버렸다. 비스킷이고 뭐고!

"어이! 내가 먹으려고 했는데."

에이브히어가 쏘아붙였다. 하지만 이지가 노려보자 재빨리 덧붙였다.

"뭐…… 좀 퍽퍽하긴 하더라."

엘리사가 미소 지었다.

"괜찮아. 더 있단다."

그러고는 자리에서 일어나 작은 방으로 들어갔다. 이지가 보기엔 서재 같았다. 바닥부터 천장까지 책들이 들어차 있고, 마법 도구들이 담긴 상자들도 보였다. 어머니와 모르퓌드가 만월이 뜬 밤이면 사용하곤 하던 온갖 종류의 물건들을 본 적이 있는 이지였기에 그렇게 짐작할 수 있었다.

다시 그들 곁으로 돌아온 엘리사가 새로 한 접시의 비스킷을 에이브히어 앞에 내려놓았다. 그러고 나서 원래 자리에 앉을 때까지 그녀의 얼굴에서는 미소가 떠나지 않았다.

엘리사가 이지의 성질이 나뭇가지 부러지듯 폭발한 적도 없었던 것처럼 말을 꺼냈다.

"그러니까 넌 우리가 리안웬을 받아 줬으면 한다는 거구나."

"그 앤 우리가 당신들을 속여 넘겨서 팔아 치우려는 무슨 고아 같은 게 아니에요."

"그래, 그 애는 막강한 힘을 지닌 데다 그걸 전혀 통제하지 못하니까 말이야."

이지는 증조할머니를 살피듯 뜯어보았다.

"그야 그렇죠."

"하지만 넌 우리가 그 앨 도울 수 있을 거라 생각하고?"

"제 어머니가 그렇게 생각하시죠. 전 당신들이 무슨 짓을 할 수 있는지 전혀 모른다고요."

"우린 그 애가 자기 안의 힘을 통제할 수 있도록 가르칠 수 있어. 그 애가 사랑하는 주변의 모든 이들을 안전하게 만들어 줄 수도 있지."

"그걸…… 다 알고 계셨다고요? 어떻게요?"

"네 동생의 힘이 수천 리그를 넘어서까지 뿜어져 오고 있으니까. 이스트랜드의 마법사들마저도 그 애의 힘을 느낄 수 있을 정도란다. 그래서 두려워하고 있고."

"그럼 당신은 그 앨 놀웬 마녀로 만드실 건가요?"

"내가 너에게 유일하게 확신을 갖고 말할 수 있는 게 있다면 그런 일은 절대로 일어나지 않을 거라는 점이다."

어쩐지 약간 모욕당한 기분이 느껴져 이지는 묻지 않을 수 없었다.

"그긴 왜요?"

"난 놀웬으로서의 삶을 타고났단다, 이사벨. 할데인도 그랬고 너 어머니도 그랬지. 만약 탈라이스가 여기 머무는 건 선택했다면 그 애도 놀웬 마녀가 됐을 거야. 타고난 재주를 수련하는 삶을 살았겠지. 하지만 네 동생은 달라. 너와 마찬가지로 지금에 와서 이 삶으로 뛰어들 수는 없어. 그 애 나이가 열여섯 살이니 이제 막 초경을 했을 테고……."

"게다가 자유롭게 사고하는 인간으로 자라나서 스스로 선택할 줄 알기 때문에요?"

엘리사가 미소를 지었다.

"그렇게 말할 수도 있겠구나. 무엇보다 이사벨, 네 동생은 지금 이곳의 거대한 벽들을 넘어서는 무언가를 준비해야 하는 거란다. 물론…… 우리가 그 앨 돕겠다고 결정할 때의 얘기지만."

"돕지 않을 이유가 없잖아요? 원하신다면 제가 기꺼이 당신 딸의 목 줄기를……."

에이브히어가 갑자기 기침을 터트리더니 목을 가리켜 보이며 말했다.

"비스킷이 잘못 넘어갔어. 미안."

그는 이지를 매섭게 노려보며 악다문 잇새로 살짝 으르렁거리는 소리를 냈다.

"이사벨, 내 딸에 대한 네 감정은 이미 짐작하고 있었다. 이런 말 하긴 그렇지만 상당히 자연스러운 것이기도 해. 그 애는 내 손녀딸에게 참으로 끔찍한 일을 저질렀지. 하지만 할데인은 원래가 완고한 아이였단다."

"저도 완고해요. 그 계집녀……."

또 다른 기침이 그녀의 막을 가로막았다.

"비스킷이 또 목구멍에 걸리셨나요?"

이지는 달콤한 어조로 물었다.

"좀 퍽퍽하다고 했잖아."

이지는 다시 엘리사에게 초점을 맞추었다.

"저한테 뭘 원하세요? 저도 아니까 말씀해 보세요. 저한테 원하는 게 있으시죠?"

마녀가 탁자 위에 두 팔을 올리고 그녀 쪽으로 몸을 기울였다.

그녀의 미소는 어머니 탈라이스의 것과 닮아 있었지만 언제나 이지의 마음을 포근하게 달래 주었던 온기가 거기서는 느껴지지 않았다.

"내가 네 동생을 받아들이고 그 애를 안전하게 지키며 수련시켜 주마. 대신에 해야 할 일이 있다."

이지는 과장되게 한숨을 내쉰 다음, 물었다.

"물론 그렇겠죠. 제가 누굴 죽여 드리면 될까요?"

"이 일은 네 몫이 아니란다."

엘리사가 에이브히어를 똑바로 쳐다보며 말을 이었다.

"네 일이지."

"저요?"

에이브히어가 새 비스킷을 입에 문 채로 물었다. 대체 몇 개째를 먹는 거야?

"이긴 그와 아무 상관 없는 문제예요."

"넌 라이의 삼촌이지?"

"저야 확실한 '라이'의 삼촌이죠."

에이브히어의 대답에 이지는 눈을 데굴 굴리고 말았다.

"그거 끝난 얘기가 아니었나 보네."

"안 끝났어."

엘리사가 차를 더 권하자 에이브히어는 냉큼 받아들였다.

이 작자가 지금 무슨 다과회라도 열린 줄 아는 거야? 그럴 때가 아니라고!

"그러니까 당신은 제가 누군가를 죽여 주길 바라시는군요?"

에이브히어가 물었다.

"너희 둘 다 그런 종류의 일에 꽤나 집착하는 것 같구나. 그런 요청을 자주 받나 보지?"

이지와 에이브히어는 동시에 어깨를 추썩였다.

"그렇죠, 뭐."

"그런 편이죠."

"흠…… 너희를 실망시키고 싶진 않다만, 이번 일은 누군가를 죽이는 게 아니란다. 반대로 구하는 일이지."

"누굴 구한다고요?"

에이브히어는 놀라서 되물었다. 세상의 누구도 그에게 구하는 일을 맡긴 적은 없었기 때문이다. 한 번도.

"음, 그것도 할 수 있죠."

이지가 그를 돌아보았다.

"정말 그럴 시간이 있겠어요?"

"그럴 시간이 왜 없어?"

"당신 어머니가 시키신 일이 있잖아요, 에이브히어. 바테리아를 찾는 거 말이에요."

"아, 그래."

엘리사가 끼어들었다.

"그렇다면 일이 더 쉬워지겠구나."

"누군가를 바테리아에게서 구해 주란 말씀이세요?"

"아니. 마지막 만월이 뜨기 전에 네가 그녀를 구해 줘야겠다.

그녀가 희생물이 되기 전에 말이야."

"에?"

에이브히어는 이번에야말로 진짜 놀라서 투덜거렸다.

"이런 얘기가 나올 줄은 정말로 몰랐네."

38

놀웬 하나가 문간까지 안내해 주었다. 에이브히어가 때려부순 바로 그 문이었다. 그들이 밖으로 나서기 전에 마녀가 말했다.

"일을 다 끝내거든 돌아와도 좋다. 하지만 그 전에는 안 된다."

그 계집의 어조가 맘에 들지 않았기 때문에 이지는 주먹을 움켜쥐고 뒤로 당겼지만 에이브히어가 그녀의 팔을 붙잡고 문밖으로 끌다시피 나왔다.

"자꾸만 그럴 거예요?"

그녀는 따지듯 물었다.

"금방 끝낸 일을 꼭 다시 시작해야겠어?"

"그 일은 잊어버려요, 에이브히어. 우린 분명히 해 둬야……."

"이지!"

어디선가 목소리가 들려왔다. 이지는 길 쪽을 돌아보고 미소 지었다.

"브란웬!"

계단을 다다다 내려간 이지는 중간쯤에서 브란웬과 만났다. 두 여자가 야단스럽게 서로를 끌어안았다. 에이브히어는 그들 뒤쪽에 조금 떨어져 서 있는 에이단과 캐스원과 우서를 보았고, 네 남자는 약속이나 한 듯이 눈을 굴렸다. 며칠이 아니라 몇 년 만에 만난 듯이 구는 두 여자를 보자니 그러지 않을 수가 없었다.

"너 괜찮아? 어디 다친 데는 없고?"

이지가 친구를 살피듯 훑어보며 물었다. 브란웬이 다시 친구를 껴안았다.

"이지, 난 괜찮아. 여기로 오면 널 만날 수 있을 것 같더라. 너한테 들려줄 리안웬의 소식이 있어."

"그래, 그렇겠지. 하지만 그건 좀 기다려야 할 거야. 너에게 만니게 해 줄 사람들이 있거든."

"사람들?"

이지는 미소를 지으며 브란웬의 손을 잡고 계단을 내려가 친아버지의 가족들 앞에 섰다. 다들 그때까지 이지를 기다리며 계단 아래쪽에 서 있었던 것이다.

"저 사람들 누구야?"

에이단이 물었고, 네 남자는 이지가 당황해 어찌할 바를 모르는 브란웬을 가족 한 사람 한 사람에게 소개하는 모습을 지켜보았다.

"이지 친아버지의 가족들."

"친아버지?"

"그래."

"어떤 사람들인데?"

"더할 나위 없이 좋지. 게다가 다들 전사거나 대장장이야. 내 아버지도 이지 할아버지를 좋아하실 거 같을 정도라고."

"이지네 할아버지는 널 어떻게 생각하시는데?"

"오, 엄청 싫어하시지."

에이단이 어깨를 추썩였다.

"네가 당신 손녀딸을 더럽혔단 걸 아실 테니까 그럴 만도 하잖 아. 뭘 기대했냐?"

"너 참 싫다."

"내가 옳은 소릴 할 땐 꼭 그러더라."

"그래, 이제부턴 뭘 할 거야?"

캐스윈이 물었다.

"왜 그렇게 열의를 보이는데?"

"이 자식 꼬리가 긴 왕족 아가씨를 하나 만났거든. 인간들의 추수 축제 때 함께 시간을 보내고 싶은 거야. 나 역시 추수 축제 에는 여자를 하나 샀으면 좋겠는데. 하루나 이틀 밤만. 계속 데리 고 있으려는 건 아니고."

에이단이 설명했다.

"그야 앤널이 어떤 종류의 노예도 금지했으니 당연한 거지."

"앤널이 그랬어?"

에이브히어는 멍청이 같은 친구들을 내버려 두고 이지와 그녀

264

의 가족에게로 다가갔다.

"준비됐어?"

그의 물음에 마스키니가 되물었다.

"무슨 일이지?"

이지가 입을 열었다.

"그게요…… 제가 할데인을 좀 패 줬거든요. 그것참, 엄마랑 똑같이 생긴 여자한테 그러자니 기분이 되게 이상하데요. 하지만 그 여자가 먼저 시작한 일이었다고요. 그리고 제가 마법으로부터 저 자신을 지키려고 그 오랜 시간 동안 훈련해 왔던 게 말짱 헛수고였단 걸 알게 됐죠. 참, 제 증조할머니도 만났어요. 그분이 제 동생을 도와주시기로 하셨고요. 그런데 에이브히어가 진짜로 말도 안 되는 멍청한 짓을 해야만 그렇게 해 주시겠다는 거예요. 그는 제 말을 안 듣기로 맘먹은 모양이에요. 게다가 아, 브란웬. 알고 보니 믹센이 훌륭한 **품종**의 선투선이었어. 그리고 에이브히어는 차 한잔이면 만사가 부드럽게 흘러갈 거라고 믿더라."

에이단이 미소 지었다.

"거봐, 물어보길 잘했지?"

"맙소사!"

레일라가 한숨지었다.

"넌 정말이지 네 어머니를 꼭 닮았구나."

39

에이브히어는 자카리아가 그들을 위해 어디선가 파내 온 지도
를 들고 서 있었다. 평상시 같으면 탁자 위에 펼쳐 놓을 만한 크
기의 지도였지만, 이 순간 탁자에는 그럴 만한 공간이 없었다. 이
지와 이지의 가족들, 에이브히어와 그의 동료들, 브란웬까지 모
두 함께 사 층의 조그만 가족실에 들어차 있었기 때문이다.

"지도를 계속 그렇게 들고 있을 셈인가?"

마스키니가 그에게 물었다.

"더 좋은 방법이 있으세요?"

마스키니는 그의 손에서 지도를 뺏어 들고는 저 건너편 벽 쪽
으로 건너갔다. 그리고 차가운 돌벽에 대고 지도를 붙잡은 채 말
했다.

"레일라."

레일라가 어머니 곁으로 다가가더니 부츠에서 두 개의 단검을 뽑아 들고 지도의 위쪽 모서리 양쪽에 때려 박았다.

"됐네."

그녀가 만족스러운 듯 말했다. 그녀의 미소는 이지의 것과 똑같았다.

에이브히어는 뒤로 물러나 지도를 꼼꼼히 훑어보았다.

"그 마녀가 정확히 무슨 얘길 했는데?"

에이단이 물었다.

"그자들이 힘의 원천 가까이에 바테리아를 데리고 있을 거라고 했지. 틀림없이 이곳일 거야."

에이브히어는 그렇게 말하며 지도에서 도시 장벽 바깥쪽으로 반나절 거리에 위치한 산악 지대를 가리켜 보였다.

"좀 더 구체적인 얘기는 없었어?"

"그 여자들은 구체적이란 단어가 무슨 뜻인지도 모를걸."

에이브히어는 누군가 셔츠 자락을 당기는 느낌에 고개를 돌렸고 자기 뒤편에 앉아 있는 이지를 보았다. 그녀가 당기는 대로 뒤로 물러난 그가 탁자에 엉덩이를 걸치자 그녀가 무언가를 건넸다. 그는 그것을 잠시 바라보다가 물었다.

"이게 뭐야?"

"자라 님이 만들어 줬어요. 빵 두 장 사이에 고기를 끼운 건데, 맛있어요. 먹는 데 나이프를 쓸 필요도 없죠."

에이브히어는 한입 베어 물었다.

"맛있죠, 그렇죠?"

이지의 질문에 그가 동의의 표시로 고개를 끄덕여 보이자 우서가 슬그머니 그의 곁으로 다가왔다.

"뭘 먹고 있는 거야?"

에이브히어는 동료를 노려보았다.

"내 거, 내 걸 먹고 있는 거야."

"나눠 먹으면 안 돼?"

"안 돼."

"그만 좀 하지?"

마스키니가 둘에게 쏘아붙이고는 지도를 가리키며 말했다.

"우린 할 일이 있단 말이다."

"하지만 배가 고프다고요."

우서가 대꾸했다.

"그래서 계속 징징거리겠다고?"

"아마도 조금은요."

마스키니는 눈알을 굴리다가 가족들을 밀치며 밖으로 나가 버렸다.

"아마도?"

이지가 놀리듯 우서를 흉내 냈다.

"난 배가 고프단 말이야!"

"어련하시겠어!"

에이브히어는 지도를 바라보며 빵과 고기를 먹었다.

"말해 봐요, 대체 뭐가 그렇게 맘에 걸리는 거죠?"

이지가 그의 곁에서 낮은 목소리로 물었다.

"누가 맘에 걸리는 게 있다 그래?"

"내가요. 당신 얼굴에 써 있는 게 다 보이는 내가."

"하, 이제 날 그렇게 잘 안단 말이지."

"난 언제나 당신을 잘 알았어요, 블루 드래곤 에이브히어. 당신이 그저 인정하려 들지 않았을 뿐이죠. 그러니까 그냥 털어놔요, 뭐가 그렇게 맘에 걸리는지."

"마녀들도 속아 넘어갈 수 있나?"

"누구나 속아 넘어갈 수 있죠. 문제는 그 거짓말이나 거짓말한 자를 믿느냐, 마느냐라고요. 그건 왜요?"

"그 광신도들이 개종시킨 자가 얼마나 된다고 했지?"

"헤루 왕이 그런 얘기는 안 했는데. 어쨌든 그를 염려하게 할 만큼은 된다는 얘기겠죠. 그자들이 소금 광산에 있는 당신 어머니의 군대를 습격해도 된다고 확신할 만큼이기도 하고요."

"맞아. 히지민 우릴 징면으로 공석한 선 아니었삲아. 밤의 어둠을 틈타서 은밀하게 숨어들었다고. 네가 소릴 질러서 발각되지 않았더라면 아마 우린 네가 납치당했다는 것도 몰랐을 테고, 그자들은 멀리멀리 가 버렸겠지."

"그게 뭘 의미하는데요?"

"그자들이 아직은 완전한 전력을 갖추지 못했다는 뜻이지. 직접적인 전면 공격을 개시할 준비가 되지 않았다는 뜻이고."

"그래서요?"

"그럼에도 불구하고 군이 이곳으로 온 이유가 뭘까?"

그는 지도 위의 그 부분을 다시금 가리켜 보였다.

"열린 공간이잖아. 전면 공격을 당한다면 막아 낼 도리가 없는 장소란 말이야."

"그들에게 필요한 힘이 거기 있기 때문이군요."

"내 어머니 말씀에 따르면, 힘의 원천이란 건 세상 어디에나 있대. 어머니는 필요하다면 채소 더미에서도 힘을 뽑아내실 수 있다고."

에이브히어는 지도 가까이로 돌아가 좀 더 열심히 지도를 들여다보았다.

"힘의 장소라는 곳에 뭔가 전략적인 이점이 있는 게 분명해."

"그자들이 전략적이라고 누가 그래?"

우서가 물었다. 그러고는 마스키니가 그와 캐스윈과 우서 각각에게 건네는, 큼지막한 덩어리가 끼워진 빵 두 조각을 냉큼 받아 들었다.

"아이고, 고맙습니다."

"그자들이 광신도들이라고 해서 멍청한 종자들이란 뜻은 아니잖아."

이지가 그를 잠시 뜯어보다가 물었다.

"어떡할 거 같아요?"

"뭘 어떡해?"

"당신이라면 어떡하겠느냐고요."

"내가 훼까닥 돌아 버린 광신도라면?"

이지는 피식 웃고 다시 물었다.

"그래요, 훼까닥 돌아 버린 광신도 에이브히어라면 어떡했을까요?"

에이브히어는 동료 미루나크들을 흘끗 보고는 두 짝의 여닫이문을 통해 발코니로 나갔다. 거기 서면 아름다운 도시의 전경을 굽어볼 수 있었다. 그는 라이가 이 도시를 보면 좋아하리라고 확신할 수 있었다. 도시는 거대했고, 멋진 건축물들이 가득했으며, 견고한 성벽으로 둘러싸여 있었다. 라이의 그림 소재가 될 만한 것들이 풍부했다.

그는 서재 안의 원래 자리로 돌아왔다.

"나라면 도시 성벽 안에 머물러 있겠어. 일단 성문들이 닫혀버리면 어지간해서는 외부의 공격에 뚫리지 않을 테니까. 공격하고 싶어도 할 수가 없단 말이지."

"그자들이 도시 안에 들어와 있는데 어떻게 우리가 모를 수 있단 말인가?"

"특히나 자기들의 신과 어떤 공류의 실속력을 유지하기 위해 스스로 눈을 멀게 한 자들이 그들의 최상층 사람들인데 말이죠."

이지가 덧붙였다.

에이브히어는 다시금 도시의 전경을 내다보았다.

"그들이 지금 무슨 짓을 하고 있건 간에 자기들을 도와주는 힘과 가까이 있으면서 우리 눈에 띄지 않을 수 있는 방법이 틀림없이 있을 거야."

에이단이 제 몫의 음식을 씹다가 물었다.

"이 신은 어때? 그자에 대해 우리가 아는 게 뭐지?"

이지의 사촌들 중 하나가 앞으로 나섰다.

"이지가 청한 대로 제가 도서관에 가서 자매들 중 하나와 얘기를 나눠 봤어요. 크람네신드는 '보이지 않는 신'이라고도 불린다고 해요. 그리고 눈이 없대요. 땅과 고통의 신이라고 하고요."

"땅의 신? 흙을 말하는 건가요?"

우서가 물었다.

"거참, 별거 아니네."

에이단이 제 몫의 음식을 다 먹고 아쉬운 듯 한숨을 내쉬었다.

"풀의 신이라든가, 소똥의 신 같은 것도 된다는 얘기잖아."

그러고는 눈을 껌뻑거리다 에이브히어에게 물었다.

"왜? 내가 뭘 잘못 말했나?"

에이브히어는 다시 발코니로 나가 도시를 내려다보았다.

"이 도시에 하수도가 깔려 있나요?"

그가 물었다.

"물론이지. 너희는 안 그런가?"

마스키니가 되물었다.

"안 그래요."

이지가 대답했다.

"저런."

에이브히어는 턱을 긁적이다가 다시금 물었다.

"하수도는 이곳의 모든 신전들 아래에도 깔려 있겠죠?"

"그렇지."

이지가 발코니로 나와 그의 곁에 섰다. 자신을 올려다보는 그녀의 눈길을 느낀 에이브히어는 어두워져 가는 도시 쪽을 가리켜 보였다. 그녀도 그의 시선을 따라 도시를 내려다보더니 움찔하며 말했다.

"오, 안 돼."

"말이 되잖아."

이지가 두 손으로 얼굴을 덮고 이마를 문질렀다.

"나도 알아요. 하지만 우리 둘 다 이게 쉽게 진행될 일이 아니란 것도 알죠."

마스키니는 사랑하는 아들의 딸아이를 지그시 바라보았다. 그녀가 사는 동안 보게 되리라고는 생각해 본 적도 없고 만나게 되리라고는 더더욱 생각해 보지 못한 손녀딸이었다. 그리고 아들이 남긴 유일한 자식이 아름답고 똑똑하고 강력한 전사라는 사실을 알게 되었을 때 그녀가 느낀 것은 오직 굉장한 자부심과 만족감뿐이었다.

그래서 마스키니는 아름다운 손녀딸을 지그시 바라보았고, 그렇게 바라보다가 물었다.

"너 지금 제정신이냐?"

"뭐, 그 점에 대해서라면 아직 결론이 나지 않았죠."

"내가 우리 근위대를 모든 신전들의 하수도에 풀어놓았으면 한다는 거야? 이 불 뿜는 도마뱀 녀석이, 크람네신드 교단의 광신도들이 거기 어딘가 있을지 모른다고 생각했기 때문에? 그래, 고작 이 녀석의 '생각'일 뿐인데도? 그자들이 거기 어딘가 있다면 누군가는 지금쯤 알아챘을 거란 생각은 들지 않니? 하수도를 어슬렁거리는 광신도들이라고? 하!"

"이분 말씀이 맞을 수도 있어, 이지."

도마뱀 녀석이 말했다.

"물론 내 말이 맞지!"

"아니요, 전 에이브히어가 맞다고 생각해요."

이지가 밀어붙였다.

"어떻게 이 녀석이 맞을 수가 있지?"

"그곳이 저들에게 완벽한 장소이기 때문에요."

"사원들에 사는 그 많은 마녀들과 마법사들, 주술사들이 웬 광신도들이 자기네 힘을 몰래 뽑아내고 있는데 알아채지 못했다고? 어떻게?"

"그들 중 일부 역시 교단에 속한 자들일지도 모르죠."

금빛 머리칼의 도마뱀이 말을 더했다.

"아니야, 그저 자신들이 선택한 자 때문에 다른 신들을 화나게 할 여유는 그자들에게 없어요."

이지가 말했다.

"특히 그자들이 믿는 신이 크람네신드이고 보면 더 그렇죠. 다른 신들은 그를 싫어하거든요."

마스키니의 손녀딸 레이첼이 설명했다. 도서관에서 자매들과 얘기를 나눠 봤다던 여자였다. 그녀는 그들과 본래 좋은 관계를 유지해 왔다고 했다.

"좀 건방진가 보죠?"

이지가 물었다.

"그렇게 볼 수 있지. 그자는 유일신이 되기를 바라거든. 온 세상이 자기 발아래 머리를 조아리길 바라는 거지."

"그렇다면 그의 추종자들이 의식을 위해 은밀하게 다른 신들의 힘을 끌어다 쓰는 건 꽤나 모욕적인 일이겠네요."

"게다가 똥도 있어."

모두들 갈색 머리칼의 도마뱀을 돌아보았다. 이름이 우서라고 했던가?

"뭐라고?"

"똥 말이야."

"그게 뭐요?"

"그자들이 하수도를 돌아다닌다는 게 말이 되잖아."

마스키니는 레이첼을 흘끗 보며 물었다.

"똥 때문에?"

"눈이 멀었다면서요, 그렇죠? 그 신이라는 사내 말이에요. 그의 추종자들도 많은 이들이 앞을 볼 수 없고요. 그자들이 하수도를 집처럼 여긴다면…… 냄새가 나는 게 돌아다니기 좋지 않겠어요? 특히 그자들이 앞을 볼 수 없으니 말이죠."

갈색 머리 도마뱀이 그렇게 말하고 모두들 여전히 자신을 쳐다보고만 있자 신이 나서 계속했다.

"앞이 안 보이니 다른 감각을 쓸 수밖에요. 우리 미루나크 중에도 전투에서 눈이 멀게 된 녀석들이 있거든요. 한쪽 눈만이 아니라 양쪽 다요. 하지만 그들이 눈이 멀었다고 해서 쓸모가 없어지는 건 아니라고요. 우린 그냥 시간을 좀 주고 그들이 눈이 멀었다는 사실에 익숙해지도록 기다려요. 그럼 다들 우리에게 돌아오더라고요. 그 녀석들은 후각이라든가 청각을 써서 돌아다니죠. 전장에서도 잘 싸우고요."

"너희는 눈이 먼 자들을 전투에 내보낸다고?"

마스키니가 따지듯 물었다. 그녀의 고향에서 그런 종류의 야만성은 겪어 본 적이 없었기 때문이다.

"강제로 그러게 만드는 건 아니에요. 그렇지, 에이브히어? 하지만 그들이 싸우고 싶어 한다면 싸우게 해 줘야죠. 그 녀석들은 꽤나 잘 싸우기도 하고요."

"미루나크는 동굴에 엉덩이 붙이고 앉아서 죽을 날을 기다리기보다는 전장에서 죽는 편이 낫다고 생각하거든요. 그러니까 팔다리 어디 한 군데를 잃었다든가 시력을 잃은 정도로는 미루나크를 막을 수 없죠."

푸른 머리 도마뱀이 설명했다.

불 뿜는 도마뱀들을 한동안 응시하던 끝에 마스키니는 손녀딸을 돌아보며 입을 열었다.

"이사벨?"

그녀는 어깨를 조금 으쓱해 보였을 뿐이다.

"좀 괴상하긴 하지만 논리적인 결론이긴 하잖아요?"

"그러니까 너도 우리가 하수도를 확인하길 바란다는 거구나?"

"나쁠 거 없죠. 게다가, 에이브히어와 동료들이 여기 있는 데는 이유가 있어요."

"누가 그런 소릴 해?"

"뤼데르크 하일이요."

"그건 또 누군데?"

"드래곤들의 아버지 신이죠."

"드래곤들의 아버지 신이…… 네게 얘기를 한다고?"

"이지를 자기 대리자로 삼기도 했죠. 그렇지, 이지?"

갈색 머리 도마뱀이 불쑥 말했다.

"그랬지."

"왜?"

"그건 좀 긴 얘기예요. 그냥, 그 당시 제게는 정말로 선택의 여지가 없었다는 것만 알아주세요."

"그래, 넌 이 신을 믿는다는 말이니?"

이지가 웃음을 터트렸다.

"아이고, 맙소사! 아니, 아니, 아니죠. 절대로 안 믿어요!"

마스키니는 다시 레이첼을 흘끗 보았지만, 그녀도 어깨만 으쓱일 뿐이었다.

가엾은 이지. 다크플레인의 야만족들 사이에서 자라더니…… 애가 이상해졌구나. 데저트랜더들에게는 차가운 논리와 명확한 계획만이 전부였다. 정신 나간 추측이라든가 신과 얘기를 나누고 그런 걸 진지하게 고민하는 것 따위와는 거리가 멀었다. 그런 짓을 할 시간이 어디 있겠는가?

"넌 그를 믿지 않지만, 그럼에도 불구하고 이 일에 관해서만큼은 믿겠다는 거니?"

"뤼데르크 하일에게 뭔가 원하는 게 있어요. 아니지, 그에게 뭔가 필요한 게 있는 거예요. 자기 스스로는 할 수 없는 뭔가가. 그러니까 맞아요, 전 이 문제에 관한 한 에이브히어와 미루나크를 믿어요. 게다가 암습이야말로 이들이 하는 일이거든요. 그것도 아주 잘하죠."

"네가 그렇게까지 확신한다면야……."

"한번 둘러본다고 해서 해될 건 없어요, 할머니. 근위대 일부를 밤 근무에서 빼 오죠. 다른 이들에게는 경계 태세를 갖추게 하고요. 내일이면 하수도에 뭐가 있는지 알게 될 거예요."

레이첼이 거들었다.

마스키니는 좌중을 한차례 둘러본 후에 레일라에게 시선을 주었다. 딸도 고개를 끄덕여 보였다.

"해될 거야 없죠, 어머니."

"좋아, 알겠다. 그렇게 하자꾸나."

"고맙습니다, 음……."

마스키니는 자신을 뭐라고 불러야 좋을지 몰라 끙끙거리는 손녀딸을 바라보았다. 그녀는 이해했다. 자기 가족에게 엄청나게 충성스러운 이지에게 쉬운 일은 아닐 터였다. 다크플레인에 있는 그녀의 가족—혹은 일족이든, 그녀가 그들을 어떻게 부르건 간에—을 생각하면 지금의 상황이 혼란스러운 건 당연했다. 비록혈족은 아닐지라도 그들은 그녀를 성장하도록 도와주고 사랑해줬으며, 전장에서 스스로를 지키는 법을 가르쳐 주었다. 삶을 꾸려 나가는 방법 또한. 마스키니와 그녀의 일족들이 할 수 없었던 일들을 해 준 것이다. 그 점만으로도 마스키니는 그들에게 영원히 감사하고 싶었다.

"마스키니라고 불러라, 이지. 그냥 마스키니라고 부르면 돼."

"고맙습니다, 마스키니 님. 그럼 저와 브란웬은 오늘 밤부터 하수도를 확인하러……."

"안 돼."

푸른 머리 도마뱀이 이지를 향해 고개를 저었다.

"뭐가 안 돼요?"

"넌 좀 자야 해. 일은 내일부터 시작하자."

"에이브히……."

"너와 할데인 사이에 벌어졌던 일을 생각하면 적어도 오늘 밤 넌 좀 자 둬야 한다고."

"난 괜찮아요. 잠 같은 건 필요……."

드래곤이 그 무지막지하게 거대한 손으로 이지의 얼굴을 덮었다. 그 애의 얼굴이 안전히 가려졌다.

"쉬, 조용. 난 네게 최선이 되는 일을 하고 있는 거야."

이지가 제 얼굴에서 그의 손을 치워 버리려고 두 팔을 내젓기 시작한 걸 보면 그의 행동은 그녀를 짜증 나게 하는 모양이었다. 마스키니는 방 건너편에 있는 남편을 흘끗 돌아보았다. 자카리아는 이 심란스럽게도 거대한 —인간의 모습을 하고 있을 때도 그랬지만 드래곤의 본체로 돌아갔을 때는 그야말로 겁나는 거구였다— 푸른 머리 '삼촌'이 어떤 식으로 생각해도 적절한 삼촌은 아니라고 믿는 것 같았다. 하지만 제 어머니와 마찬가지로 이지 역시 남자들의 진실한 감정에 대해서라면 눈곱만치도 모르는 게 틀림없었다.

드래곤이 한 팔을 그녀의 허리에 둘러 끌어안듯 이지를 자기 쪽으로 당겼다. 그러는 동안에도 손은 그녀의 얼굴을 덮고 있었고, 이지는 그 손을 치워 버리기 위해 계속해서 팔을 내저으면서 욕설일 게 분명한 뭔가를 읊읊거리며 버둥거리고 있었다.

"가엾은 이지는 일만 하려고 들거든요. 그래서 제가 종종 넌 그냥 인간일 뿐이고 쉬어 줄 필요가 있다고 일깨워 줘야 하죠."

"그래, 괜찮아."

마스키니는 그에게 말했다.

"오늘 밤엔 내 부대를 내보내서 도시 전체를 훑어보도록 하지. 아침이 되면 너희가 시간을 낭비할 필요 없도록 더 많은 정보를 얻을 수 있을 게다."

"그거 좋은 생각이십니다! 들었지, 이지? 우리가 딱 원하던 일이잖아."

마스키니로서는 이지의 말을 한마디도 제대로 알아들을 수 없었지만, 손녀딸이 드래곤의 의견에 동의하는 것처럼 보이지는 않았다.

"레이디 마스키……."

"장군."

"아, 그렇죠. 마스키니 장군님, 제 동료들과 브란웬이 장군님의 아름다운 저택에서 하룻밤 묵어가도 될까요? 아니면 따로 시내에 숙소를 찾아봐야 할까요?"

"내 집에서 묵어가도 돼."

레이첼이 그녀를 쳐다보았다.

"정말요?"

"물론이지. 남자 셋은 자네와 함께 자도록 해, 드래곤. 브란웬은 이지와 함께 자면 되고."

마스키니는 드래곤의 얼굴에 즉각적으로 실망의 빛이 어리는 것을 보았다.

"아, 브란웬은 따로 방을 주실 수 없나요?"

"그럴 여유가 안 되니까. 미안하게 됐군. 하지만 일족이니까 하룻밤 방을 나눠 쓴다 해도 개의치 않을 것 같은데, 안 그런가?"

"오, 물론이죠! 고맙습니다, 장군님!"

브란웬이 좋아라 하며 냉큼 대답했다.

이제 보니 그 둘, 브란웬과 푸른 머리 드래곤은 혈족인 게 틀림없었다. 둘이 서로를 쳐다보는 모습만 봐도 알 수 있었다.

이지가 마침내 드래곤의 팔에서 벗어니 빙글 몸을 놀리더니, 두 손으로 그의 가슴과 어깨를 쳤다.

레이첼이 몸을 기울이고 마스키니의 귓가에 속삭였다.

"저 애가 전장에서는 저보다 잘 싸웠으면 좋겠는데요."

"내 생각도 그렇구나."

"이렇게 기다리고만 있으면 안 될 것 같아. 오늘 밤 당장 나가서 찾아봐야 해."

이지가 채근하듯 말했다.

브란웬은 헐거운 흰색 면 셔츠와 부드러운 면바지를 걸쳤다.

그녀가 인간의 모습을 하고 잠자리에 들 때면 즐겨 입은 옷들이었다.

"마스키니 님이 이미 병사들을 내보내셨잖아. 네가 직접 그들에게 상세한 지시를 내려 줬고. 지금 상황에서 우리가 뭘 더 할 수 있는지 모르겠다. 우린 이 도시를 잘 알지도 못하잖아."

브란웬은 어깨 너머로 이지를 돌아보았다. 이지는 그날 밤 함께 쓰기로 한 침대 건너편에 서 있었다. 차림새는 그녀와 같았지만 이지의 셔츠는 푸른색이었다.

"너 불안한 거구나, 이지? 이유가 뭐야?"

"모르겠어."

브란웬은 침대 위로 올라가 다리를 접고 앉았다. 전투를 기다려야 할 때면 이지는 언제나 이런 상태가 되곤 했다. 앤뉠과 마찬가지로 그녀도 기다리는 데는 젬병이었다. 다만 앤뉠과 달리 이지는 바쁘게 뛰어다닐 전쟁이 없어도 몇 년이고 잘 지낼 수 있었다. 매일매일 훈련을 하고 자기 부대의 병사들과 함께 시간을 보낼 수 있는 한 괜찮았다. 그러나 임박한 전투를 앞두고 있을 때는 사정이 달라졌다. 이지는 당장이라도 전장에 뛰어들어 죽일 준비가 되어 있음에도 불구하고 기다려야 하는 상황이 되는 걸 싫어했다. 그리고 그런 때야말로 브란웬이 조심해야 했다. 자칫하다가는 사랑하는 친구와 싸움이 벌어지기 쉬웠기 때문이다.

"걱정하지 마, 이지. 우린 이 일을 깨끗이 해결하고 네 동생 문제에 대해 엘리사의 동의를 얻게 될 거야. 그리고 나면 우리가 하던 일을 계속하면 돼."

"그래, 물론이지."

브란웬은 이지가 너무 쉽게 싸움을 포기했다는 걸 알아챘고, 그래서 친구에게 뭔가 다른 걱정거리가 있는 게 틀림없다고 생각하게 되었다. 이지는 마녀들이나 모래 드래곤과 관련된 온갖 일들보다 훨씬 중요한 다른 뭔가를 걱정하고 있는 것이다.

"너 나한테 무슨 일인지 얘기해 주지 않을 거니?"

저녁나절 평온했던 이 집의 분위기를 깨트리고 싶지 않았기 때문에 브란웬은 차분한 어조로 물었다.

"무슨 소릴 하는 거야?"

"너 말이야, 너 지금 걱정하고 있잖아. 걱정 때문에 아주 벽을 타고 기어오르기라도 할 것처럼 보인다고."

"생각할 게 많아서 그래."

"혹시 그 생각이란 게 무식하게 큰 손과 푸른빛 머리칼을 갖고 있는 건 아니겠지?"

"그런 소리 마, 브란웬."

"너 에이브히어랑 잤구나, 그렇지?"

"그래서 뭐? 남자랑 처음 잔 것도 아닌데."

"그냥 남자랑 자는 거와 그 이상의 뭔가가 있는 경우는 달라, 이지. 적어도 내가 들은 바에 따르면 그래."

"뭐가 그래?"

"내가 보기에 이건 그 이상의 뭔가가 있는 경우라고."

"에이브히어랑 자는 게? 지금 '난 너무 가까워질 수 없어' 님 얘기 하는 거 맞아?"

"이제는 너무 가까워져도 상관없다는 분위기던데, 뭐. 네 인간 가족들이 빤히 보는 앞에서도 아무렇지 않더라고. 심지어 다들 눈을 빛내 가며 노려보고 있는데도. 난 에이브히어가 비명을 지르며 도망가 버리지 않는 것만으로도 존경스러워 보이더라."

이지가 키득거리며 침대에 앉았다.

"아마도 다들 그가 드래곤이라서 싫어하는 걸 거야."

"나한테는 잘만 대해 주던데. 기분 나쁜 말 같은 것도 안 했고, 아직까지는 공포에 질린 비명도 듣지 못했지."

브란웬은 친구를 살피듯 뜯어보았다.

"너 에이브히어에게 끌리는 거구나, 이지?"

이지가 코웃음을 치더니 고개를 내저으며 말했다.

"무슨 소리야, 브란웬. 내가 그 멍청이에게 끌린 건 열여섯 시절의 얘기지. 지금 난 그와 사랑에 빠졌다고!"

이지는 베개를 붙잡아 갈가리 찢기 시작했고, 베갯속 깃털이 온 방 안에 흩날렸다.

"내 삶이란 게 원래부터 말도 안 되게 웃기는 거잖아!"

브란웬은 콧잔등에 내려앉은 흰 깃털을 훅 불어 날리며 중얼거렸다.

"뭐, 네가 그렇게 잘 받아들이고 있다면야……."

문을 두드리는 소리가 들리자마자 우서는 허둥지둥 방을 가로질러 가 ─그러는 과정에서 실제로 누군가의 가슴을 밟기도 했지만 모른 척했다─ 낚아채듯 문을 열었다.

이지의 고모들 중 하나가 음식이 잔뜩 쌓인 접시와 마실 것을 들고 서 있었다. 하지만 우서의 과도하게 반기는 얼굴을 본 순간, 그녀는 당장이라도 쟁반을 던지고 달아나고 싶은 표정이 되었다.

"저희 주려고 가져오신 거죠?"

우서는 일단 묻고 나서야 미소를 지었다. 하지만 그것 역시 상대를 안심시켜 주지는 못한 듯했다.

"어…… 당신들 모두 배가 고플 것 같아서. 내 아버지가 확실히 해 두길 원하기도 하셨고. 당신들이 충분히 먹지 못해서 한밤중에 우리한테 달려들고 싶어지게 만들지 말라고 말씀하셨지."

"좋은 생각이십니다!"

우서가 냉큼 대꾸하고 그녀에게서 빼앗듯이 쟁반을 받아 들었다. 에이브히어는 재빨리 문간으로 다가가 스스로 생각하기에 최고로 따뜻해 보이는 미소를 지으며 말했다.

"이렇게 신경을 써 주시다니 고맙습니다. 저희 모두 삼사드리죠. 그리고 아버지께도 저희를 두려워할 필요가 없다고 말씀 전해 주세요."

그녀가 그들을 한차례 훑어보더니 말했다.

"뭐, 그러죠."

에이브히어는 여자가 복도를 돌아 사라질 때까지 지켜보고 있다가 방문을 닫고 동료들을 향해 휙 돌아섰다.

"너 이 자식들, 도대체 다들 어디가 잘못된 거야?"

그가 소리쳤다.

"이제 먹을 게 생겼으니까…… 잘못된 거 없는데."

"멍청한 놈."

에이브히어는 쿵쾅거리며 방을 가로질러 가 옷을 차려입은 그
대로 침대에 얼굴을 묻고 쓰러졌다.

"뭐야, 왜 그래?"

"난 여기 사람들을 어떻게든 편안하게 해 주려고 애쓰고 있는
데, 너희가 하는 짓은 도움이 안 되잖아."

"굳이 그럴 거 있나? 우리가 여기 영원히 살 것도 아니고."

캐스윈이 음식을 입에 가득 문 채로 웅얼거렸다.

"이지의 가족들이니까."

"이지는 잘 어울리는 것 같던데, 뭘."

"그야 그렇지. 하지만…… 내가 하려는 말은…….."

에이브히어는 잠시 으르렁거리다 내뱉었다.

"됐다 그래. 망할, 내가 왜 이걸 설명하려 드는지 모르겠다."

"난 네가 우리에게 하려는 말이 뭔지 감도 못 잡겠는데, 어쨌
거나 너 유달리 한심해 보이긴 한다."

"에이브히어가 하려는 말은, 이지의 인간 가족들이 자기를 좋
아해 줬으면 좋겠다는 거야. 저 녀석 꼴도 보기 싫어하는 자기 가
족들하고 다르게 말이지."

에이단이 설명하듯 끼어들었다.

"고맙다, 에이단. 그거 참 좋은 설명이야."

"저 사람들이 널 좋아하건 말건 무슨 상관인데?"

우서가 다시금 물었다.

"나한텐 중요한 문제니까."

"왜?"

"중요하니까."

"그러니까 왜 중요하냐고?"

에이단이 마침내 폭발했다.

"아이고, 신들이여, 맙소사! 저 자식이 이지를 사랑하니까 중요하지!"

"아하!"

우서가 에이브히어를 지그시 바라보았다.

"진작 그렇게 말하지 그랬어?"

에이브히어는 침대 시트를 머리까지 뒤집어쓰고 말았다. 그리고 멍청한 친구 놈이 또다시 질문을 던졌을 때는 우서의 머리통을 뽑아 버리지 않고 참은 스스로가 꽤나 자랑스러웠다.

"어…… 왜 말 안 했냐고?"

40

이지를 깨운 것은 턱 밑으로 미끄러져 들어온 검날이었다. 다시 말해, 아무 소리도 들리지 않았던 것이다.

목 줄기에 닿은 검날에 가해지는 힘을 따라, 그녀는 천천히 몸을 굴렸다. 인간의 모습을 한 모래 드래곤이 그녀 위에 서 있었다. 이지는 상대의 머리칼과 거기 덧씌워진 듯한 청동빛을 보고 알 수 있었다. 부드럽게 휘어진 검날을 그녀의 턱 아래에 붙인 채로 모래 드래곤이 자유로운 나머지 손의 손가락을 세워 자기 입술 가운데 갖다 댔다.

평상시 같았으면 이지에게 그런 건 아무 문제도 되지 않았을 것이다. 누군가에게 끌려가느니 목 줄기가 갈라지는 위험을 기꺼이 감수하고도 남았으리라. 그러나 모래 드래곤은 혼자가 아니었다. 역시 인간의 모습을 한 또 다른 모래 드래곤이, 코를 골며 잠든 브란웬의 가슴에 검을 겨누고 있었다.

그건 이지가 절대로 감수할 수 없는 위험이었다. 그래서 그녀는 천천히 자리에서 일어났고 모래 드래곤이 이끄는 대로 따라갈 수밖에 없었다. 그러는 내내 검날은 그녀의 목에서 떨어지지 않았다.

에이브히어는 일어나 앉은 순간 곧바로 정신이 들었고, 그가 일어나자 미루나크 동료들도 잠에서 깨었다.

"뭐야?"

에이단이 물었다.

"무슨 소리를 들은 것 같아서."

에이브히어는 미끄러지듯 침대를 벗어나 살짝 방문을 열어 보았다. 그리고 귀를 기울였지만 이번에는 아무 소리도 들리지 않았다. 그러나 분명 무언가가 느껴졌다. 위협당하는 것 같은 느낌이었다. 이유가 뭔지는 알 수 없었다.

복도로 한 걸음 나선 에이브히어는 다시금 귀를 기울여 보았다. 여전히 아무 소리도 들리지 않았지만 그는 일단 확인해 보기로 했다. 그렇게 복도를 따라 내려가는데 이번에는 분명하게 삐걱이는 소리가 들려왔다. 그는 즉시 걸음을 멈추고 손을 내밀었다. 에이단이 그의 단검을 쥐여 주자 고개를 끄덕여 보인 에이브히어는 계속해서 앞으로 나아갔다. 다음 복도로 꺾어지는 모퉁이에 이르렀을 때, 그는 당장이라도 검을 휘두를 태세를 갖춘 채 뛰어 나갔고…… 브란웬과 정면으로 맞닥뜨렸다.

"맙소사! 너 대체 여기서 뭘 하고 있는 거야?"

그가 가까스로 검을 낮춘 덕분에 브란웬은 검에 꿰이는 신세를 모면할 수 있었다.

"이지를 찾고 있었지. 그런데 에이브히어……."

하지만 에이브히어는 그녀가 말을 맺을 때까지 기다리지 않고 곧장 이지의 방을 향해 계단을 달려 내려갔다. 그녀의 방에 이르러서도 밀어붙이듯 문을 열고 안으로 들어갔다.

이지는 보이지 않았지만 그녀의 무기는 거기 남아 있었다. 그러나 볼일 보러 갈 때도 무기를 몸에서 떼지 않는 게 이지였다. 에이브히어는 갑자기 그 우라질 개자식—막센은 아직도 근위대 전투견들과 함께 있었다—의 진정한 값어치를 깨닫게 되었다. 막센이 있었더라면 이지에게 그 어떤 위험이 닥쳤더라도 녀석이 모두를 깨우는 게 먼저였을 것이다.

에이브히어는 공기의 냄새를 맡아 보았다. 이지의 냄새와 브란웬의 냄새 그리고…….

"에이브히어?"

"모래 식충이들이야. 놈들이 여기 있었어."

그는 몸을 돌리고 에이단을 지나쳐 걸어가며 말했다.

"다들 깨워라. 당장."

에이브히어의 생각이 맞았다. 크람네신드 교단은 하수도 안에 있었던 것이다. 다만 오물로 뒤덮인 수로에 살고 있지는 않았다. 그들은 멀리 도시의 중심까지 파고드는 수로의 곧장 바깥쪽에 방들을 만들어 놓았다.

그러나 이지는 그들이 대체 자신에게 원하는 바가 무엇인지 여전히 알지 못했고, 죽이지 않고 굳이 납치해 온 이유도 알 수 없었다. 그녀는 등 뒤로 손목이 묶인 채 어떤 방으로 끌려갔다. 그리고 뒤에서 떠미는 손에 앞으로 고꾸라지고 말았다.

이지는 그 즉시 광신도들을 알아보았다. 그곳에는 드래곤도 있고 인간도 있었으며 둘 다 아닌 자들도 있었다. 일부는 데저트 랜더였지만 확실히 다른 영역에서 온 자들도 있었다. 하지만 자신들의 신에게 최고의 헌신을 바치는 광신도로서 그들을 구별되게 해 주는 점은 틀림없이 전에는 눈이 있었을 자리에 피와 흙의 상징을 아로새기고 마녀의 로브를 입고 있다는 사실이었다. 손에 주술용 막대기나 지팡이를 들고 있는 자들도 보였다.

아직도 눈이 멀쩡한 자들은 개종자들일 거라고 이지는 추측했다. 광신도들과 마찬가지로 그들도 광범한 영역에서 모여든 다양한 종족들이었다. 그들 중 일부는 무릎을 꿇은 채 기도를 올리는 중이었고, 다른 이들은 경계를 서고 있었다.

하지만 이지로서는 그들이 그러는 이유를 알 수 없었다. 자신에게 그다지 주의를 기울이고 있지도 않았기 때문이다.

"그래, 나한테 원하는 게 뭐지?"

이지는 막연하게 방 안에 대고 물었다.

"이건 누구냐?"

그때 뒤에서 목소리가 들려왔고, 그녀는 목소리를 향해 몸을 돌렸다.

"바테리아."

이지는 경멸을 담은 웃음을 지었다.

"이건 누구냐고 내가 묻었지 않느냐?"

그녀를 무시한 채 바테리아가 쏘아붙였다.

"당신이 원한 인간이죠. 탈라이스의 딸 말입니다."

바테리아는 발톱을 들어 관자놀이를 문지르며 과장되게 한숨을 내쉬었다.

"난 그녀가 열여섯 살이라고 말했다. 네 눈엔 저 계집이 열여섯 살로 보이느냐?"

"당신은 탈라이스의 딸이라고 말했고, 이 여자가 탈라이스의 딸입니다."

이지를 잡아 온 드래곤이 고집스럽게 말했다.

"언니 쪽이잖아, 이 멍청한 놈아. 내가 온통 바보 천치들에게 둘러싸여 있구나!"

바테리아는 허공으로 팔을 떨치고는 이지를 가리켜 보였다.

"이 계집년에겐 아무 힘도 없어. 힘이 있는 건 동생이지. 내가 원하는 것도 그 애란 말이다."

"뭐, 그쪽은 여기 없었으니까요. 그럼 이건 어쩔까요?"

"죽여라."

바테리아는 그렇게 말하고 몸을 돌렸지만, 걸음을 떼려다 말고 다시 돌아섰다.

"잠깐, 기다려 봐."

"아직 시작도 안 했는데, 뭘."

이지가 빈정거리듯 말하자 바테리아가 쏘아붙였다.

"닥쳐라, 인간."

그녀는 이지를 천천히 훑어보았다.

"그래, 힘은 네 동생에게 있지. 그것도 막강한 힘이. 그리고 그 애는 네 고통을 느낄 수 있을 거야. 네가 고통 받고 있다는 것도 감지하겠지. 그럼 널 보호하기 위해 여기로 올 테고."

이지 뒤에 서 있던 모래 드래곤이 깊은 한숨을 내쉬었다.

"이것도 고문하실 작정이군요."

이지는 피식 웃었다.

"꽤나 지루하신가 보지."

바테리아의 눈이 가늘어졌다.

"넌 나를 두려워하지 않구나, 인간?"

"난 네가 무슨 짓을 할 수 있는지 이미 알고 있으니까. 그걸 얼마나 좋아하는지도 알기. 필요하다면 네 기죽한데도 그릴 수 있을 정도잖아."

바테리아가 몸을 기울이고 그녀를 더 꼼꼼히 뜯어보았다.

"네 얼굴이 낯설지가 않구나."

이지는 코웃음을 쳤다.

"그럴 테지. 내 여왕님이 네 연인을 죽였을 때 나도 그 자리에 있었으니까. 네가 그분을 막지 못하는 것도 똑똑히 봤고."

바테리아가 등줄기를 꼿꼿이 세우더니 분노가 담긴 눈으로 그녀를 노려보았다.

"그래, 기억난다. 오거들과 싸우면서 내 신경을 흩트려 놓았던 계집이로구나, 앤널의 쪼그만 애완 창녀."

"제대로 먹혔잖아, 안 그래?"

"좋은 애길 해 줬다."

바테리아가 휙 몸을 돌리자 그녀의 꼬리가 허공을 휘저었고 이지의 옆얼굴을 정통으로 쳤다. 이지는 피가 터져 턱을 타고 가슴으로 흘러내리는 걸 느꼈지만 끝내 쓰러지지는 않았다. 그러고 싶지 않았기 때문이다.

바테리아가 어깨 너머로 그녀를 돌아보더니 놀람으로 눈이 커졌다.

"이런, 이런, 강한 계집이로구나."

이지는 씨익 웃음 지었다.

"네가 상상도 할 수 없을 정도지."

에이브히어는 하수도를 향해 나아가는 인간들이 이끄는 대로 조용히 따라가고 있었다. 이지의 일족은 그녀가 사라졌다는 소식을 듣자마자 번개처럼 움직였고, 세푸 수비군을 호출한 동시에 자체적으로도 전투태세를 갖추었다. 마스키니가 그날 저녁 풀어 놓은 정찰병들에게서 정보를 취합한 그들은 이제 이지를 추적하고 있었다.

에이브히어는 그 이상 생각이 흐르지 않도록 멈추었다. 이지에게 일어났을지도 모르는 일 같은 건 생각하지 않도록. 그는 이지가 무사할 거라고 믿어야만 했다. 그럴 필요가 있었다.

미루나크 동료들이 그와 함께 있었다. 그들은 서로 어느 정도

간격을 두고 나아갔지만, 가장 중요한 의미에서 그와 함께 있었다. 그가 언제까지나 미루나크일 것과 마찬가지로 그들은 언제나 그와 함께할 터였다. 그런 사실을 떠올리는 것만으로도 에이브히어는 지금의 상황에 집중할 수 있었다. 이지를 되찾기 위해 홀로 싸우지 않아도 된다는 의미였기 때문이다.

"그런데 말이야, 넌 지금 잘못된 방향으로 가고 있는 걸 수도 있어."

갑자기 들려온 소리에 에이브히어는 천천히 걸음을 늦추었고 이내 멈춰 섰다. 그리고 목소리의 주인을 돌아보았다. 남자였다. 남자 인간의 모습을 드래곤. 하지만 모래 드래곤은 아니었다. 사우스랜더도 아니었다. 아니, 사실 에이브히어는 그자가 어떤 종류의 드래곤인지 알 수 없었다. 그에게서 어떤 종의 냄새도 나지 않는 동시에 모든 종의 냄새가 나기도 했기 때문이다.

하지만 이건 말이 안 되잖아.

"그래?"

에이브히어는 물었다.

"흐음, 그냥 내 생각이지만."

"우리가 아는 사이던가?"

"내가 알기론 아닌데."

"에이브히어, 너 괜찮아?"

에이단이 그에게 다가오며 물었다.

"그래, 괜찮아."

에이브히어는 친구에게 그렇게 대답하고 다시 낯선 드래곤을 돌아보았다.

"그러니까 넌 내가 잘못된 방향으로 가고 있다고 생각한단 말이지?"

"그냥 생각일 뿐이야."

"그래, 그렇게 말했지."

"에이브히어, 너……."

에이브히어는 머리를 흔들어 에이단의 말을 막은 뒤, 낯선 드래곤에게 계속해서 물었다.

"그럼 옳은 방향은 어딘데?"

"에이브히어!"

"왜?"

그는 그제야 친구를 돌아보았다.

에이단이 어깨를 살짝 추썩였다. 이제는 캐스윈과 우서까지 그의 뒤에 서서 염려스럽다는 얼굴로 쳐다보고 있었다.

"너 지금 누구랑 얘기하고 있는 거야?"

"무슨 소리야, 내가 누구랑 얘기하고 있……."

에이브히어는 눈을 깜빡이며 동료들을 보았다. 다들 그가 정신이 나가기라도 했다는 듯 바라보고 있었던 것이다.

설마…… 이 드래곤이 안 보이는 건가?

그는 낯선 드래곤을 향해 정면으로 서서 그를 응시하며 침착한 목소리로 물었다.

"이지는 어디 있습니까?"

"다들 널 언제나 과소평가하지, 안 그러냐? 덩치만 크다 뿐 물렁하기 짝이 없는 상냥한 에이브히어. 다들 네가 영원히 그런 아이일 거라고 생각해."

"어디 있습니까?"

"하지만 이지는, 내 꼬마 이지는 언제나 널 굳게 믿었지. 네가 그 애의 마음에 큰 상처를 줬을 때도 말이다. 심지어 네가 만사를 그 애 탓으로 돌리고 있는데도 그랬지. 대답해 봐라, 블루 드래곤 꼬마야. 이지의 시체를 찾으면 그때는 죄책감을 느낄 테냐?"

에이브히어는 절대적인 공포라 할 만한 감정이 솟구치는 걸 느끼며 애써 그것을 눌러 삼켰다.

"지금 당신이 그녀를 보호해 주지 않을 거란 얘길 하고 있는 겁니까? 당신에게 그녀를 위한 계획 같은 건 없다고?"

"그렇게 생각하고 있었던 거냐? 내가 그 애를 보호해 줄 거라고? 도대체가 네겐 나의 이지에 대한 믿음이란 게 없느냐?"

"이지는 당신의 뭣도 아닙니다. 애초에 당신의 것이었던 석노 없죠. 그녀는 누구의 소유물도 아닙니다."

"글쎄다. 하지만 그렇다면…… 내가 왜 그 앨 도와야 하지?"

뤼데르크 하일이 킬킬거리며 몸을 돌렸다. 마음이 급해진 에이브히어는 소리쳐 물었다.

"당신의 소중한 바테리아는 어떻습니까?"

"그 애가 뭘?"

신이 그대로 걸음을 옮기며 되물었다. 기다란 머리칼이 그의 걸음을 따라 모래로 뒤덮인 바닥을 쓸었다.

"당신은 여전히 내가 그 여자를 찾아 주기를 바라는 거 아닙니까? 놀웬 마녀들의 말대로라면 그 여자를 '구해 주기'를 바라는 거겠죠."

신이 걸음을 멈추었다. 하지만 굳이 그를 돌아보지도 않은 채 물었다.

"네 가엾은 이지는 어쩌고?"

"이지는 제 앞가림을 할 줄 압니다."

"너 대체 무슨 소릴 하고 있는 거야?"

에이단이 쏘아붙였지만 에이브히어는 손을 쳐들어 다시 친구의 말을 막았다.

"당신에겐 아직도 내가 필요하죠, 아닙니까?"

"처음으로 돌아가 봐라."

신이 수수께끼 같은 말을 던졌다.

"지금 무슨 일이 벌어지고 있는 거야?"

에이단이 다시금 물었다.

그때 브란웬이 두 팔을 펼친 채 그들에게 달려왔다.

"어이, 거기들! 무슨 일이야?"

에이브히어는 사촌 동생을 돌아보았다.

"넌 근위대와 함께 수로로 가라."

"오빠 뭘 하려고?"

"그냥 내 말대로 해, 브란웬. 가서 그들을 보호해 줘. 수로에 모래 드래곤들이 잔뜩 있을 거야. 당장 가."

브란웬이 좌절감이 담긴 으르렁거림을 내뱉더니 몸을 휙 돌리고 인간들을 향해 도로 달려갔다.

"그럼 우린 뭘 할 건데?"

에이단이 물었다.

에이브히어는 신이 멀어져 간 방향을 바라보았다.

"우리가 해야 할 일을 하는 거지."

"그게 뭔데?"

"바테리아 그 계집을 구하는 일."

"하지만 이지는……."

"우리 문제가 아니다. 난 놀웬들과 약속을 했어."

캐스윈이 그를 빤히 쳐다보았다.

"너 농담하냐?"

"아니."

우서가 한 걸음 다가섰다.

"그러니까 넌 우리가 이지를 찾는 대신 바테리아를 구하길 바란다고?"

"난 미루나크야. 그리고 약속을……."

"신들이여, 맙소사! 그만 좀 닥쳐라!"

우서가 고함쳤다.

"잠깐, 잠깐."

에이단이 그들 사이로 끼어들어 에이브히어를 찬찬히 뜯어보다가 물었다.

"너 진심으로 하는 말이야?"

"그래, 진심이야."

에이단은 한숨을 내쉬고 말했다.

"그럼 가자."

"야, 하지만……."

"말은 그만하고 이제 움직여!"

에이단이 동료들에게 으르렁거렸다. 그리고 다시 에이브히어를 돌아보며 고개를 끄덕였다.

"우린 너와 함께 간다, 에이브히어. 죽어도 미루나크니까."

"이런, 가엾은 것. 너 피를 흘리고 있구나. 꽤나 아프겠어."

이지는 웃음을 터트렸다. 참을 수가 없었던 것이다. 바테리아도 그녀와 함께 웃기 시작했지만, 이지는 그 안에 웃음기라고는 한 점도 담기지 않았다는 것을 알았다.

"뭐가 그렇게 재밌지?"

바테리아가 물었다.

"지금 이 상황이 얼마나 이상한지 생각하고 있었어."

"뭐가 이상하단 거지?"

이지는 살짝 몸을 숙였다.

"난 널 구하기로 되어 있었거든."

"날 구해? 날 어디서 구해?"

"정신 나간 광신도들한테서. 저자들 맞지?"

이지는 눈이 없는 자들을 흘끗 건너다보았다.

"이 아가씨야, 네가 왜 날 저들로부터 구해야 한다는 거지?"

바테리아가 그녀 주위로 천천히 걷기 시작했다.

"그래, 나도 인정해. 이건 내가 언제나 하던 방식이 아니야. 나야 내 고향에서 하던 식으로 하고 싶지. 하지만 이건…… 이 일이 날 집으로 돌아가게 해 줄 거야. 저자들은 내 군대가 될 테고. 그리고 일단 내가 퀸틸리안으로 돌아가 정당한 내 권리를 되찾고 나면, 그다음은 네 미친 여왕을 잡으러 갈 것이다. 그럼 그 계집도 고통이 뭔지 알게 되겠지."

"그분은 이미 죽은 적도 있어. 죽었다가 살아나신 거라고. 그리고 많은 사제들이 '불경한 것들'이라고 불렀던 아이들을 낳으셨지. 그 아이들을 살리셨을 뿐 아니라 지키고 계시단 말이야. 그러니까 네가 그분을 겁먹게 할 수 있을 거란 생각 같은 건 하지도 말라고."

"너야말로 날 겁먹게 하지는 못해."

"이미 했는데, 뭘. 너도 내 말이 맞다는 걸 알잖아."

"아니, 넌 그러지 못했다."

"그럼 내가 틀렸다는 걸 증명해 봐. 나가 보라고."

이지는 도발하듯 말했다.

"뭐?"

"떠나 봐. 여기서 나가 보라고. 나야 어디로 도망갈 수 있는 것도 아니잖아."

"네 수작이 통하리라고 믿는 게냐? 내 마음을 흔들어서……."

"넌 포로야. 다만 아주 편안한 감방에 갇힌 포로일 뿐이지. 아니면 도살하기 위해 살찌우고 있는 암소인가?"

바테리아가 결심한 듯 몸을 돌리고 방의 출입구를 향해 걸음을 옮겼다. 그러나 드래곤 하나가 그녀 앞을 가로막고 나섰다. 바테리아는 그자를 피해 계속 나아가려 했지만 또 다른 드래곤이 그녀의 길을 막았다.

"비켜라."

그녀가 명령했다.

이지는 코웃음을 쳤다.

"왜, 넌 여기가 편안하다면서."

"닥쳐!"

바테리아가 쿵쾅거리며 방의 중앙으로 다시 돌아왔다.

"너희가 날 여기 잡아 둘 수는 없어. 난 크람네신드의 선택된 자란 말이다."

"그런가? 흠……."

이지는 입술을 오므렸다.

"그게 무슨 뜻이냐?"

"크람네신드가 왜 널 자신의 선택된 자로 만들었는지 알 것 같다는 뜻이지. 네가 그에게 진정한 충성을 바치고 있는 것도 아닌데 말이야. 저자들을 봐, 바테리아. 그를 위해 기꺼이 자기 눈을 포기했잖아. 겸손하게 무릎 꿇고서 기도를 올리는 자들도 있네. 저들 모두가 그의 가호를 얻기 위해 자기 가족과 친구들을 포기했다고. 하지만 넌 어때? 넌 군대를 원하지. 그것도 애초에 네게 아무 권리도 없었던 땅을 되찾기 위해서 말이야. 그래그래, 잘도 그렇겠다. 너야말로 선택된 자가 될 자격이 충분하겠어."

"그런 수작은 안 통한다."

"알았어, 그런 수작은 안 통하는군."

"저들은 그저 나의 안전을 위해 날 여기서 못 나가게 하는 것뿐이야."

"알았어, 너의 안전을 위해서야."

"대체 그것 말고 다른 어떤 이유가 있을 수 있다는 거냐?"

이지를 어깨를 추썩였다.

"뭐, 적어도 처녀 공양을 위한 제물이 아니라는 것만큼은 분명하겠지."

"못된 것."

"아니면 네 배를 갈라서 속을 깨끗하게 비운 다음에 누군가 혹은 뭔가로 채워 넣을 계획인지도 모르지. 내 어머니에게 일어났던 것과 같은 종류의 일 말이야."

"도대체 날 뭘로 채운다는 거지?"

"저 벽 뒤에 있는 걸로."

바테리아가 어깨 너머로 시선을 던졌다.

"저 벽 뒤엔 아무것도 없어. 그저…… 하수도뿐이지."

"알았어, 저 벽 뒤엔 아무것도 없군."

"그런 식으로 말하는 거 그만두지 못해!"

"난 그냥 네게 동의를 표하는 것뿐이잖아."

"글쎄, 그만해!"

바테리아는 엉덩이를 깔고 주저앉아 팔짱을 끼었다. 하지만 이내 벽을 가리키며 드래곤들에게 명령했다.

"열어라."

"레이디 바테리아……."

"시키는 대로 해! 저 벽 뒤에 뭐가 있는지 봐야겠다!"

드래곤들 중 하나가 광신도들을 쳐다보더니 고개를 끄덕였다. 명령을 받은 광신도는 지팡이를 들어 올렸고, 천천히 돌벽이 갈라지기 시작했다. 그리고…….

바테리아가 억눌린 비명을 지르며 허둥지둥 물러났다.

이지는 자기 옆에 서 있는 드래곤에게 몸을 기울이며 물었다.

"저것들이 다…… 촉수 맞나?"

모래 드래곤이 그녀를 돌아보았다. 그리고 미소를 지었다.

41

"네 생각 확실한 거야?"

에이단이 물었다. 미루나크들은 계단 아래 서서 전날 에이브히어가 찢어발기듯 쓸어 버렸지만 내충 수리해서 다시 달아 놓은 문을 쳐다보고 있었다.

"확실해."

"나도 확실했으면 좋겠다. 지금은 고통 받고 싶은 기분이 아니거든. 그게 널 위해서라 해도 말이야."

"안으로 들어가면 뭘 어떡할 건데?"

캐스원이 물었다.

"그건 나도 몰라. 일단 들어가서 알아봐야지."

우라질 놈의 신들, 하지만 에이브히어는 이런 생각을 하고 있었다. 우라질 놈의 신들이 벌이는 그 온갖 헛짓거리들이란! 에이브히어는 그들 모두를 싫어했다. 특히 저 지랄 맞은 뤼데르크 하일을 가장 증오했다.

"그가 조금 멍청이같이 굴 때가 있다는 건 나도 알아."

에이브히어는 한숨을 내쉬고 옆을 돌아보았다. 여자가 거기 서 있었다. 구릿빛 피부에 룬문자로 뒤덮인 팔, 키가 크고 강해 보이는 인상의 여자였다. 하지만 그녀는 필멸의 존재가 아니었다. 에이브히어는 그녀의 목에 난 치명적인 상처를 보고 알 수 있었다. 목이 길게 베어져 열려 있음에도 불구하고 그녀는 여전히 숨을 쉬고 있었고 강건해 보이기도 했다. 오히려 막강한 힘이 느껴졌다.

"하지만 정말로 그의 잘못은 아니란다. 그에게는 생각할 게 많거든. 나야 물론 초점이 아주 분명하지. 언제나 그래. 하지만 그는 너무나 많은 일에 관여하고 있어서 말이야. 게다가 영겁 같은 세월 동안 그에게 조금도 감사할 줄 모르는 자들을 다루다 보니, 그저 좀⋯⋯."

"지랄 맞게 변한 거라고?"

"난 짜증이 난 것뿐이라고 말하려 했는데. 그리고 너도 별로 나을 건 없잖아."

"이봐요, 난 이럴 시간이 없⋯⋯."

"당신 대체 어디서 갑자기 튀어나온 거요?"

에이단이 물었다.

그 순간 에이브히어는 친구들도 그녀를 볼 수 있다는 사실을 깨달았다. 그것은 자신이 정말로 정신이 나가지 않았다는 뜻이기도 했기 때문에 적잖이 안심이 되었다.

"난 피와 죽음과 질 좋은 무기들로부터 왔지. 전투가 내 육신을 만들고 전쟁이 내 영혼을 만든단다."

우서가 살짝 몸을 기울이며 물었다.

"어…… 당신 괜찮은가요? 그게…… 음…… 당신 목에 상처가 좀 난 거 같은데?"

그녀가 웃음을 터트렸다.

"그래, 상처가 좀 났지. 걱정할 건 없다. 상처는 나을 테니까."

에이브히어는 궁금함을 참지 못해 물었다.

"이 녀석들이 어떻게 당신을 볼 수……?"

"전사로서 너희 모두는 이 삶이 끝나면 내게 오게 되어 있으니니까. 미루나크 전부가 그렇지. 그래서 너희가 날 볼 수 있게 해준 거란다."

에이단이 가쁜 숨을 들이켰다.

"당신은 에이리안엔시고요, 전쟁과 죽음의 여신. 난 당신이 드래곤인 줄 알았는데요. ……하지만 지금 보니 아닌 것 같군요."

"그래, 아니란다."

"우리에게 뭘 원하시죠?"

에이브히어는 자기 목소리에서 묻어나는 짜증을 감출 수가 없었다.

"내 짝은 가끔씩 이 세상에 균형이 필요하다는 사실을 잊곤 하지. 그게 없다면 난 존재하지도 않을 텐데 말이야. 하지만 크람네신드는 균형을 원하지 않아. 너도 이미 알고 있겠지만 그는 온 세상을 자기 발아래 엎드리게 만들고 싶어 하니까. 그에게 균형이란 쓸데없는 것이지."

"그는 당신에게 전쟁과 죽음을 가져다줄 텐데요."

"잠깐뿐이겠지. 수십 년쯤, 어쩌면 한두 세기는 될지도 몰라. 하지만 나에게 몇 세기 정도는 짧은 하루 중에도 몇 초에 불과한 시간이란다. 그러니까 블루 드래곤 에이브히어, 난 네가 곧 일어나려고 하는 일을 막아 줬으면 좋겠구나. 이미 시작된 일이기도 하지."

"바테리아를 구하라는 말씀이군요."

"맞아. 왜냐하면 말이다, 그녀가 여기 이 거대한 힘의 근원지에서 크람네신드의 추종자들 손에 죽임을 당하게 된다면…… 진정한 암흑의 시대가 도래할 것이기 때문이란다. 그녀의 영혼은 무저갱과도 같은 증오로 가득 차 있지. 저들이 그녀에게 하려는 일이 실제로 일어나서 그녀를 바꿔 놓는다면, 너희 중 누구도 살아남을 수 없을 거야. 인간도, 드래곤도, 너의 이지조차도. 바테리아는 지금 여기서 죽으면 절대로 안 돼. 그녀가 여기서 죽으면 뭔가 다른 존재로 되살아나게 될 테니까. 그러고 나면 온갖 세상의 온갖 신들도 너희를 돕진 못할 게다."

"내가 그걸 어떻게 막죠?"

"네가 가장 잘하는 일을 하렴. 미루나크는 내 최고의 창조물이란다. 수천 년 전 너희 선조들에게 그런 개념을 심어 준 이래로 내내 그랬지."

"우린 아직 마녀들조차 통과하지 못했는데요."

"얘기는 에이단에게 맡겨라."

그녀가 에이브히어의 발치에 말도 안 되게 거대한 워해머를 던졌고, 대리석 계단에 부딪친 강철 무기의 울림이 조용히 잠든 도시에 울려 퍼졌다.

"깨부수는 건 네가 하고."

그녀는 그렇게 말하고 몸을 돌렸다.

"너희 모두의 무훈을 빈다."

에이브히어는 워해머를 집어 들었다. 그것은 그에게조차 감당하기 힘들 만큼 무거웠지만, 어쨌든 그는 어깨에 올려놓았다.

"야, 에이브히어. 나도 슬슬 네가 집에 잘 돌아가지 않는 이유를 알게 된 거 같아."

놀웬 사원을 향해 계단을 올라가면서 에이단이 말했다.

"내 말이⋯⋯."

바테리아는 도망치려고 몸을 들렸다. 하지만 촉수 하나가 쑥 뻗어 와 그녀의 다리를 감자 앞으로 고꾸라지고 말았다. 그녀는 돌바닥에 발톱을 박아 넣었지만 뒤로 당기는 힘에 그대로 주욱 미끄러졌다. 촉수가 감긴 다리에서 지글지글 타는 소리와 함께 연기가 피어올랐다. 그 소리와 비늘이 타는 냄새는 이지를 절로 몸서리치게 만들었다.

광신도들이 앞으로 나아가며 한목소리로 자신들의 신을 부르고 주문을 외기 시작했다. 이지는 슬쩍 뒤로 물러났다. 그리고 그들의 주의가 바테리아에게 집중되어 있는 동안, 그녀가 자발적으로 한 적은 딱 한 번뿐인 일을 시도했다. 그 한 번도 사실, 그녀와 브란웬이 잔뜩 취해 있을 때 그녀의 부하들 앞에서 브란웬의 도발에 의해 하게 된 것이었다.

즉, 이지는 이를 악다물고 양어깨를 탈골시켰다. 전투 중에 한번 부러진 뒤로 비교적 수월해진 일이었지만, 그렇다고 고통까지 덜해진 건 아니었다. 그녀는 고통의 비명이 터지려는 것을 눌러 삼키고, 양팔을 아래로 내려 묶인 손목을 뛰어넘은 다음, 팔을 들어 올렸다. 고통을 다스리기 힘들어 헐떡이지 않을 수 없었다.

누구의 이목도 끌지 않도록 주변을 살피면서 뒤쪽의 벽을 향해 더 물러난 그녀는 벽을 마주하고 섰다. 그리고 숨을 깊이 들이마신 후, 한쪽 어깨를 벽에 들이박았다. 숨을 돌릴 새도 없이 나머지 한쪽도 벽에 들이박은 그녀는 양어깨를 제자리로 맞췄다.

"이 짓은 진짜 그만둬야겠어."

그녀는 입안으로 중얼거리며 벽에서 몸을 돌렸다. 모래 드래곤 중 하나가 코앞에 서 있었다. 그자는 한마디 말도 없이 검을 들어 내리쳤다. 이지는 앞으로 굴러 그자의 검을 피하고, 일어서는 동시에 묶인 팔을 쳐들었다. 고맙게도 상대의 검이 팔의 결박을 끊어 주었다. 그녀의 손바닥에는 가벼운 생채기만 남았다.

결박을 떨쳐 버린 이지가 똑바로 몸을 세운 순간, 드래곤의 꼬리가 얼굴을 향해 날아왔다. 그녀는 그 꼬리를 붙잡았고, 드래곤이 그녀를 매단 채로 꼬리를 들어 올렸다. 이지가 오래전에 알게 된 것이 있었다. 드래곤들은 꼬리에 뭔가가 걸리면 일단 들어 올리고 본다는 사실이었다. 그녀는 꼬리를 타고 드래곤의 등에 내려앉았다. 드래곤이 그녀를 떨쳐 버리려고 몸을 흔들었지만 그녀는 상대의 갈기를 단단히 붙잡고 놓지 않았다. 드래곤이 몸을 이리저리 돌리며 꼬리로 그녀를 노렸다. 그녀는 그때마다 몸을 숙여 꼬리를 피했고, 그러면서도 갈기를 잡은 손의 힘은 절대로 늦추지 않았다.

번번이 이지를 놓치자 분이 치밀었는지 드래곤이 그녀를 베어 버리려고 검을 휘두르기 시작했다. 검이 세 번째로 휘둘러졌을 때, 이지는 거의 다리를 베려는 순간까지 기다렸다가 옆으로 훌쩍 뛰어올랐고 한 발로 검날을 밟아 드래곤의 목에 쑤셔 박았다.

드래곤이 분노의 포효를 내르며 검을 놓고 다시 꼬리를 휘둘러 그녀를 떨쳐 버리려 했다. 틀림없이 그녀가 검을 들어 올리지 못하리라 생각한 모양이었다. 하지만 이지는 소녀 시절 에이브히어의 방에서 그의 검을 훔쳐 냈던 밤 이래로 드래곤의 검을 장난감처럼 갖고 놀곤 했다. 그녀는 가죽이 감긴 검자루를 단단히 쥐고 엄청나게 무거운 그 무기를 들어 휘둘렀다. 날카로운 칼날이 드래곤의 꼬리 끝을 깔끔하게 잘라 냈다. 이지는 더 이상 필요 없게 된 검을 던져 버리고 잘려 나간 꼬리가 바닥으로 떨어지기 전에 낚아챘다. 그것을 단단히 쥔 채 드래곤의 등을 타고 달리기 시작했다. 드래곤이 고통의 비명을 지르거나 말거나 그녀는 끝이 잘린 그의 꼬리가 사방으로 피를 뿜으며 휘둘러지는 것을 피해 그의 목덜미에 이르렀다.

이지는 그대로 주저앉아 다리를 그자의 어깨에 걸치고 몸을 숙여 비늘을 헤집어 잡으려다가, 모래 드래곤의 비늘이 여타 드래곤들의 비늘과는 다르다는 사실을 뒤늦게 떠올렸다.

스스로의 어리석음에 저주를 퍼부으며 허둥지둥 뒤로 물러난 그녀는 피를 뿜으면서도 그녀를 잡으려 애쓰는 드래곤의 꼬리를 차 버리고 일어나 그자의 머리 꼭대기까지 곧장 달려갔다. 거기서 다시 무릎을 꿇고 주저앉아 드래곤의 머리 위로 잘린 꼬리 끝을 들어 올린 다음, 상대의 한쪽 눈에 힘껏 내리꽂았다.

드래곤이 다시 고통의 비명을 터트렸고, 그자의 코와 입에서 모래가 폭발하듯 쏟아져 나왔다. 드래곤이 힘없이 무너져 내리며 두 팔을 허공에 휘저었다.

그 서슬에 이지는 꼬리 끝을 놓치고 뒤로 날아가 드래곤의 척추를 따라 굴러 내려갔다. 머리부터 부딪쳐 바닥에 떨어지는 순간 그녀의 시야가 캄캄해졌다.

딸과 입씨름 벌이는 게 지겨워진 엘리사는 쿵쾅거리며 자리를 벗어났다. 그러나 할데인이 그녀를 내버려 두지 않았다. 딸은 여전히 뭔가를 주절대고 그녀를 따라왔다. 솔직히, 딸을 뭔가 미끄덩거리는 생물로 둔갑시켜 버리고 싶은 생각이 엘리사의 머릿속에 스치기는 했다. 하지만 그녀는 그 충동과 싸워 냈다. 그런 짓은 아주 안 좋은 선례를 남기게 될 것이기 때문이었다.

대신에 엘리사는 걸음을 멈추고 휙 몸을 돌려 딸에게 고함을 질렀다.

"그 주둥아리 좀 닥쳐라, 할데인!"

"그런 일은 절대로 안 해요!"

"엘리사 장로님!"

그때 그녀를 찾는 소리가 들려왔고 엘리사는 한숨을 내쉬며 돌아섰다.

"무슨 일이지, 아킬라?"

"드래곤들이 돌아왔습니다."

"내일 다시 오라고 해라. 난 지금 그럴 시간이……."

"그자들이 대전 바닥을 뜯어내고 있습니다!"

엘리사는 아킬라를 똑바로 쳐다보았다.

"그놈들이 뭘 해?"

에이브히어는 워해머를 들어 올려 두꺼운 대리석 바닥을 내리치고 또 내리쳤다. 그의 동료들이 그가 워해머를 내리칠 때마다 부서져 나온 파편들을 한쪽으로 치웠다.

"너희가 지금 여기서 무슨 짓거리들을 벌이고 있는 게야?"

엘리사가 그들에게 고함쳤다.

미루나크들은 가능한 한 빠른 속도로 일을 진행시키기 위해 모두 드래곤의 본체를 하고 있었다.

"에이브히어는 당신이 그에게 요청한 일을 하고 있는 겁니다."

에이단이 침착하게 설명했다.

"그게 무슨 소리야?"

"바테리아를 구하고 있다는 말이죠."

"우리 신전 바닥을 깨부수면서? 저 녀석이 미친 게냐? 너는 제정신이고?"

에이단은 한숨을 내쉬었다.

"차라리 저 녀석이 미친 거면 좋겠군요. 하지만 확실한 건 우리가 여기서 당신들에게 해를 끼치고 있지 않다는 사실입니다. 당신도 우리가 이렇게 하길 바랄 거라고 장담할 수 있고요."

에이브히어가 다시 한 번 워해머를 내리치자 대리석 덩어리가 날아갔다. 캐스윈이 흩어진 파편들을 긁어내더니 말했다.

"에이브히어, 그만 파도 되겠는데. 통로를 찾은 것 같아."

"통로라니? 어디로 가는 통로를 말하는 거지?"

엘리사가 물었다.

"크람네신드 교단의 은거지로 가는 통로죠."

에이단이 대답했다.

"내가 이미 말했지 않느냐, 이 멍청한 놈아. 그들은 사막에 있단 말이다."

"아니요, 그자들은 여기 있습니다."

"네가 그걸 어떻게 알지?"

에이브히어가 엘리사를 내려다보며 대답했다.

"에이리안웬이 말해 줬으니까요."

마녀들이 멍한 얼굴로 그를 쳐다보자 그는 한마디 더했다.

"더 할 말이 있습니까?"

"그러니까 네 말은 그자들이 그동안 내내 우리 발아래 있었다는 거냐?"

"당신들의 힘을 빨아들여 자기들을 더 강하게 만들고 있었죠."

에이단이 설명했다.

에이브히어는 할데인에게 시선을 던지며 말했다.

"하지만 이 점은 기억해 둬라, 마녀. 네가 한 짓거리들 때문에 이지가 죽기라도 한다면 난 너에게 책임을 물을 거다."

그리고 엘리사에게 고개를 숙여 보였다.

"당신네 마녀들을 이리로 불러 오세요. 그리고 우리 이외에 다른 누군가 여기서 나온다면…… 그냥 죽으면 됩니다."

에이브히어는 동료들이 파내고 있는 구멍으로 다가갔다.

"비켜라."

그가 명령하자 동료들이 물러섰다.

에이브히어는 날개를 활짝 펴고 공중으로 날아올라 천장에 이르렀다. 그리고 거기서 몸을 뒤집어 바닥을 향해 내리꽂히듯 쏘아졌다. 구멍이 가까워지자 그는 화염을 내뿜었고 그 아래 공동으로 뚫고 들어갔다.

이지는 누군가 어깨를 흔드는 손길에 잠에서 깨어났다.

"언니, 일어나."

시선을 든 그녀는 미소를 지었다.

"라이."

"얼른 일어나라고, 당장."

"조금만 더 잘게."

"제발, 언니!"

"쉬이이이."

이지는 한쪽으로 몸을 굴려 다시 잠 속으로 빠져들려 했지만, 이번에는 누군가 억센 힘으로 그녀의 어깨를 붙잡아 원래 자리로 굴려 놓았다.

"어이, 사촌!"

"탈원?"

"이 여자야, 정신 차리라고!"

탈원이 그녀의 뺨을 후려쳤다. 그것도 세게.

이지는 벌떡 일어나 앉았고, 그 순간 그녀의 머리를 노리고 날아든 검이 바닥을 쳤다. 그녀는 한쪽 눈썹을 치켜세우며 자기 위에 서 있는 광신도를 향해 으르렁거렸다.

"헛방이야."

그리고 주먹을 휘둘러 그 개자식을 때려눕혔다. 즉시 두 발로 선 이지는 바닥에 꽂힌 그자의 검을 잡아챘다. 촉수들을 내뻗고 있는 그것—이지가 보기에 원래는 인간이었던 게 분명했다—이 나락 같은 구멍을 열고 신경질적으로 비명을 지르는 바테리아를 끌어당기며 피와 침과 오물을 바닥에 쏟아내고 있었다.

이지는 욕지기가 솟구쳤지만 달리 선택의 여지가 없었기에 곧장 앞으로 달리기 시작했다. 그리고 드래곤들의 꼬리와 미노타우루스들의 주먹과 켄타우루스들의 발굽을 피해 가며 그녀가 절대적으로 증오하는 계집년을 구하기 위해 팔을 뻗었다.

그녀가 바테리아에게 막 도달하려는 순간, 천장으로부터 흙과 바위가 쏟아져 내렸다. 그리고 그 잠깐 사이 주의가 흐트러지고 말았다. 하필 그녀로서는 절박하기 짝이 없는 순간이었다.

드래곤의 꼬리가 휘둘러져 정통으로 그녀를 쳤고, 이지는 속수무책으로 날아가고 말았다. 그녀는 벽에 부딪칠 충격에 대비했지만 그녀를 기다린 것은 또 다른 광신도 드래곤이었다.

드래곤이 킁킁거리며 냄새를 맡더니 미소를 띠었다.

"아아아, 이사벨이로군."

그녀를 제 앞의 바닥에 떨군 드래곤이 속삭였다.

"탈라이스의 딸이자 뤼데르크 하일이 총애하는 계집이야."

이지는 기듯이 뒤로 물러나며 몸을 일으키려 애썼다. 하지만 그녀의 힘이 급속도로 빠져나가고 있었다. 그사이 온몸을 이리저리 부딪친 것이 이제야 영향을 끼치는 모양이었다. 이지는 자신이 오래 버티지 못하리라는 걸 깨닫고 두려움을 느꼈다. 어떻게든 여기서 벗어날 길을 찾지 않으면······.

미친 듯이 머리를 굴리던 이지는 언젠가 어머니가 읊조리는 것을 들었던 주문을 떠올렸다. 그녀는 가까스로 몸을 세우고 손을 들어 올렸다.

"내가 당신의 힘을 요청하나니, 읍······."

일단 광신도를 향해 소리 높여 외친 그녀는 한차례 어깨를 추썩인 다음, 그 지랄 맞은 개자식의 이름을 불렀다.

"뤼데르크의 하일이여······."

"네 까짓 게 감히 내게 주문을 걸려고 들어? 여기서 너 따위의 힘이 통할 것 같으냐? 우리들 한가운데서? 우리 신이 함께하시는 이곳에서!"

"아, 뭐······. 어쨌든. 뤼데르크 하일이여, 파괴의 힘을 보여 주소서. 여기 이······ 어, 나쁜 놈들에게!"

또 다른 광신도가 명령했다.

"죽여라, 빈센트! 그 계집에게 진정한 힘이 무엇인지 보여 줘."

드래곤이 주먹을 들고 무언가 주문을 외었다.

이지는 그자의 주먹에서 응축된 힘이 쏘아져 나오는 것을 보았고, 그 힘이 이지를 쳤다.

에이브히어는 마지막 한 방으로 돌과 금속을 뚫고 아래쪽으로 공동으로 떨어져 내렸다. 제일 먼저 그의 시야에 잡힌 것은 오직 이지일 수밖에 없는 여자가 돌바닥을 가로질러 날아가는 광경이었다. 그는 즉시 그녀를 붙잡기 위해 진로를 바꾸었다.

하지만 그 순간 바테리아의 비명이 들려왔고, 자신이 해야 할 일이 떠오르고 말았다.

에이브히어는 이지에게 가고 싶었다. 그녀를 구하고 싶었다. 그녀를 데리고 여기서 벗어나고 싶었다. 하지만 뭔가, 그 자신도 알 수 없는 뭔가가 절대로 그래서는 안 된다고 소리쳤다. 그의 세포 하나하나가, 그의 전 존재가 그 사실을 알고 있었다.

그래서 그는 다시 진로를 바꾸었다. 공중에서 그대로 몸을 틀어 바테리아를 시야에 담고 그녀를 붙들고 있는…… 그게 뭐든 간에 그것을 향해 날아갔다.

오, 맙소사…… 저것들이 다 촉수야?

에이브히어는 혐오감을 떨쳐 버리고 워해머를 들어 올리며 자신의 도움이 필요한 숙적 강철 드래곤을 향해 다가갔다.

브란웬은 거의 일 킬로미터 밖에서부터 비명과 포효와 무기

부딪치는 소리를 들었고, 일이 벌어지고 있는 동굴로 들어갔을 때는 이미 검과 방패를 쓸 준비가 되어 있었다. 그녀가 동굴로 들어간 순간, 동시에 두 가지 장면이 시야에 들어왔다. 우선, 이지가 그녀 옆을 지나 멀리 떨어진 벽으로 날려 가고 있었다. 다른 하나는 에이브히어가 천장을 뚫고 내려와 이지를 향해 날아가는 모습이었다.

하지만 다음 순간, 에이브히어는 허공에서 멈추었다. 그리고 자신이 사랑하는 연인임이 분명한 이지를 구하러 가는 대신에 몸을 돌리고 바테리아와 그 망할 계집을 붙잡고 있는…… 정체를 알 수 없는 뭔가를 향해 날아갔다.

브란웬은 지금 대체 무슨 일이 벌어지고 있는지 짐작도 할 수 없었다. 하지만 빌어먹을 사촌 오빠가 우선순위를 제대로 가늠하지 못했다는 이유로 이지가 저렇게 죽게 내버려 둔다면 자신은 지옥에 떨어지고 말 것이었다.

"이쪽이에요! 서둘러요!"

브란웬은 자신을 따라온 인간들을 소리쳐 불렀다. 그들이 이 상황을 타개하는 데 도움을 줄 수 있을 터였다. 우선 그녀는 이지부터…….

"이지?"

이지는 더 이상 속수무책으로 날아가고 있지 않았다. 오히려 분명한 표적, 그녀가 이미 말해 준 바 있는 광신도들을 향해, 날려 가던 것과 반대 방향으로 걸어가고 있었다. 광신도들은 모두 눈이 없었다. 하지만 그들 중 하나는 여전히 앞이 보이기라도 하는 것처럼 머리를 꼿꼿이 세운 채 이지가 다가오는 방향을 똑바로 쳐다보고 있었다.

"또 너냐? 네가 아직 살아 있어? 그런 일이 어떻게 가능하지?"

"죽여라, 빈센트! 당장 저 계집을 죽여!"

광신도가 양 발톱을 쳐들고 강력한 마법을 펼쳤다. 마법에 관해서라면 쥐뿔도 모르는 브란웰조차도 쉽게 알아볼 수 있는 힘이었다. 마법의 힘이 이지를 정통으로 강타했다.

하지만 이번에는 그녀를 어디로도 날려 버리지 못했다. 이지는 잠시 걸음을 멈추었을 뿐, 머리를 흔들고 확인하듯 목 관절을 한차례 꺾어 본 다음 다시 전진하기 시작했다.

"모두 힘을 모아라! 당장!"

또 다른 광신도가 고함쳤다.

"아니야! 저 계집을 죽이는 게 먼저다!"

그들이 우선순위를 두고 우왕좌왕하는 사이, 이지는 계속해서 앞으로 나아가며 바닥에 뒹구는 드래곤의 단검을 낚아챘다. 드래곤 병사들 중 하나가 그녀에게 달려들었다. 이지는 몸을 숙여 그자의 검을 피한 다음, 드래곤 단검으로 그자의 뒷다리를 그어 힘줄을 끊어 놓았다. 드래곤이 비명을 지르며 바닥을 뒹굴었고 그녀는 계속해서 나아갔다.

누군가 이지에게 더 많은 마법 공격을 날렸다. 하지만 이제 이지는 잠시 걸음을 멈추지도 않았다. 오히려 갑자기 속도를 높여 가장 가까이에 있던 광신도를 향해 달려들었다. 그자가 이지를 보고 놀라 허둥지둥 발톱을 휘두르자 이지는 그자의 발톱을 붙잡고 팔이 휘둘러지는 대로 딸려 갔다. 그 상태에서 드래곤 검을 한 껏 뒤로 당겨 광신도의 목에 사정없이 내리쳤다.

검날이 드래곤의 단단한 비늘을 가르고 경동맥을 찢어 놓았다. 이지는 몸을 뒤집어 광신도의 머리 위로 솟구치면서 검을 잡아 뽑고, 그자와 나란히 서 있던 다른 드래곤에게로 뛰어내렸다. 첫 번째 드래곤은 그대로 머리부터 추락했고 바닥에 닿기도 전에 이미 죽어 있었다.

"하, 그렇고말고!"

브란웬은 피식 웃음을 날렸다.

"이지한테 내 도움은 필요 없다 이거야."

하지만 친구 걱정을 접고 아래쪽을 내려다보자, 이지와 피와 살을 나눈 인간들이 하나둘 전장으로 뛰어들고 있었다. 카드왈라드르 일족이라면 누구라도 감탄할 만한 기세들이었지만 이지의 가족에게는 그녀의 도움이 필요할 터였다. 브란웬은 뿌듯한 기분을 느끼며 곧장 싸움에 가세했다.

에이브히어는 바테리아를 얽어매고 있는 촉수들을 내리치면서 워해머를 들고 있다는 사실에 점점 더 감사한 마음이 들었다.

"에이브히어!"

에이단의 고함 소리가 들려왔다.

"바테리아를 빼내!"

촉수 하나가 콧잔등을 치고 거기서 흘러나온 산이 비늘을 뚫고 살을 파고들었다. 에이브히어는 으르렁거리며 ―그 흔적이

흉터로 남을 게 뻔했기 때문에— 촉수를 치워 버렸다.

"에이브히어, 받아!"

그는 발톱을 들어 우서가 던진 배틀액스를 붙잡았다. 그리고 그것을 내리쳐 한 번에 세 개의 촉수를 잘라 냈지만 다시 세 개의 촉수가 그것—그 망할 것의 정체가 뭔지는 이제 알고 싶지도 않았다—으로부터 뻗어 나왔다.

"우리가 바테리아를 잡았어!"

캐스윈이 소리쳤다.

"여기서 데리고 나가! 당장!"

이제 바테리아는 캐스윈이 보호할 것을 알기에 에이브히어는 다음으로 할 일에 들어갔다. 촉수보다 중요한 뭔가를 잘라 낼 필요가 있었다. 하지만 그가 그것의 중요한 뭔가에 접근하기도 전에 촉수들이 그의 목과 팔을 감고 조여들었다. 그를 단단히 틀어쥔 그것의 입—이라고 생각할 수밖에 없었다—으로부터 정말이지 끔찍하게 생긴 혀 같은 것이 나오더니 바닥을 가로질러 그를 향해 미끄러져 왔다.

에이브히어는 촉수들의 힘에 저항해 몸부림쳤다. 하지만 그가 팔 하나를 뽑아내면 곧장 다른 촉수가 감겨들고 다리 한쪽을 뽑아내면 또 다른 촉수가 감겨들며 번번이 그를 원래 자리에 묶어 놓았다. 피와 뭔지 모를 끈적끈적한 액체와 오물을 사방에 튀기며 바닥을 미끄러져 온 혀가 어느새 그의 지척에 이르렀다.

맙소사, 이 냄새는 또 뭐야!

그 냄새만으로도 속에 든 것이 목구멍까지 치솟았다.

에이브히어는 화염을 내뿜을 생각으로 입을 벌렸지만 그의 목을 감은 촉수가 더 단단하게 조여들어 질식할 지경에 이르렀다. 그럼에도 그는 몸부림을 멈추지 않았다. 우서가 그것의 뒤쪽으로 떨어져 내리더니 배틀액스를 머리 위로 치켜들어 내리치기 시작했다. 하지만 그것은 여전히 에이브히어를 놓아주지 않았다. 에이단도 옆쪽으로 가세해 브로드소드로 그것의 두꺼운 가죽을 쑤시기 시작했다. 이번에도 달라지는 것은 없었다.

하지만 에이브히어는 신경 쓰지 않았다. 오직 더 강하게 저항할 뿐이었다. 그의 동료들도 마찬가지였다. 그리고 에이브히어는 그들이 마지막 숨이 다하는 순간까지 멈추지 않으리라는 것을 알고 있었다. ……그 순간이 머지않은 것 같긴 했지만.

그것의 혀는 이제 그의 바로 아래쪽에 있었다. 물론 에이브히어가 기대한 상황은 아니었다. 특히 그 혀가 천천히 끝을 들더니 그의 중요한 부위에 너무 가까이까지 이르게 되는 상황 같은 것은……. 피와 오물과 죽음이 바닥으로 뚝뚝 떨어져 내리고 냄새가 진해지자 에이브히어는 금방이라도 토할 것만 같았지만 여전히 저항을 멈추지 않았다. 여전히 그는…….

그때 맨발 하나가 혀를 밟아 바닥에 내리꽂았다. 그리고 위로 쳐들린 검이 한 방에 혀를 뚫어 그대로 못 박았다.

그것이 비명을 내지르며 에이브히어를 놓고 새로운 위협에 맞설 태세를 갖추었다. 에이브히어는 바닥으로 떨어져 내리면서도 검을 놓치지 않았다. 바닥에 닿자마자 그 끔찍한 혀를 뚫은 검의 주인부터 확인한 그는 미소를 지었다.

"거봐, 내가 널 지켜 줘야 한다고 말했지? 내가 여기 없었다면 어떻게 됐겠어? 누가 널…… 그러니까 지켜 줬겠느냐고?"

그는 대답해 보라는 듯 거들먹거리며 묻자 이지가 데굴 눈알을 굴렸다.

"오, 그렇죠. 당신 말이 맞아요. 당신이 없었더라면 내가 어떻게 됐을지 정말 모르겠네요."

그녀는 머리를 기울여 그것을 가리켜 보이며 말했다.

"저…… 망할 게 뭔지는 모르겠지만, 미루나크가 끝내요. 나랑 브란웬은 다른 사람들을 도와주러 갈 테니까. 그쪽 일이 마무리되고 나면 내가 당신을 찾을게요."

"그래, 그래야지."

에이브히어는 다짐받듯 말했다.

그들은 서로를 향해 미소 지었고, 그 미소에 담긴 진심을 확인했다. 그리고 가슴 가득 그 사랑을 품은 채, 동굴 안에 존재하는 모든 것—물론 충성스러운 친구들과 일족들과 도시 수비군을 제외하고—을 깡그리 죽여 없애기 위해 달려갔다.

42

"그래, 내가 멍청이란 말이지?"

"아니, 난 멍청이같이 굴 때가 있다고 했어. 그것도 '조금'."

"당신은 꼭 그렇게 사소한 단어 하나까지 의미를 따져야 하지, 안 그래?"

"내 사랑, 사소한 의미를 따지는 것이야말로 전쟁 신들의 삶을 풍요롭고 멋지게 만들어 주는 거야. 하나의 세상을 초토화시킬 수 있는 근거도 거기서 비롯되는 거고."

"당신은 또다시 끼어들었어, 에이르."

뤼데르크 하일이 벽에 기대서며 말했다. 오늘 그는 인간의 모습을 하고 있었다. 물론 에이리안웬은 개의치 않았다. 그가 어떤 모습을 하고 있건 그녀에게는 보기 좋았기 때문이다.

"난 이지 근처에도 안 갔어. 한순간도."

"내 말 무슨 뜻인지 알잖아."

에이리안웬은 그를 마주하고서 보란 듯이 손가락을 가로저으려다가 손의 절반이 사라지고 없다는 것을 깨달았다. 어느 시점엔가 누군가의 배틀액스에 잘려 나간 것이었다.

짝이 피식 웃어 버린 것도 이 상황에 도움이 되지 않았다. 그녀는 얼른 손을 내리고 말했다.

"에이브히어는 내 거야. 우리가 합의한 일이지. 내 거라고. 미루나크는 죽음을 맞으면 내게로 와. 당신이 아니라 나에게. 그러니까 내가 오직 당신만 볼 수 있는 무슨 경계 같은 걸 넘었다는 식으로 구는 건 그만둬."

"첫 번째는 앤널이었어."

그가 상기시켰다.

"당신이 그 미노타우루스에게 내줘 버린 후였잖아. 그녀는 누구든 취할 수 있는 상태였다고. 그게 나였을 뿐이야."

"다음은 탈라이스였지."

"그녀는 애초부터 당신 것이 아니었어. 인간 신들은 오래전에 그녀를 버렸고."

"이번엔 에이브히어……."

"마찬가지로 당신 게 아니지. 하지만 이지는…… 그녀는 완전히 당신 거야. 그래서 나 역시 손끝 하나 건드리지 않았고."

에이리안웬도 그 인간 여자와 그녀의 혈족을 좋아하긴 했다. 온갖 인간 신들로부터 버려지기 이전에 에이리안웬 자신이 기원이 된 전사라는 종족이었기 때문이다.

"그녀는 당신을 잘 섬겨 왔으니까."

"뭐, 확실히 그 점에 있어서만큼은 당당히 밝히고 다녔지."

뤼데르크 하일이 상당한 조소를 담아 말했다.

"당신이 멍청이같이 굴 때였는데 뭘 기대한 거야? 그녀는 당신에게 충심을 다했는데, 당신은 그녀가 사랑하는 이들을 번번이 못살게 굴었잖아."

"그러거나 말거나."

골이 난 채로 날아가 버릴 듯한 짝의 기색을 보고 에이라안웬은 전장의 시체들을 밟아 으깨며 뤼데르크 하일을 향해 다갔다. 그리고 아직 멀쩡한 손을 들어 짝의 뺨에 갖다 대며 말했다.

"내 사랑, 우리가 하는 놀이가 당신을 향한 내 마음을 변하게 할 거라고는 잠깐이라도 생각하지 마. 난 언제나, 언제까지나 내 단단한 전사의 심장을 다해 당신을 사랑해."

"당신이 최고야, 에이리안엔. 당신을 향한 내 마음도 변하지 않았고 변하지 않을 거야. 이 모든 일이 정말로 당신을 화나게 할 거라고 생각했다면, 당신을 잃을 수도 있다고 생각했……."

에이리안웬은 그에게 몸을 붙이고 그의 턱에 키스했다.

"전혀 아니야. 아직도 그걸 모른단 말이야? 게다가, 우리가 지금 하고 있는 일이 결국에는 크람네신드가 불러올 미래를 좌우하게 될 테니까."

"그자가 안 보인다 했더니."

"씨앗만 뿌려 놓고 어디론가 사라져 버렸지."

그녀는 퉁명스러운 어조로 덧붙였다.

"번번이 앞을 내다볼 줄 모르는 게 지겹다고."

뤼데르크 하일이 그 잘생긴 얼굴로 그녀를 내려다보며 한쪽 눈썹을 치켜세웠다. 에이리안웬은 반사적으로 숨을 들이켰다.

"아니, 아니야! 내 말은, 하는 짓이 늘 똑같으니까, 그게 우리가 다스리는 우주에 어떤 영향을 끼치는지를 모른다는 뜻이지. 실제로…… 눈이 안 보인다는 게 아니라. 그런 의미로 말한 게 아니었다고! 난 그런 말 절대로 안 해!"

뤼데르크 하일이 웃음을 터트렸다. 키득거리는 것도 아니고 조소가 담긴 것도 아닌, 속 깊은 곳에서부터 우러난 진짜배기 웃음이었다. 그가 그렇게 웃는 경우는 너무나 드물었기 때문에 웃음소리를 듣는 것만으로도 기분이 좋아졌다. 자신이 무심코 던진 말이 끔찍한 것이었음에도 불구하고 그래서 에이리안웬도 함께 웃음을 터트렸고, 짝을 꼭 끌어안고서 그의 목덜미에 입술을 묻었다.

에이브히어는 천장을 흘끗 올려다보았다.

"천둥소린가?"

그가 에이단에게 물었다.

"모르겠는데. 여기도 천둥이란 게 있나? 아니, 비가 오기는 하는 건가?"

그는 마스키니를 돌아보며 물었다.

"여기도 비가 내리나요?"

"우기가 있지. 그때는 강이 넘쳐흐르기도 하고."

"이런, 그건 안됐군요."

에이브히어는 이지가 브란웬의 등에 오르자 사촌 동생이 공중으로 날아오르는 것을 보고 친구를 지나쳐 그들에게 다가갔다.

"어이! 둘이 어딜 가는 거야?"

그가 소리쳐 물었다.

"금방 돌아올게요."

이지가 소리쳐 대답했다.

"이지가 네 사촌하고 함께할 때면 꼭 뭔가 좋지 않은 일을 벌이는 것처럼 보이는 건 그냥 내 기분 탓일까?"

에이단이 물었다.

"아니, 네 기분 탓이 아니야."

에이브히어는 인정할 수밖에 없었다.

바테리아는 머리 위에서 쏟아지는 태양들의 열기가 점점 더 뜨거워지는 것도 무시한 채 공기를 찢어발기듯 데저트랜드를 가로질러 날아가고 있었다. 그녀는 이 저주받은 땅과 가능한 한 조금이라도 더 멀어지고 싶었다.

맙소사! 이제는 그 누구도 믿을 수 없는 세상이 된 거야? 빌어먹을 광신도들! 빌어 처먹을 신들!

하지만 지금의 후퇴도 그녀를 멈추게 하지는 못할 터였다. 바테리아는 이 망할 세상을 멸망시키는 한이 있어도 자신의 타고난 권리를 되찾을 작정이었다. 그녀를 막을 수 있는 건 없었다. 사우스랜더들도, 광신도들도, 신들도! 그 누구도!

그때 뒤편에서 날갯짓 소리가 들려왔고, 바테리아는 소리의 근원을 확인할 여력도 없이 속도를 높였다. 그녀는 저 하수도에서 그 끔찍한 것으로부터 자신을 풀려나게 해준 드래곤을 피해 몰래 도망쳐 나왔다. 하지만 그자는 기껏해야 덩치 큰 개자식일 뿐이었다. 그자가 이렇게 열린 하늘에서 그녀보다 빠를 수는 없었다.

그러나 바테리아가 제아무리 속도를 높여도 그녀를 따라오는 드래곤은 떨어져 나가지 않는 것 같았다. 그럼에도 불구하고 그녀는 멈추지 않았다. 이리저리 피해 가며 날갯짓을 계속했다. 정체 모를 드래곤이 그녀의 머리 위에 이르렀을 때까지도.

바테리아는 쫓아오는 드래곤이 단단한 지면에 머리부터 부닥치기를 기대하며 다시 급강하하려 했지만, 그 순간 가벼운 무언가가 그녀의 등에 내려앉았다.

"안녕, 바테리아? 나 기억하지?"

바테리아는 반사적으로 뒤를 돌아보았다. 멍청한 광신도들이 잡아 왔던 인간 계집이었다. 그녀가 탐냈던 아이의 언니라던 계집년.

"원하는 게 뭐냐, 인간?"

"우리 일은 아직 안 끝났거든."

"넌 날 구하러 왔다고 했지. 난 이미 구조됐어. 그러니까 그만 가라."

그녀를 도와주기라도 한다는 듯 바테리아는 삼백육십 도로 몸을 돌렸다. 하지만 인간 계집이 허벅지로 그녀의 목을 감더니 간단히 숨통을 조였다.

망할!

바테리아는 인간 계집이 쉽사리 포기하지 않으리란 것을 깨달은 순간, 물었다.

"네 동생 때문에 이러는 거냐?"

"아니, 네 사촌 때문이지."

"내 사……."

그럼 그렇지. 아그리피나, 그 계집년!

"그럼 네가 내 사촌에게 가서 전해 주면 되겠구나, 나가 뒈져……."

"그런 감상은 네 사촌을 다시 만나면 직접 얘기하라고. 자, 내가 좀 도와주지."

다음 순간, 바테리아는 등의 비늘 사이로 내리꽂힌 검날이 날개를 통제하는 근육을 끊어 버리는 것을 느꼈다. 그 즉시 날개가 움직임을 멈추었고 그녀는 속수무책으로 머리부터 바닥을 향해 곤두박질치기 시작했다.

바테리아는 몸을 제대로 가누어 다시 날아오르려고 필사적으로 버둥거렸다. 도움이 되는 것도 같았지만 별로 달라진 건 없었다. 그녀는 호되게 바닥을 찍으며 거친 모래 위로 배를 깔고 미끄러졌고 그 서슬에 비늘의 보호막이 벗겨져 나갔다.

이윽고 바테리아의 몸체가 멈추자, 그녀의 등에 타고 있던 인간이 가볍게 미끄러져 내려와 느긋한 걸음으로 그녀의 얼굴 앞에 마주 섰다.

바테리아는 헐떡거리며 물었다.

"이제 날 끝장낼 작정이냐?"

"아니, 아니지. 난 널 끝장낼 생각이 없어. 내가 여기 온 이유는 그게 아니라고. 네 아버지를 끝장낸 건 내가 아니었던 것과 마찬가지야. 하지만 그가 도망가지 못하게 만들어 놓은 건 내가 맞아. 금방 널 멈추게 한 것처럼 말이지. 자, 이제 아그리피나가 준비됐을 때 널 추적하기가 한결 수월해졌잖아. 네 지하 감옥에서 네가 그녀에게 시작했던 일을 끝장내는 건 그녀의 몫이라고."

"그녀는 네 사촌이었어. 너와 피를 나눈 가족이었다고."

웬 천출 블랙 드래곤이 나타나 과장되게 한숨을 지으며 고개를 저었다.

"역겨운 계집년."

그녀는 바테리아의 발톱에 침을 내뱉었다.

"가자, 이지. 이 망할 계집은 일 초도 더 보고 싶지 않다."

"행운을 빌어, 바테리아. 부디 아그리피나가 네 무가치한 영혼에 자비를 내려 주기를. 뭐, 그런 일은 없을 것 같지만."

인간 여자가 그렇게 말하고는 천출 드래곤을 타고 올랐다. 두 여자는 세푸를 쪽으로 방향을 잡고 날아가 버렸다.

그 시점에서 바테리아는 머리를 바닥에 묻고 울고만 싶었다. 하지만 솔직히, 그런 종류의 나약함은 그녀 안에 존재하지 않았다. 그래서 대신에 그녀는 음모를 꾸미고 계획을 세우기 시작했다. 그러는 동안 등을 타고 흐르던 피가 멈추었다. 그리고 그녀의 머릿속을 가득 채운 생각은…….

정말이지 너무나 굉장한 것이었기 때문에 그녀의 기분도 좋아졌다.

이지는 데저트랜드 가족들의 집으로 돌아갔다. 치유사 한 사람이 하수로에서 벌어진 전투 동안 상처를 입은 자들 사이를 돌아다니며 그들을 도와주고 있었다. 이지와 브란웬이 저택의 뒤뜰로 나가자 자카리아가 즉시 이지 곁으로 다가왔다.

"이제야 돌아왔구나. 너 괜찮은 거냐?"

"예, 괜찮아요. 그냥 할 일이 좀 있었을 뿐이죠."

"난 또, 네가 금방 돌아오지 않는다고 네 '삼촌'이 하도 심각하게 걱정을 해서 말이다."

브란웬이 코웃음을 쳤고, 이지는 친구의 옆구리를 팔꿈치로 쳤다.

"어…… 자카리아 님, 에이브히어와 저는요……"

"이제야 돌아왔네!"

그때, 에이브히어가 뜰을 가로질러 성큼성큼 다가와 이지 앞에 섰다. 그 서슬에 그녀의 할아버지는 재빨리 그녀 앞에서 물러나는 수밖에 없었다.

"너 괜찮은 거야?"

"괜찮아요."

왜 다들 나만 보면 이렇게 묻는 거야?

"난 네가 금방 돌아올 줄 알았지."

"할 일이 좀 있다고 했잖아요."

"혹시 바테리아 일이야? 너 설마 그 여자를 죽인 건……."

"안 죽였어요. 그보다, 내가 귀관에게 보고할 의무가 있나, 미루나크 분대장?"

"좀 더 깔보는 어조로 말해 보지그래?"

"못 할 거 없지."

"이제 보니 그 못된 계집애 기질은 지난 이십 년 동안 변한 게 없으시군."

"이제 보니 '내가 만사에 통달하니 온 세상이 내 발아래 고개를 조아릴지어다' 님도 여전한 개자식이시네요."

"그래! 그 잘나신 몸을 대체 내가 왜 또다시 걱정했는지 모르겠다!"

"그래요! 이 잘나신 몸한테 그쪽 잘나신 몸은 아무 일도 해 줄 필요가 없네요!"

이지는 거기서 멈추고 잠시 생각한 다음 말했다.

"어째 우리 서로 칭찬만 날리고 있는 거 같은데요."

"우리가 멋진 건 내 잘못이 아니지."

그들은 동시에 웃음을 터트렸다. 에이브히어가 그녀에게 시선을 고정한 채 조금 더 가까이 다가서더니 두 손을 뻗어 그녀의 턱을 부드럽게 쓸며 말했다.

"난 그저 네가 무사히 돌아와서 기뻐. 굉장히 걱정했다고."

"난 괜찮으니까 이제 키스나 해 줘요."

에이브히어는 그 커다란 손으로 이지의 얼굴을 감싸고 몸을 숙이며 속삭였다.

"이지, 집에 돌아가면 우린 할 얘기가 많아."

"맙소사, 얘기를 더 해요?"

"너도 영원히 피할 수는 없어."

"그야 그렇죠. 하지만 시도는 해 볼 수 있잖아요."

이지는 그렇게 말하고 몸을 쭉 펴서 먼저 키스했다. 하지만 그녀의 입술이 닿은 순간, 에이브히어가 두 손으로 그녀의 턱을 단단히 잡고 입안으로 과감하게 혀를 밀어 넣어 희롱하듯 굴렸다. 이지는 두 팔을 그의 허리에 감고, 그의 셔츠를 그러쥐었다.

오, 이런!

그녀는 여기서 당장 그 셔츠를 찢어 버리고 싶었다.

둘은 서로에게 빠져들어 키스를 나누었고, 이지는 그렇게 얼마나 시간이 흘렀는지도 알지 못했다. 자카리아의 포효 같은 고함이 터지기 전까지는…….

"네 녀석은 대체 어떤 종류의 삼촌인 게야?"

이지와 에이브히어는 그 즉시 입술을 떼고 물러섰다. 그리고 그제야 이지의 가족을 포함해서 뒤뜰에 있던 모든 이가 자신들을 빤히 쳐다보고 있음을 알아챘다.

이지가 자신과 에이브히어가 서로에게 깊이 빠져 있다는 것을 깨달은 것도 바로 그 순간이었다. 깊어도 너무 깊었다. 모름지기 온 가족이 모인 앞에서 누군가와 그토록 열정적인 키스를 나누는 건 그저 무례한 짓일 뿐이었고, 이지는 스스로를 아주 예의 바른 사람이라고 생각하고 있었다. 하지만 에이브히어는 그녀의 혼을 빼놓고 절박하게 만들었다. 솔직히 말하면 화끈 달아오르게.

나쁜 자식.

딸들과 함께 그들 가까이에 서 있던 자라가 고개를 젓더니 당황스러워 어쩔 줄 모르는 그들을 향해 미소를 지으며 꾸짖듯 말했다.

"몹시도 음란한 종류의 삼촌이로구나."

"그 못지않게 음란한 조카고 말이죠."

마스키니가 말을 더했다.

에이브히어는 휙 고개를 돌리고 이지를 노려보았다. 그의 턱이 굳어지고 그의 손이 주먹으로 말리는 걸 본 순간, 이지는 펄쩍 뛰듯 물러났다. 이제 금방이라도 그의 코에서 검은 연기가 뿜어져 나올 터였고, 그런 일이 벌어지는 건 싫었기 때문이다.

드래곤이 계속해서 자신만을 노려보자 이지는 따지듯 물었다.

"왜 그렇게 날 보는 거예요? 내가 그렇게 말하라고 시킨 것도 아닌데!"

43

라이는 콧노래를 부르며 몇백 미터 앞의 아름다운 나무를 그리고 있었다. 그녀는 지금 아주 기분이 좋았다. 언니와 삼촌 둘다 무사히 집으로 돌아오고 있기 때문이었다. 그것도 이미 지금당장 도착한다 해도 이상하지 않은 만큼 가까이 와 있었다.

물론 언니가 돌아오면 들을 말이 있긴 했다. 라이도 그게 어떤 내용인지는 알지 못했다. 어쩌면 어머니는 알고 있을지도 모르지만 아직 그녀에게는 말해 주지 않았다.

하지만 그건 괜찮았다. 기다릴 수 있었다. 지금 당장 가장 중요한 것은 언니와 삼촌이 무사하다는 점이었기 때문이다. 그리고그녀가 짐작하기에 둘은 서로에게 깊이 빠져 있었다.

라이는 콧노래를 멈추고 미소 지었다.

"레이디 리안웬?"

그녀는 고개를 들었고, 미소가 더욱 진해졌다.

"안녕하세요, 프레더릭! 그리고 부디 라이라고 불러요. 다들 그렇게 부르니까."

"제가 그랬을 때는 당신 아버지가 사납게 노려보시던데요."

"당신한테만 그러시는 거라고 생각하진 마세요. 제 아버지는 저랑 이지 언니를 빼고 누구나 그렇게 노려보시거든요. 심지어 제 어머니까지도 말이죠. 물론 어머니는 그걸 귀엽다고 생각하시지만."

라이는 노스랜드 소년을 살피듯 바라보았다.

"책을 되게 많이 갖고 있네요."

"아, 예. 다그마 고모님이 읽기 숙제를 내주셨거든요."

"그걸 다 읽는 데 얼마나 걸려요?"

"꽤나 걸리죠. 저녁 식사 때까지는 읽어야 할걸요."

라이는 눈을 깜빡였다.

"오! 음, 좋아요. 그럼……."

그녀는 자신이 앉아 있는 털 깔개의 한쪽을 가리켜 보이며 물었다.

"저와 함께하실래요? 전 그림만 그릴 거예요. 당신이 책을 읽는 동안 방해가 되지 않을게요."

"괜찮겠어요? 방해는 내 쪽이 될 거 같은데."

"아니, 아니에요. 전혀요. 우린 이제 가족이나 마찬가지니까 가족처럼 지내야죠. 자, 앉으세요."

프레더릭은 고개를 끄덕여 보이고 책을 바닥에 내려놓은 다음, 털 깔개의 가장 끝 쪽에 앉았다. 그렇게까지 멀리 떨어져 앉을 필요는 없었지만, 라이는 그를 탓할 생각도 들지 않았다. 아버지가 당신의 딸은 털끝도 건드려서는 안 되는 존재라는 사실을 분명히 해 두기 위해 가엾은 프레더릭 앞에서 했던 말들을 감안하면 그럴 만도 했던 것이다.

라이는 그리던 그림으로 돌아갔고, 저 조용한 소년과 함께한다는 게 얼마나 기분 좋은 일인지 즐기게 되었다. 그들이 그렇게 삼십 분쯤 각자의 일에 몰두하고 있을 때, 라이에게로 그림자가 드리워졌다.

하늘 꼭대기에 솟은 태양들의 눈부신 빛을 가리기 위해 손차양을 만든 채 고개를 든 그녀는 상대가 알브레히트임을 확인하고 미소 지었다. 지난번에 마을로 놀러 나가 그와 함께 보낸 시간은 꽤나 즐거웠다. 그녀에게 너무 가까이 다가갔다는 이유만으로 폼브레이 경의 아들에게 잔인한 짓은 해 버린 아버지에 비히면 브라스티아스 고모부는 신사라고 할 수 있을 정도였던 것이다.

"안녕하세요, 알브레히트 님. 산책 나오셨나 보네요?"

하지만 소년은 대답하지 않았고, 라이는 즉시 그의 얼굴에서 근심의 기색을 읽었다.

"알브레히트 님?"

"저는…… 정말 죄송합니다."

그때, 누군가 라이를 붙잡아 억지로 일으켜 세웠다. 폼브레이 경의 호위들이 어느새 그녀 뒤쪽으로 접근해 있었던 것이다.

"무슨 일이에요?"

"내 아들 탓은 하지 마라. 이건 정말로 저 애 탓이 아니니까."

호위들의 뒤쪽에 서 있던 폼브레이 경이 앞으로 걸어 나와 그녀를 내려다보았다.

"뭘 하시는 거예요?"

"넌 우리와 함께 가게 될 거다."

"당신이 이런 일을 벌이고도 제 가족들에게서 벗어날 수 있을 거라고 생각하는 건 아니겠죠?"

"그들이 널 무사히 돌려받고 싶다면……."

"아버지……."

알브레히트가 말을 꺼냈다.

"닥쳐라!"

폼브레이는 아들의 말을 묵살하고 라이를 향해 미소 지었다.

"자, 오늘은 네 아버지와 삼촌들을 비롯해 모든 드래곤이 멀리 나가 있으니 널 도와주러 날아올 도마뱀 따위는 한 마리도 없을 게다. 그러니 이 일을 어렵지 만들지 말자꾸나. 알아들었느냐?"

"제발 이러지 마세요."

라이는 애원했다.

"우린 널 해치지 않을 게야. 그 점은 내가 약속하지."

"안됐지만, 레이디 리안웬이 걱정하는 건 그녀 자신이 아니랍니다."

폼브레이가 시선을 돌려 프레더릭을 노려보았다.

"네가 뭘 안다고 나서는 것이냐, 야만족 아이야?"

"당신이 무슨 일을 꾸몄는지 알죠. 당신 부하들은 술에 취하면 말이 많아지더군요. 그리고 난 술집들을 돌아다니는 걸 좋아하죠. 주정뱅이들은 지나치게 수다스러운 법이라서."

프레더릭이 자리에서 일어섰다.

"물론 다그마 고모님도 이미 이 일에 대해 알고 계신답니다. 아마 지금쯤 레이디 리안웬의 드래곤 일족들이 여기로 오고 있을 걸요."

"이 야만족 꼬맹이 놈아!"

"하지만 그들이 제때에 도착하지 못한다 해도 별 상관은 없을 겁니다. 나도 나중에야 알게 된 바지만, 레이디 리안웬은 절대로 혼자 남겨지는 법이 없거든요. 정말로 완전히 혼자는 아니죠."

"대체 그게 무슨 빌어먹을 소……."

그 순간 폼브레이의 등을 뚫은 검이 속을 헤집어 찢었고, 내장 조각과 피가 라이의 얼굴을 가로질러 뿌려졌다. 검날이 뽑히고, 씽둥이기 폼브레이의 뒤쪽에서 쓸이 니았다. 탈인의 겁에서는 피가 뚝뚝 떨어지고 있었다. 그녀는 자신의 드래곤 일족 대부분과 마찬가지로 암습을 좋아했다.

반면에 탈란은 자기 어머니 쪽과 더 비슷했다. 그가 들고 있던 배틀액스를 휘둘러 폼브레이의 목을 뎅겅 잘라 버렸다.

"맙소사, 안 돼!"

폼브레이의 호위 중 하나가 비명처럼 외쳤다.

라이는 알브레히트를 돌아보며 급하게 말했다.

"도망쳐요. 뒤도 돌아보지 말고 달려요. 당장!"

소년이 눈물을 흩뿌리며 몸을 돌려 달리기 시작했다.

탈원은 폼브레이의 머리통을 걷어차 치워 버리고 미소 띤 얼굴로 물었다.

"자, 다음 차례는 어느 놈이냐?"

"이러지 마, 언니. 제발."

라이가 사촌 언니에게 간청했다.

"약해 빠진 소리. 이것들은 선을 넘었어. 그러니 죽어야지."

탈원이 쏘아붙였다.

라이를 잡고 있던 호위가 그녀의 머리채를 잡아 목을 꺾을 듯 뒤로 당겼다.

"그 전에 이 계집년이 먼저 죽을 거다, 괴물아."

그 순간, 공포와 공황이 라이를 불기둥처럼 관통해 휩쓸었고 그 힘이 활화산처럼 폭발했다.

이지는 머리 위 하늘이 갑자기 어두워지자 급하게 말을 세웠다. 아버지가 곧장 그녀 앞 땅바닥에 내려앉았다.

"아빠?"

"이지! 네 동생, 라이는 어디 있니?"

"저야 모르……."

에이브히어가 살짝 머리를 기울였다.

"이지…… 저게 무슨 소릴까?"

이지의 귀에도 끔찍한 굉음이 들려왔다.

"오, 맙소사!"

그런 소리는 태어나서 한 번도 들어 본 적 없음에도 불구하고 이지는 그것이 어디에서 비롯되었는지 쉽사리 알 수 있었다.

"에이브히어, 이지를 데리고 여기서 피해라. 당장!"

하지만 에이브히어가 드래곤의 본체로 모습을 바꾸기도 전에 이지는 엘리사와 그녀를 호위해 온 놀웬 마녀들의 움직임을 감지했고, 그래서 만류하듯 그의 팔을 붙잡았다. 그녀들은 하나둘 말에서 내리더니 숲 속 깊은 곳을 향해 주의를 집중하고 있었다.

마녀들이 일제히 양손을 치켜들고 주문을 외었고, 이지는 그들에게서 폭발하듯 풀려난 힘이 숲으로 향하는 것을 느꼈다. 숲 속에서부터 들려오던 끔찍한 포효도 그 힘을 향해 거침없이 달려들었다. 두 힘은 곧장 충돌했다. 그들 위의 하늘이 어두워지면서 발밑의 땅이 지진이 난 듯 흔들리고 말들이 겁에 질려 발버둥을 쳤다. 그 바람에 이지는 에이브히어를 놓아주었고, 그들은 각자의 말을 달래야 했다.

두 힘 사이의 전쟁은 격렬했지만 어느 순간 너무나 갑자스럽게 끝나 버렸다.

땅의 흔들림이 멈추고 하늘이 청명한 빛을 되찾았다.

엘리사는 천천히 두 손을 내렸지만 다음 순간 비틀거리며 뒤로 물러섰고, 놀웬 마녀들이 그녀의 손을 붙잡아 주었다. 이지의 증조할머니는 그 잠깐 사이에 기력이 다해 버린 듯 보였다. 그러나 놀웬들은 그 누구도 해내지 못했던 일을 할 수 있었다. 라이가 사랑하는 모든 이들을 파괴해 버리기 전에 그녀를 멈추게 만든 것이다.

"난 괜찮다."

엘리사가 힘없는 목소리로 말했다.

"당장은 아니라도 곧 괜찮아질 테고. 음식과 와인이 있어야겠구나."

이지는 놀웬들에게 다가가 두 팔을 내밀었다.

"내가 하지."

그리고 증조할머니를 가뿐히 안아 들어 자기 앞에 태웠다.

"꽉 잡으세요."

그렇게 엘리사를 자기 말에 태운 채 이지는 가반아일을 향해 곧장 달려갔다.

일단 바닥의 진동이 멈추자, 탈라이스는 벌떡 일어나 계단을 달려 내려갔고, 대전을 지나 바깥으로 이어지는 계단으로 향했다. 하지만 그 계단을 다 내려가기도 전에 딸아이가 말을 타고 성의 안뜰로 들어서는 것을 보았다. 마녀의 로브를 입은 여자가 그녀 앞에 같이 타고 있었다.

"이지?"

딸이 무사히 살아 있음을 안다는 것과 무사히 살아 있는 딸의 모습을 직접 본다는 것은 비교할 수도 없는 일이었다.

"신들이여, 감사합니다. 이지!"

"전 괜찮아요, 어머니. 라이도 괜찮은 것 같고요. 아빠가 라이를 데려오실 거예요."

"그래그래."

탈라이스는 남은 계단을 내려가려다가 문득 멈추었다. 그녀의 눈이 확 커졌다.

"……엘리사 님?"

그녀의 할머니가 몹시 지친 기색으로 그녀를 향해 고개를 끄덕여 보였고, 그 순간 탈라이스는 좀 전에 그 무지막지한 놀웬의 힘이 느껴졌던 이유를 깨달았다.

"탈라이스, 넌 아주…… 사우스랜더처럼 보이는구나."

"여기서 뭘 하시……."

탈라이스는 말을 멈추고 한 걸음 물러섰다.

"할데인도 함께 왔나요?"

"내가 널 만나러 여기까지 오겠다는데, 그 애가 날 혼자 보냈을 거라고 생각하는 건 아니겠지?"

할머니의 말에 일리가 있었다.

일단 땅바닥에 내려지자 엘리사는 이지의 손을 물리게 했다.

"이제 너 없이도 걸을 수 있다, 이지."

그리고 계단을 오르기 시작했다.

"안에 먹을 게 있겠지?"

"예. 와인도요."

"좋구나."

그 이상은 한마디 말도 없이 엘리사는 혼자서 계단을 올라 대전으로 들어가 버렸다.

"이지, 이건…… 대체 웬 지랄 맞을 상황이니?"

"제가 다 설명해 드릴게요. 하지만 나중에요. 우선…… 마음의 준비나 해 두세요."

"마음의 준비를 왜?"

"그야, 제가 보기에 어머니의 어머니란 여자는 눈곱만큼도 변하지 않은 거 같으니까요."

"사랑하는 딸아, 그런 얘기는 나도 할 수 있어."

더 많은 말들이 안뜰로 들어섰다. 탈라이스는 어린 시절을 함께 보냈던 마녀 자매들을 몇몇 보았지만 그녀들과 말을 섞고 싶은 생각은 전혀 없었다.

"난 먼저 안으로 들어가마. 이런 건 나중에 해도 돼."

그녀는 딸에게 말하고 몸을 돌리려 했다.

"어머니, 잠깐만요……."

"이지, 부탁이다. 지금 당장은 절대로 내 어머니를 상대하고 싶지 않어……."

딸아이가 그녀의 말을 잘랐다.

"그 여자는 잊어버려요. 이건 그 여자와 상관없는 일이니까."

"그럼 뭔데?"

이지가 뒤로 물러서자 탈라이스의 시야에 놀웬 마녀들을 호위하고 온 전사들의 모습이 보였다. 놀랄 일도 아니었다. 세푸 수비군 최상급 근위대의 임무들 중 하나가 놀웬들이 요청하면 호위를 차출하는 것이었기 때문이다.

몇 명의 근위대가 말에서 내려 계단을 향해 성큼성큼 다가왔다. 그들이 투구를 벗고 머리를 들어 탈라이스를 똑바로 쳐다보았다. 탈라이스는 눈을 깜빡이다가 머리를 한쪽으로 기울였다. 뭔가 아주 낯익은…….

"탈라이스?"

탈라이스는 숨을 헉 들이켰고, 그녀의 시선이 그 젊은 전사들을 지나쳐 그들 뒤에 서 있는 강건한 노인에게서 멈추었다. 삼십 년이 넘는 세월 동안 그녀 스스로도 있는지조차 몰랐던 어떤 감정이 탈라이스의 가슴을 쳤다. 그녀는 저도 모르게 두 손으로 입을 막았다.

"……자카리아 님?"

가까스로 목소리를 뽑아낸 그녀가 물었다.

노야장老爺匠이 계단을 오르기 시작했고, 당신의 아들과 너무나 똑같은 그 연한 갈색 눈동자가 그녀의 모습을 부드럽게 살폈다.

"그래, 여전히 아름답구나."

탈라이스는 그가 가까워질 때까지 기다릴 수 없어서 계단을 달려 내려가 그의 거대한 팔로 곧장 뛰어들었다.

"자카리아 님……."

그녀는 속 깊은 곳에서부터 치고 오르는 흐느낌으로 온몸을 떨면서 속삭였다. 그를 꽉 끌어안으며 탈라이스는 이 노인이 언제나 자신을 한없이 다정하게 대해 주었던 그 옛날을 떠올렸다. 그리고 이제는 자신의 딸 이지에게도 마찬가지로 다정했으리란 것을 깨달았다. 그렇지 않다면 이지가 그나 세소스의 일족 중 누구라도 여기로 데려왔을 리가 없었기 때문이다.

"탈라이스, 너무나 고맙다."

자카리아도 속삭임으로 대답했다.

"내 손녀딸을 위해 그토록 많은 희생을 해 준 것도 고맙고, 이렇게 굉장한 전사로 키워 낸 것도 고맙구나. 넌 내게 내 아들을 돌려준 것이나 마찬가지란다. 고맙다, 정말로 고마워."

노인이 그녀를 더 단단하게 안아 주자 탈라이스는 마침내 자신의 첫사랑, 그녀가 신들에게 허락받은 두 가지 최고의 선물 중 하나를 갖게 해 준 그 남자를 애도할 수 있었다.

44

이 순간 에이브히어에게 가장 즐거운 건 리안웬이 제 할머니와 증조할머니를 번갈아 가며 끌어안고 또 끌어안는 모습을 지켜보는 일이었다.

두 여자는 누군가에게 끌어안기는 걸 놀웬 마녀로서 부적절한 감정 표현의 일종으로 여겨 진심으로 혐오스러워하는 게 분명했기에 에이브히어의 즐거움이 배가된 것이다.

그들은 대전의 큰 탁자를 사이에 두고 모여 앉아 있었다. 탈라이스와 브리크와 이지의 맞은편에는 엘리사와 할데인이 자리했다. 에이브히어는 탁자의 맨 끝자리에 앉았고, 사랑스러운 라이는 여기저기로 끊임없이 돌아다녔다. 오늘은 아마도 그녀 인생 최악의 날이 되었을 수도 있을 것을 엘리사와 할데인 덕분에 오히려 최고의 날이 되었다. 그래서 그녀는 이제 스스로 '두 여자가 자신의 어머니에게 저지른 과거의 불운한 실수'라고 부르게 된 일들을 기꺼이 모른 척해 주기로 했다.

하지만 이지와 탈라이스는…… 그렇게까지 너그러운 기분은 아니었다.

"그래, 당신의 첫 번째 손녀딸에게 대단한 환영 인사를 해 주셨다고요?"

탈라이스가 시작했다.

"난 나 자신을 지키려 했을 뿐이야. 네가 날 죽이라고 누군가를 보낸 걸로 생각했으니 말이다."

할데인이 받아쳤다.

"제가 당신을 죽이라고 누군가를 보냈을 리는 없죠. 제 손으로 직접 죽일 생각이었으니까요. 적어도 꿈꾸기는 했죠."

"어머니, 제발요."

라이가 말했다.

"괜찮다, 리안웬. 네 어머니는 언제나 말도 안 되게 징징거리는 아이였으니까."

"진짜 말도 안 되는 건 당신 엉덩이가 그렇게 펑퍼짐해졌다는 거죠."

"어머니!"

"라이, 얼른! 할머니 화나시기 전에 얼른 가서 안아 드려! 네 포옹은 할머니를 진정시키는 데 직방이잖아."

이지가 쾌활한 어조로 동생을 부추겼다.

"아니, 아니다. 리안웬, 나는……."

할데인이 이를 악다물고 탁자 건너편의 큰손녀를 노려보는 사이, 작은손녀가 그녀의 목을 끌어안았다.

"우리가 모두 함께 만나서 전 너무나 기뻐요!"

라이는 명랑하게 재잘거리며 그녀의 뺨에 키스했다.

"저도요!"

이지도 손뼉까지 쳐 가며 환하게 미소 지었다.

그리고 시선을 돌리던 그녀는 자신을 바라보고 있는 에이브히어에게 윙크를 해 보였다. 그 순간, 에이브히어는 그녀와 둘만의 시간을 가져야 한다는 걸 알았다. 아주 잠깐만이라도.

지난 며칠간 그들은 인간들과 드래곤들이 섞인 한 무리의 여행단과 내내 함께했고, 그래서 둘만의 즐거운 시간—아마도 과도한 노출이 포함되었을—은커녕 잠시 이야기를 나눌 틈도 없었던 것이다.

에이브히어가 이지를 내리고 이 자리를 벗어나기에 좋은 핑계를 생각하는 참에 '반역왕' 가이우스와 그의 쌍둥이 누이 아그리피나가 대전으로 들어섰다. 브람 삼촌이 그들을 뒤따랐다. 그는 일족의 교섭가 역할을 도맡고 있었기 때문에 강철 드래곤들에게 그들의 사촌에 관한 사실을 전하기로 한 것도 그였다.

"그 계집을 놔줬다고?"

이윽고 탁자 앞에 이른 아그리피나가 이지에게 시선을 맞춘 채 물었다.

"그래요. 미안하게 됐어요. 하지만 제가 원해서 그런 건 아니었죠."

"네가 원해서 그런 건 아니라니, 무슨 뜻이지? 그 계집을 잡은 건 너였다고 들었는데, 네 손으로 잡았다고."

"그랬죠."

"그런데?"

"그런데 거기서는 그 여자를 죽일 수 없었어요. 분명히 말해 두지만, 그건 제 결정도 에이브히어의 결정도 아니었다고요. 확실히 뤼데르크 하일이 원하는 바였죠. 그를 거역했다가는 지나치게 곤란해지는 경우가 있는데, 그때가 그랬어요."

"그럼 그냥 여기로 잡아 올 수도 있었잖아?"

"그 여자는 여기까지 오는 여로를 감당하지 못했을 겁니다."

에이브히어가 장담하듯 말하자 이지의 얼굴에 경멸의 빛을 띤 조소가 떠올랐다. 그걸 보고 그는 자신이 짐작에 확신을 더했다.

"그리고 데저트랜드에서 바테리아가 겪은 일을 감안하면, 그 여자가 사우스랜더의 손에 죽는 건 좋지 않게 보일 수 있었죠. 미안하게 됐습니다. 당신이 원하던 소식은 아니란 걸 알지……."

"그 계집이 그런 거야, 이지?"

가이우스가 걱정이 담긴 어조로 물었다. 그의 시선은 이지의 왼쪽 턱 아래에 새로 생긴 상처를 향해 있었다.

"별거 아니에요."

아그리피나가 눈을 감고 한숨을 흘려 냈다.

"이지, 에이브히어…… 미안해요. 애초부터 당신들을 탓할 일이 아니었는데."

"그럴 거 없어요. 저야말로 자기 가족에게 잔인하도록 지독하

352

게 군 누군가를 증오하고 내 손으로 직접 죽일 날을 꿈꿨을 당신의 심정을 누구보다 잘 아니까요. 매일매일 밤마다 그 순간을 꿈꿨겠죠."

이지는 할데인에게 시선을 고정한 채 그렇게 말하고 아그리피나를 돌아보았다.

"그리고 도움이 됐으면 좋겠는데, 제가 그 계집년을 꽤나 불편하게 만들어 놨어요."

가이우스가 씨익 웃음 지었다.

"바테리아의 아버지에게 했던 것처럼 말이지?"

"뭐, 그 여자 제 아버지를 퍽이나 사랑했잖아요. 뤼데르크 하일도 그저 그 여자가 거기서 죽어서는 안 된다고 했지 날아다닐 수 있어야 한다고는 말하지 않았으니까요."

"너⋯⋯."

할데인이 갑자기 끼어들었다.

"자꾸만 뤼데르크 하일이 네 친구라도 되는 것처럼 말하는구나. 그 얘길 우리가 믿을 거라고 생각하는 게냐? 온 세상 드래곤들의 아버지 신이 너 같은 아이에게 신경이나 쓸 줄 알고?"

"우리 이지는 뤼데르크 하일의 '선택된 전사'니까요."

브리크가 상당한 자부심을 담아 말했다.

할데인이 코웃음을 쳤다.

"저 애가?"

그 순간, 탈라이스가 어머니의 목을 졸라 버리려고 탁자 위로 몸을 날렸다. 하지만 브리크가 자기 짝을 낚아채듯 붙잡았고, 저주를 퍼부으며 소리소리 질러 대는 그녀를 어깨에 둘러멨다.

"그럼 다들 저녁 식사 때 다시 보죠."

그는 탁자를 떠나 계단을 올라가 버렸다.

그런데 다음 순간 에이브히어로서는 놀랍게도 이지가 사과를
했다.

"맙소사! 정말 죄송해요, 할데인 님. 괜찮으세요?"

"난 괜찮다."

할데인이 거의 으르렁거리다시피 대답하자, 엘리사가 웃음을
감추느라 괜히 입술을 문질렀다.

"정말이세요? 그것참, 굉장히 어색한 순간이었네요."

이지는 손뼉을 짝 치더니 말을 이었다.

"맞다! 라이, 얼른 할머니를 꼬옥 안아 드리렴! 위로가 필요하
실 거야!"

"좋았어!"

"아니, 리안웬……."

이지는 더욱 화사하게 미소 지으며 할데인에게 물었다.

"기분이 한결 좋아지시죠?"

이지는 동생의 어깨에 팔을 두른 채 대전 출입구 바깥쪽의 맨
위 계단에 서 있었다. 자매는 대전 안에서 들려오는 거의 폭력에
가까운 논쟁을 모른 척했다.

"만찬은 나쁘지 않았지, 응?"

이지는 안뜰을 향해 시선을 던진 채 말문을 열었다.

"응, 전혀 나쁘지 않았어."

동생이 그녀를 올려다보았다.

"그래도 우리 내일 떠나는 건 확실하지?"

이지는 웃음 터트렸다.

"추수 축제를 그리워하게 될 거야."

"상관없어."

"괜찮을 거야, 라이."

"어머니가 그냥 화만 내시잖아."

"너도 어머니가 할데인과 사이좋게 지내는 날이 오지 않을 거란 사실을 받아들여야 할 거야."

"하지만……."

"그럴 일은 절대로 없어."

"하지만 만약……."

"절대로. 따리 헤 뵈, 라이. 끼시어얻내로."

라이가 깊은 한숨을 내쉬었다.

"알았어."

이지는 동생의 관자놀이에 키스해 주었다.

"언니 집에서 잘래?"

"아니야."

이지가 놀라서 다시 물었다.

"정말?"

"그래, 정말. 이제 가."

이지의 눈이 가늘어졌다.

"왜 그래?"

"아니라니까. 참 의심도 많다."

"우리 가족으로 살려면 그래야 하거든."

라이가 웃음을 터트리더니 그녀를 끌어안았다.

"아침에 봐."

"알았어."

이지는 한차례 휘파람을 불고 소리쳤다.

"막센, 가자!"

그녀의 개가 대전을 달려 나오더니 밤의 어둠을 찢으며 계단을 내려갔다. 녀석은 세푸 수비군 최상급 근위대 전투견 사육장에서 종견 노릇을 한 이후로 기세가 등등해 있었다.

이지는 드레스 자락이 바닥에 끌리지 않도록 살짝 들고 막센을 따라갔다. 계단을 다 내려와 잠시 걸음을 멈춘 그녀는 예전의 자기 방에서 자고 갈까 고민했지만, 그때 어머니의 고함 소리가 들려왔다.

"당신은 내가 열여섯 때도 고약하게 굴더니 지금도 그러고 있잖아요!"

라이의 우는소리가 곧장 뒤를 이었다.

"어머니!"

이지는 고개를 내젓고 숲을 향해 걸음을 옮겼다. 숲으로 들어서면서 어둠이 훨씬 더 짙어졌지만, 멀리서 불빛이 보이자 그녀는 몇 가구만 단출하게 모여 사는 자신의 작은 보금자리로 이제야 돌아왔음을 실감했다.

막센이 그녀를 지나쳐 다른 방향으로 돌진한 것은 이지가 숲을 거의 벗어날 즈음이었다. 그녀는 즉시 검—자카리아가 그녀에게 선물해 준 무기였다—을 뽑아 들고 몸을 돌려 자신을 노리고 곧장 날아온 무기를 막았다. 그대로 상대의 무기—마찬가지로 검이었다—를 밀쳐 낸 이지는 그 힘을 이용해 몸을 회전시키며 공격자를 향해 검을 휘둘렀다.

하지만 상대 역시 그녀의 검을 막았고, 둘의 무기가 단단히 얽혀 들었다. 이지는 이렇게나 집에서 가까운 곳을 노려 암습해 온 자에게 넌더리를 내며 상대의 정체를 확인하기 위해 한 걸음 다가섰다.

그리고 충격받은 얼굴로 포효했다.

"에이브히어! 대체 여기서 뭘 하고 있는 거예요?"

"난 너를 내 것으로 삼는 '권리 주장'을 하기 위해 왔다, 탈라이스와 브리크의 딸 이사벨!"

"아."

에이브히어의 극적인 선언에 이지는 칼을 내리고 물러섰다.

"그럼 그렇다고 말을 하죠. 먼저 집에 가서 옷 벗고 있을게요."

그러고는 집을 향해 몸을 돌렸다.

"뭐야, 그게 다야?"

에이브히어가 실망감 어린 목소리로 물었다.

"그럼 뭘 기대한 거예요?"

이지는 다시 그를 향해 돌아섰다.

"널 얻기 위해 싸움을 벌이게 될 줄 알았지."

일단 검을 갈무리한 그녀는 양손으로 엉덩이를 짚고 섰다.

"에이브히어, 난 열여섯 살 때부터 당신의 과도하게 커다란 머리통 속에서 우리가 영원히 함께하게 되리란 사실을 인정하게 되는 날이 오기를 기다렸어요. 그리고 드디어 당신이 '권리 주장'을 할 만큼 어른스러운 드래곤이 된 그날이 왔잖아요. 그런 내가 왜 당신과 싸워요?"

"'권리 주장'이란 그런 거니까."

"그래서 어쩌라고요? 진짜로 솔직히 말해서, 난 그냥 넘어갔으면 좋겠는데. 내 인내심도 바닥을 보이기 시작했거든요."

"그럼…… 혹시 사슬 같은 거 갖고 있어?"

"브란웬이 하나 두고 간 적이 있긴 한데……."

"걔가 왜 그랬는지는 절대로 알고 싶지 않다."

"섹스나 여흥과는 전혀 상관없는 용도였으니까 궁금해할 필요도 없어요."

"어쨌든, 아직 가지고 있어?"

"잠깐 동안 갖고 있었죠. 하지만 막센이 먹어 버렸어요."

"저 녀석 사슬도 먹어?"

"수갑도 함께 먹었죠. 그러고는 일주일이나 금속 똥을 쌌다니까요."

이지는 에이브히어가 한마디 하기도 전에 '쉿!' 소리로 가로막았다.

"막센은 개가 맞아요."

"뭐, 그렇다고 해 두지."

이지는 에이브히어에게 한 걸음 다가서며 그의 허리에 팔을 감았다.

"있잖아요, 에이브히어. 난 '권리 주장'이란 서로가 원하는 식으로 하면 되는 거라고 생각해요."

그가 고개를 끄덕였다.

"그야 그렇지."

"그리고 솔직하자고요. 우리 둘은…… 죽기 살기로 덤비면 서로에게 심각한 상처를 입힐 수도 있어요."

"좋은 지적이야. 그리고 나로선 여기서 더 이상 내 아름다움을 훼손할 여유가 없기도 하지. 그러니까 내 말은, 그 괴물이 내 얼굴에 남겨 놓은 상처를 보라고."

"조그마한데요, 뭘."

이지는 몸을 쭉 뻗어 그의 콧등에 난 상처를 톡톡 건드렸다.

"그리고 내가 보기엔 섹시해요."

그가 웃음을 터트리고는 팔로 그녀의 허리를 감아 자기 쪽으로 바싹 당겼다.

"그럼 말해봐, 이사벨. 우리 '권리 주장'은 어떤 식으로 할까?"

"난 당신 것이 되고 당신은 내 것이 되는 식으로요."

이지는 더 이상 장난기를 담지 않은 어조로 말했다.

"더 이상 의구심은 없는 거예요, 에이브히어."

에이브히어가 손을 들어 그녀의 뺨을 가볍게 두들겼다.

"의구심 같은 건 전혀 없어. 영원히 없을 거야. 사랑해, 이지. 앞으로도 언제까지나 널 사랑할 거야."

"나도 당신을 사랑해요, '무도한 자' 에이브히어. 당신과 당신이 건드리지도 못하게 한 푸른빛 머리칼을 처음 본 열여섯 살 그날부터 쭉……."

"아직도 그 얘기야?"

"당연하죠. 앞으로도 계속할걸요. 하지만 잊어버린 척은 할 수 있어요. 단, 우리가 싸우다가 내가 질 것 같은 경우만 빼고."

에이브히어가 다시금 웃음을 터트리며 그녀에게 키스했다. 언제나처럼 부드럽고 달콤하게, 둘이 함께 웃기도 하면서 시작된 키스는 곧 열정적이고 농밀한 것으로 변해 갔다.

"집으로 데려가 줘요, 에이브히어."

이지는 간신히 몸을 떼며 속삭였다.

"집에 가서 당신의 것으로 만들어 줘요."

에이브히어가 양손으로 그녀의 엉덩이를 잡아 이지를 들어 올렸다. 워낙에 키가 크다 보니 자연스레 그렇게 되었지만 이지는 이제 자신이 숲 속의 한 그루 고목, 그것도 아주 큰 나무라도 된 듯한 느낌이었다. 그녀는 키득거리며 에이브히어의 얼굴에서 머리칼을 치우고 그의 코와 두 뺨과 이마에 키스했다.

"한 가지만, 이지."

"말해요."

에이브히어가 시선을 내리자 이지도 그의 시선을 따라갔다. 그곳에는 막센이 엉덩이를 붙이고 앉아 그들을 빤히 쳐다보고 있었다. 녀석의 입에서 쏟아져 내린 침이 바닥에 조그만 진흙 웅덩이를 만들어 놓았다. 한마디로, 흉측한 몰골이었다.

"막센은 밤 동안 내 이웃에게 맡겨 놓을게요."

그녀는 이렇게 중요한 밤에 자신의 주목을 끌기 위해 에이브히어가 개와 싸우게 되는 참사를 원하지 않으리란 것을 알았기에 그렇게 제안했다.

"그거면 충분해, 이지."

에이브히어가 미소 띤 얼굴로 말했다.

"딱 내가 원하던 바야."

45

브리크는 대전으로 이어지는 계단을 내려갔다. 그리고 식탁 앞에 멈춰 서서 매일 아침 하인들이 가져다 놓는 빵바구니에서 따뜻한 빵 한 덩이를 집어 들었다.

탈라이스와 그녀의 지랄 맞은 어머니가 새날을 맞아 벌이는 싸움을 더 보고 싶은 건 아니었지만, 그는 일단 라이가 떠나고 나면 무엇을 해야 할지 알 수 없었다.

이지가 떠났을 때도 충분히 힘들긴 했다. 하지만 그때는 기약이 있었다. 적어도 그 애가 집에 돌아온다는 점만큼은 확실했다. 하지만 라이는 물론이고 특히 그 사악한 쌍둥이―드러내 놓고 표현한 적은 없지만 슬슬 맘에 드는 구석이 늘어 가고 있는―의 경우…… 그 애들이 수련을 마치고 돌아오는 날이 언제가 될지는 누구도 알 수 없었다.

브리크는 빵을 찢어 먹으며, 일부만 열린 대전 문 쪽으로 어슬 렁어슬렁 걸어갔다. 그리고 거기 기댄 채 안뜰을 내다보았다. 아 주 이른 아침이었고, 두 개의 태양과 함께 온갖 것들이 이제 막 꿈틀거리며 깨어나고 있었다.

하지만 브리크는 그들을 쉽게 알아볼 수 있었다.

맙소사, 어떻게 저걸 놓칠 수가 있었지?

그들은 거기 서서, 한마디 말도 없이, 성을 응시하고 있었다. 브리크는 문을 쾅 닫아 버렸다.

"브리크? 무슨 일이냐?"

피어구스가 그의 뒤쪽에서 다가오며 물었다.

"그 바보 자식 대체 어디 있는 거지?"

"그웬바엘?"

"아니."

"아버지?"

"아니, 그 덩치만 큰 블루 드래곤 멍청이."

"모르지. 왜?"

"밖에 미루나크들이 와 있어."

"그래서 뭐? 아마 그 덩치만 큰 블루 드래곤 멍청이를 찾으러 왔겠지."

"멍청이가 데려온 세 놈 말고. 미루나크 전체가 왔단 말이야. 그것도 우리 안뜰에 서 있어. ……뭔가를 기다리면서."

피어구스가 고개를 끄덕였다.

"알았다. 그럼 이제 우리가 여자들부터 먼저 죽이고 자살만 하면 되겠구나."

"무슨 일이에요?"

브란웬이 계단을 내려오며 물었다. 그녀 뒤에는 켈륀이 따라오고 있었다.

"미루나크들이 밖에 와 있다."

"에이브히어를 찾으러 왔나 보죠."

"하지만 우린 그 녀석이 어디 있는지 모르고."

피어구스가 말했다.

"이지네 집도 확인해 봤어?"

켈륀이 물었다.

브리크는 일단 피어구스를 보고, 다음으로 켈륀을 보았다.

"우리가 왜 이지네 집을 확인해야 하는데?"

"그럴 거 없죠."

브란웬이 재빨리 대답했다.

"왜라고 생각해?"

하지만 켈륀이 되물었다.

"입 닥쳐, 오빠."

브란웬이 그에게 경고했다.

"브란웬, 그들은 어린애들이 아니야. 에이브히어도 이지도 자기네 하고 싶은 대로 할 수 있다고."

브리크는 단숨에 거리를 좁혀 어린 사촌 동생의 목 줄기를 움켜쥐고 고함쳤다.

"네 말은, 그 개자식이 내 완벽하고도 완벽한 딸에게 저 하고 싶은 짓을 하고 있다는 거냐?"

브란웰이 한숨지으며 고개를 저었다.

"오빠는 진짜 바보 천치야."

이지는 몸을 뒤집으며 기지개를 폈다. 하지만 그 즉시 방금의 동작을 후회하고 말았다. 그녀는 끙끙거리며 침대를 빠져나와, 전신 거울을 놓아둔 곳으로 향했다. 거울 앞에 선 그녀는 몸을 옆으로 돌리고 팔을 들어 올려 지난밤 에이브히어가 새겨 준 '권리 주장' 표식을 꼼꼼히 살펴보았다.

조금 민망하긴 했다. 그게 사실이었다. 하지만 너무나 맘에 들었다. 다만 그녀의 어머니가 이걸 보게 된다면…… 절대로 좋아하지 않을 게 틀림없었다. 낙인은 그녀의 오른쪽 발바닥에서부터 시작해 그대로 옆구리를 타고 올라간 다음, 드래곤의 꼬리가 그녀의 오른쪽 가슴을 감싸는 형태로 완성되었다.

그렇다, 이지는 너무 좋았다. 하지만 그녀의 어머니라면…… 으으.

지금 당장은 그 문제를 생각하지 말기로 결정한 이지는 바지와 면 셔츠를 걸치고 부츠를 신은 다음, 자신이 가장 좋아하는 두 개의 무기를 등에 메고 밖으로 나갔다.

문을 나서자마자 오래된 이웃들 중 하나가 보였다. 이지는 그녀에게 미소 지으며 인사했다.

"좋은 아침이에요, 샐리. 막센이 또 무슨 짓을 저지르진 않았어요?"

"아, 별거 아니야. 그 녀석 지금 장미 덤불 속에서 자고 있어."

이지는 살짝 얼굴을 찡그리며 말했다.

"미안해요. 내가 꼭 새 장미 덤불을 보내 줄게요. 그 녀석이 망가뜨린 부분이 있으면 그걸로 바꿔 심어요."

"괜찮아, 이지. 그대로 둬도 돼."

이지는 주변을 돌아보며 물었다.

"지난밤에 들렀던 내 친구와 혹시 마주치지 않았어요? 일어나 보니까 가고 없네요."

"아, 맞아. 봤지. 삼십 분쯤 전에, 당신 아버지와 그분 형제들이 끌고 나가던데. 주먹질이며 발길질이며 난리도 아니었지."

그녀가 명랑하게 재잘거렸다.

이지는 하품을 하면서 고개를 끄덕였다.

"굉장하네요. 고마워요."

집 안으로 다시 들어온 그녀는 차를 끓이기로 마음먹었다. 하지만 주전자를 집어 들다가 갑자기, 방금 자기 이웃이 해 준 이야기가 무슨 뜻인지를 깨달았다.

이지는 단숨에 바깥으로 달려 나가 이웃에게 다시 물었다.

"내 아버지가 뭘 하는 걸 봤다고 그랬죠?"

"그 젊은이를 당신 집에서 끌어냈다고 했지. 좀 겁나는 인상이 잖우, 그 젊은이 말이야. 그래서 진짜 당신 아버지를 탓할 생각도 안 들더라니까. 당신 아버지가 원래 당신이랑 당신 동생을 끔찍이 아끼기도 하지만……."

"어느 쪽으로 갔어요?"

"강 쪽으로 내려갔지. 하지만⋯⋯."

이지는 이웃의 말이 끝나기도 전에 일단 달리기 시작했다. 몇 채의 이웃집을 지나고, 앤닐 군대의 가반아일 근위대도 몇 명 마주쳤으며, 심지어 약간의 친척들도 만났다. 하지만 그녀는 멈추지 않았다. 강으로 이어지는 길에 다다를 때까지 그저 달리기만 했다.

브란웰이 그녀를 소리쳐 불렀지만 이지는 그것마저 무시하고 계속해서 달렸다. 피범벅이 되고 불구가 된 에이브히어의 모습이 자꾸만 머릿속에서 오락가락했다.

맙소사! 그의 날개를 잘라 버렸으면 어쩌지? 비늘을 벗겨 버렸으면? 오, 신들이여! 그의 머리를 깎아 버리기라도 했다면⋯⋯ 그의 머리를 빡빡 밀어 버렸다면?

안 돼애애애애애!

이지는 아버지는 물론이고 피어구스 삼촌이나 그웬바엘 삼촌도 이 일에 대해 좋아하지 않으리란 것을 알고 있었다. 하지만 그녀에게는 계획이 있었다. 일단 라이를 데저트랜드로 떠나보낸 후에 모두가 모인 공개된 장소에서 한꺼번에 터트리는 것이었다.

그런데 하필이면 아버지의 형제들이, 하필이면 이런 식으로 알게 되어⋯⋯ 으으으!

이지는 숲을 가로지르고 언덕을 달려 내려갔다. 하지만 강이 가까워졌을 즈음, 휘청거리며 멈춰야 했다. 거기 선 채로, 늘씬 얻어맞은 피어구스가 웬 노스랜드 드래곤 쓰레기—어쨌든 이지에게는 그렇게 보였다—에게 실려 가고 있었다. 라그나와 그의 일족이 사우스랜드에서 환영받고 있는 것은 사실이었지만, 이지의 가족을 두들겨 패러 온 번개 드래곤이라면 얘기가 달랐다.

이지는 검과 배틀액스를 뽑아 들고 조용히 앞으로 쇄도했다. 번개 드래곤이 그녀의 모습을 포착한 것은 그녀가 거의 몇 걸음 떨어진 지점에 이르렀을 때였다. 그자가 피어구스를 떨구고 자기 무기로 손을 가져갔지만, 이지는 이미 그자를 향해 배틀액스를 휘두르고 있었다.

그러나 이지의 배틀액스는 그자를 건드리지 못했다. 육중한 워해머가 그녀의 배틀액스를 내리쳐 바닥으로 방향을 바꾸어 버렸기 때문이다. 워해머에 실린 힘이 팔을 저르르 울리며 타고 오르는 바람에 이지는 배틀액스를 놓아야 했다.

하지만 그녀에게는 아직 검이 있었다. 이지는 몸을 돌리며 검을 휘둘렀다. 번개 드래곤이 그녀의 검을 막았지만, 이지는 힘으로 그자를 밀어붙였다. 그리고 또 다른 노스랜더가 뒤쪽에서 접근하는 걸 알아챈 순간, 몸을 낮추면서 워해머를 휘둘렀던 자의 다리 뒤쪽을 베었다. 그자가 비명을 지르며 한쪽 무릎을 꿇었다. 이지는 재빨리 일어나 무릎으로 번개 드래곤의 얼굴을 찍어 올렸다. 그리고 상대가 뒤로 넘어가자 그자의 워해머를 잡아챘다. 이제 다시 두 개의 무기로 무장한 이지는 몸을 돌리고 그대로······.

······멈췄다.

번개 드래곤들이 다소 빠르게, 넷에서 마흔 남짓으로 불어나 있었다. 그들 모두는 털 망토의 후드를 얼굴을 가릴 만큼 깊숙이 눌러쓰고 당장이라도 사용할 수 있도록 무기를 든 채 그녀를 지켜보며 서 있었다.

이지는 한 걸음 물러나 짧게 번개 드래곤들을 훑은 후, 바로 공격을 개시했다. 가장 가까이 위치한 자에게 덤벼든 것이다. 하지만 그자에게 닿기도 전에 뒤에서 누군가 접근하는 것을 감지하고 방향을 바꿔 조그만 바위를 향해 달렸다. 이지는 바위에 닿은 순간 달리던 그대로 바위를 박차고 뛰어 올라 공중에서 몸을 돌렸다. 그때, 거대한 팔이 뻗어 와 공중에 뜬 그녀를 낚아채 붙들었다.

"이지! 대체 뭔 짓을 하고 있는 거야?"

에이브히어의 목소리가 거의 비명처럼 그녀의 귓속으로 꽂혀 들었다. 자기를 붙잡은 것이 에이브히어임을 깨달은 이지는 버둥거리려던 것을 멈추었다.

"이 번개 자식들이 피어구스 삼촌을 공격했어."

에이브히어가 눈알을 굴렸다.

"아니, 피어구스 형을 두들겨 팬 건 나야. 브리크 형이랑 그웬바엘 형도. 그리고 미리 말해 두는데, 형들이 먼저 시작했다고. 무엇보다, 저들은 번개 자식들이 아니야. 나머지 미루나크들이지. 어머니가 라이를 데저트랜드까지 호위하는 임무를 맡기려고 저들을 부르신 거라고."

"아! 아……."

이지는 움찔하고는 자기가 다리를 베어 버린 드래곤을 돌아보았다.

"미안하게 됐네요."

드래곤이 몸을 일으켰다.

"괜찮아요. 낫겠죠, 뭐."

에이브히어는 이지를 바닥에 내려놓았다.

"이 자식들아, 이쪽은 이사벨 장군이다. 이사벨, 저쪽은 내 동료들."

"만나서 반가워요."

이지는 그렇게 말한 다음, 자기가 칼질을 했을 뿐 아니라 워해머까지 빼앗았던 드래곤에게 다가갔다. 그리고 그자의 무기를 돌려주었다.

"멋진 놈이네요. 로나 님 작품이죠?"

"맞아요."

대답한 드래곤이 머리를 흔들었다.

"당신이 그걸 혼자 힘으로 들어 올렸다는 게 아직도 믿기지가 않네요."

"그거야, 뭐…… 아빠!"

이지는 그곳에서 스무 걸음 남짓 떨어져 있는 나무를 향해 달려갔다. 그녀의 '가엾은' 아버지가 그 나무의 낮은 가지에 널린 듯한 모습으로 기절해 있었던 것이다.

" '무도한 자' 에이브히어, 내 아버지 얼른 내려놓지 못해요!"

"형이 먼저 시작했다니까!"

"어이!"

'소름 끼치는 자' 그레고어가 에이브히어를 손짓으로 불렀다.

"그러니까 저 여자구나? 저 여자가 '너의 이지'야."

에이단이 나머지 미루나크들에게 데저트랜드에서 무슨 일이 일어났는지를 알려 주었고, 그러는 과정에서 에이브히어의 변화된 상태, 즉 짝을 맺었다는 이야기를 슬쩍 끼워 넣었던 것이다.

에이브히어는 형들에게 붙잡혀 강으로 끌려갈 때까지만 해도 형들이 이 일을 어디까지 상세하게 알고 있는지 확신하지 못했지만, 미루나크들이 들은 것과 크게 다르지 않았을 것이다. 형들은 미루나크가 이곳에 야영지를 세웠다는 사실을 모르고 있었다. 하지만 알았다고 해도 상관없었으리라. 어쨌든 그의 동료들은 형제들의 싸움에 끼어들지 않았을 테고, 딱히 에이브히어에게 도움이 필요한 것도 아니었으니까. 일단 형제들이 이지의 과보호 아버지를 걱정할 필요가 없을 만큼 충분히 그녀의 집에서 멀어졌다는 것을 알게 된 순간부터는 아니었다.

"그래, 그녀야."

"그녀가 내 사랑스러운 아가씨를 뺏어 갔었지."

그레고어가 자신의 '사랑스러운 아가씨─그의 워해머─'를 들어 올렸다. 그레고어와 그가 가장 좋아하는 무기 사이의 관계는 건강하다고 말하기 어려운 것이었다. 아니, 전혀 건강하지 않았다.

"나도 봤어."

"그러니까 그렇게 무거운 것도 아니었던 거네. 웬 세집애가 집어 들 수 있을 정도면 말이지."

아직 실력을 검증받지도 못한 신입 하나가 도발하듯 말했다.

그 자식의 말에 일리가 있는지 보기 위해, 그레고어는 자기 워해머를 신입의 머리에 던졌다. 두개골이 쪼개져 열린 신입이 고통에 신음하며 바닥을 굴렀다.

"충분히 무거운 것 같군."

그레고어는 합리적으로 결론을 내렸다.

"그런 것 같다."

에이브히어도 동의했다.

그레고어가 그에게 미소 지으며 말했다.

"야! 뭐 좀 먹으러 가는데 네 아가씨를 데려가면 어때? 같이 가면 우리에 대해 더 알 수도 있을 테고 말이야."

그건 실제로 좋은 생각 같았다. 어쨌거나 이들은 이지가 가장 편하게 어울릴 수 있는 종류의 전사들이 아닌가 말이다.

"이지, 뭐 좀 먹으러 가자."

에이브히어는 자기 짝을 소리쳐 불렀다.

"아빠랑 삼촌들은 어쩌고요?"

"다들 안 죽어."

에이브히어는 머리를 살짝 기울이며 말했다.

"가자."

이지가 입술을 오므리고 잠시 고민하는 것 같더니 ─그래 봤자 일 분도 못 되었다─ 그의 곁으로 달려왔다.

"배고파."

에이브히어는 그녀에게 팔을 둘렀다. 그리고 모두가 들을 수 있도록 고함쳤다.

"미루나크, 주점을 향해 돌격!"

미루나크들이 일제히 환성을 올리고, 마을 향해 나아갔다.

에이브히어는 곧장 그들을 따라가려 했지만, 이지가 그의 팔을 뿌리치고는 자기 아버지에게 도로 달려갔다.

"미안해요, 아빠."

이지는 그렇게 말한 다음, 아버지의 이마에 손을 대고 그가 걸려 있는 나뭇가지 너머로 힘껏 밀어붙였다.

할 일을 마친 이지가 에이브히어 곁으로 돌아와 그의 허리에 팔을 감았다. 다시 걷기 시작하면서 그녀가 말했다.

"미안. 아빠를 그렇게 둘 순 없잖아요."

"잘했어. 저 못돼 처먹은 개자식들에게도 걱정해 주는 누군가가 있다는 건 좋은 일이지."

"뭐, 쉬운 일은 아니지만…… 가족이니까요."

46

에이브히어는 라이와 쌍둥이에게 작별 인사를 하는 일족들을 지켜보았다. 그것이 얼마나 힘든 일인지 알기에 그도 가슴이 아팠다. 하지만 그들 모두는 이럴 수밖에 없다는 것을 알고 있었다. 반드시 해야만 하는 일인 것이다. 라이와 쌍둥이에게 펼쳐질 미래가 어떤 것이 될지 확실치 않은 것은 사실이지만, 에이브히어도 그 애들 앞을 가로막는 것이 무엇이건 그들에게 준비가 되어 있어야 한다는 것을 알고 있었다.

이 시점에서 계획은 꽤나 간단했다.

그들은 모두 함께 출발하지만, 일단 주 통행로에 이르면 에이브히어와 이지와 미루나크와 이지의 친가 사람들은 남쪽으로 향하고 퀴비치들과 쌍둥이는 북쪽으로 향하게 된다. 물론 탈란은 다시 누이와 갈라진 다음, 노스랜드 어딘가에서 수도사들을 만나 그들과 함께 퀸틸리안 독립국을 훨씬 지난 곳에 있다는 수도원으로 가는 비밀 통로로 들어갈 예정이었다.

에이브히어의 형제자매들과 부모와 카드왈라드르까지를 포함하는 남은 일족들은 다크플레인에 머무를 터였다. 그들 모두가 작별 인사를 더 이상 길게 끌었다가는 고통만 더해지리라는 것을 아는 것 같았다.

그와 이지가 앞으로 무엇을 하게 될지는 에이브히어도 알 수 없었다. 그들은 이제 막 생을 함께할 짝이 되었고, 그는 세상 그 어떤 여자도 이지가 한 것처럼 자신의 가슴을 채워 줄 수는 없다는 것을 알고 있었다. 하지만 그들은 여전히 전사였다. 전장과 피에 대한 욕구는 아주 오랫동안 계속될 터였다.

그래도 에이브히어는 글레안나 고모와 아돌가 삼촌이 각자의 짝과 수백 년이 넘는 세월 동안 잘 살아왔다는 사실 또한 알고 있었다. 그와 이지 역시 그러지 말란 법은 없는 것이다.

이미 자기 말에 올라 있던 할데인이 다시금 큰 소리로 한숨을 내쉬었다.

"제발 그만 좀 가면 안 될까?"

그녀가 라이와 탈라이스에게 들으란 듯이 말했다. 모녀는 매달리듯 서로를 붙잡고 서서 흐느끼고 있었고, 브리크가 그녀들의 등을 다독이며 눈알을 굴리고 있었다.

이지는 칼을 뽑아 들고 할머니를 향해 계단을 내려가기 시작했지만, 에이브히어가 재빨리 그녀를 붙잡아 자기 팔 안으로 끌어당겼다.

"너, 진정해야 해."

그가 조용히 경고했다.

"내가 저 여자를 지금 죽여 버리면 내 걱정도 상당 부분 해소될 텐데요."

"우린 더 큰 문제가 있다고."

"또 무슨?"

"앤닐."

이지는 자신의 여왕을 흘끗 건너다보았다.

"오늘은 내내 좀 조용하시네요."

"좀?"

마침내 라이가 어머니에게서 몸을 떼었다.

"어머니가 그리울 거예요."

"나도 네가 그리울 거야. 하지만 내가 널 보러 갈 테니까. 약속하마. 그리고 저 끔찍한 계집들이 네가 네 일족에게서 등을 돌리도록 만들게 내버려 두면 안 된다."

"물론이죠, 안 그럴 거예요! 절대로요!"

또다시 울음이 터지며 모녀가 서로의 팔 안으로 뛰어들려 했지만, 이번에는 브리크가 자연스럽게 그들 사이로 끼어들었다. 그는 라이를 부축하다시피 이끌고 계단 아래로 내려가 이지가 동생을 위해 골라 놓은 말 곁으로 다가갔다. 그리고 딸이 말에 오르도록 도와준 다음, 그녀의 뺨에 키스했다.

"우리는 생각만으로도 연결될 수 있는 사이란다, 너무나 사랑하는 내 딸. 그 점을 절대로 잊으면 안 된다."

"알아요, 아빠. 절대로 안 잊을게요."

라이가 안전하게 말에 오르고 나자, 탈란이 일족의 여자들과 포옹을 나누었다. 리아논, 모르퓌드, 케이타, 탈라이스, 다그마. 그리고 마지막으로 어머니 앞에 섰다.

"사랑해요, 어머니."

"나도 사랑한다."

그는 어머니를 껴안고 그녀의 뺨에 입을 맞췄다.

"금방 소식 보내 드릴게요."

"그래."

탈란은 계단을 내려가 자신을 기다리고 있는 암말을 향해 다가갔다. 원래는 에이브히어가 그를 위해 튼실한 종마를 골라 주었는데, 말이 자꾸만 탈란을 내팽개쳐 버리는 바람에 커다란 전투마들 중 암말을 찾아야 했다. 그러한 상황은 에이브히어에게 자신의 조카에 대해 많은 셋을 알려 주었다

탈란이 누이를 소리쳐 불렀다.

"탈윈, 가자!"

탈윈이 대전에서 걸어 나왔다. 그녀는 아버지와 할아버지, 그웬바엘 삼촌과 차례로 포옹을 나누고, 고모들과 할머니와 어머니에게는 고개만 끄떡여 인사했다. 그리고 계단을 내려가 브리크와 포옹했다.

하지만 이지가 그녀를 위해 골라 놓은 말에 오르는 대신, 퀴비치들에게로 다가가 자신에게 떨어질 다음 명령을 기다렸다.

놀웬들은 경멸의 의미가 다분한 코웃음─퀴비치와 놀웬이 정

말로 서로를 싫어한다는 사실이 충분히 입증되는 순간이었다—
을 쳤고, 앤닐의 손가락이 절로 움츠러들어 단단한 주먹을 이루
었다.

이지는 에이브히어를 흘끗 보고는, 자신의 여왕에게 곧장 다
가갔다. 에이단이 에이브히어 곁으로 붙어 섰다.

"퀴비치, 승마!"

아스타의 부관 브륀디스가 명령을 내렸다.

"잠깐!"

앤닐이 소리쳤다. 그녀가 계단을 내려가자 이지도 바로 그녀
를 따라붙었다. 사우스랜드의 인간 여왕은 자신의 딸에게 다가가
두 팔로 그녀를 와락 껴안았다. 처음에는 탈윈이 두 팔을 그대로
옆구리에 붙인 채 똑바로 서 있었다. 하지만 곧 그녀도 어머니를
마주 안았다. 모녀는 그렇게 잠시 서로를 단단히 끌어안았다.

앤닐이 한 걸음 물러서며 딸의 얼굴에서 제대로 된 빗질이라
곤 받아 본 적이 없는 머리칼을 치웠다. 그녀는 딸의 이마에 키스
한 다음, 미소를 지었다. 그리고 한마디 말도 없이 자신의 유일한
딸을 놓아주고, 몸을 돌려 걸음을 옮겼다.

아스타가 그녀에게 말했다.

"걱정할 건 아무것도 없답니다, 앤닐 여왕님. 당신은 옳은 일
을 하고 있는 겁니다. 탈윈이 마침내 자기가 속한 곳에 있게 될
테니까요. 퀴비치와 함께 말입니다."

"아스타는 진심으로 저게 잘하는 짓이라고 생각하는 걸까?"

에이단이 에이브히어에게 물었다.

"그러니까 저러는 거겠지."

앤닐이 아스타를 향해 돌아섰다.

"탈윈은 내 딸이야. 언제나 내 딸일 거고."

"그게 달라질 거라고는 누구도 말하지 않았습니다. 하지만 이렇게 하는 게 최선이라는 걸 아셔야지요. 당신은……."

에이브히어와 에이단은 저도 모르게 움찔했다. 앤닐의 주먹이 아스타의 얼굴에 정통으로 꽂혔기 때문이다. 우득 뼈가 부서지고 피가 솟구쳤다. 전사 마녀는 비틀거리며 물러났지만 넘어지지는 않았다.

"이제야 기분이 좀 좋아졌네. 고마워."

앤닐은 다시 한 번 딸을 바라보았다.

"사랑한다, 탈윈."

딸이 미소를 지었다.

"사랑해요, 어머니."

그대로 몸을 돌린 앤닐은 계단을 올라가 피어구스에게 다가갔다. 그녀가 짝의 손을 붙잡자, 피어구스도 그녀의 손을 잡고 피와 멍으로 얼룩진 손마디에 키스해 주었다.

팔로 얼굴의 피를 닦아 낸 아스타가 부관에게 고개를 끄덕여 보이고 자신의 말로 향했다.

아륀디스가 다시금 소리쳤다.

"퀴비치, 승마!"

대규모 여행단이 천천히 성의 안뜰을 빠져나가 주 통행로로 향했다. 에이브히어는 미루나크에게 그들을 따라가라는 신호를 보내고, 계단을 올라가 탈라이스 앞에 섰다.

"저희가 라이를 잘 지킬게요. 거기까지 무사히 도착하도록 확실하게요."

"알아요."

"일단 임무를 완수하면 이지를 데리고 돌아올 거고요."

탈라이스가 까치발을 하고 두 팔을 벌렸다. 에이브히어는 그녀가 끌어안기 좋도록 몸을 숙여 주었고, 그녀 뒤에서 형이 코웃음 치는 걸 보았다. 답례로 그는 왼손의 검지와 중지를 들어 그 개자식에게 가벼운 경례를 날려 주었다.

그러자 탈라이스가 몸도 돌리지 않은 채로 쏘아붙였다.

"거기 세 남자! 동생 좀 가만 내버려 둬요!"

그녀는 천천히 몸을 떼고 그의 팔을 다독였다.

"가요, 에이브히어. 저 작자들 상관할 거 없어요. 그냥 질투가 나서 저러는 거니까."

"뭐에 질투가 나? 이 자식 거대한 머리통에?"

브리크가 물었다.

에이브히어는 형을 향해 움직이려 했지만, 탈라이스가 그들 사이로 끼어들었다.

"대체 뭐가 문제야?"

그녀는 자기 짝에게 따져 물었다.

"왜 나한테 소리를 지르고 난리야?"

"왜인 거 같아?"

둘의 언쟁이 한동안 이어질지도 모른다는 걸 잘 아는 에이브히어는 그대로 프레더릭과 다그마에게 다가갔다.

"잘 다녀와요, 에이브히어."

"고마워요, 다그마."

그는 프레더릭을 내려다보았다.

"내가 돌아올 때까지 너 괜찮겠지?"

다그마가 프레더릭을 두 팔로 감싸고 꽉 끌어안으며 대답을 대신 했다.

"이 녀석은 괜찮을 거예요. 이 녀석이 여기 있어서 너무 좋거든요. 여기 딱 맞는 아이죠, 안 그래요?"

"뭐……."

다그마가 소년을 놓아주며 말했다.

"있잖아, 프레더릭. 우리가 널 아들로 맞으면 어떨까?"

"어……."

다그마는 신난 듯이 말했다.

"이럴 게 아니라 내 아버지에게 편지를 써야겠다. 지금 당장!"

그녀가 안으로 들어가 버리자, 프레더릭은 에이브히어를 올려다보았다.

"아마 그러실 필요도 없을 거예요. 제 가족들이 절 데리러 오는 일은 없을 테니까요."

"그거 잘된 일이구나. 다그마는 절대로 순순히 널 내주지 않을 테니까."

그때까지 벽에 기댄 채 조용히 서 있던 그웬바엘이 그들 곁으로 다가오더니 소년의 어깨를 다독이며 소리쳤다.

"우리 모두 네가 여기 있어서 좋단다!"

그러고는 다그마를 따라 안으로 들어가 버렸다.

"형은 아직도 너한테 소리 질러 얘기……."

"예, 그러세요."

에이브히어는 한숨을 내쉬었다.

"그냥…… 익숙해질 거야."

"오래 떠나 계실 거예요?"

"오래는 아닐 거야. 돌아올 때 널 위해 데저트랜드의 책들을 가져다주지. 어떠냐?"

"좋죠. 무사히 다녀오세요."

에이브히어는 손을 들어 보이고 몸을 돌려 말에 올랐다.

일행을 따라잡은 그는 말들 사이를 뚫고 나아가며 이지를 찾았다. 그러다가 마침내 에이단과 캐스윈, 우서를 만났다.

"이지 봤어?"

그가 물었다.

"봤지."

"그런데?"

친구들이 더 이상 아무 말도 하지 않자 에이브히어는 대답을 재촉했다.

"어디 있냐고?"

에이단이 손가락을 들어…… 위를 가리켰다.

"신들이여, 맙소사!"

에이브히어는 으르렁거렸다.

이 여자가 날 미치게 하려고 대체 또 뭔 짓을 하고 있는 거야?

이지는 아돌가의 목을 타고 머리까지 곧장 달려가 그의 콧잔등을 디딤대 삼아 몸을 솟구쳤다. 하지만 이처럼 높은 고도에서는 바람이 거칠기 마련이었고, 그 탓에 균형이 무너져 켈뤈의 등을 놓치고 말았다. 그녀의 몸은 공중에서 몇 번이나 뒤집히며 추락하기 시작했고, 땅이 무서운 속도로 닥쳐들었다.

다행히 멀지 않은 곳에 글레안나가 날고 있었기에, 이지는 조금만 애를 쓴다면 그녀에게 닿을 수 있으리란 걸 알았다. 그저 약간만…….

그 순간, 꼬리가 뻗어 와 허리를 감고 그녀를 던져 올렸다. 이지는 다시금 몸이 뒤집혔다가 에이브히어의 등에 되게 부딪치며 내려앉았다.

"넌 대체 어디가 잘못된 거야?"

그가 으르렁거렸다. 꼭 그의 어머니 같은 말투였다.

"재미 좀 본 거죠."

"뭔가 좀 거 안전한 걸로 재미를 보면 안 돼? 악마를 상대로 무기도 없이 벌거벗고 전투를 벌인다든가, 펄펄 끓는 용암 속에서 헤엄을 친다든가?"

"화난 거 같네요."

"네가 날 미치게 하려고 작정을 한 거 같으니까."

"어떻게 그런 잔인한 소리를!"

이지는 그의 목덜미를 껴안듯 두 팔을 활짝 뻗었다.

"난 이렇게 당신을 사모하는데요."

"네 사모하는 방식이란 게 참 짜증스럽기도 하…… 거기서 그만 좀 꿈틀거려!"

"아, 미안."

하지만 그녀의 목소리에 진정성이라고는 조금도 담겨 있지 않았다.

"있죠, 에이브히어. 난 여전히 당신 머리칼이 좋아요."

"고맙군."

"전사 머리로 땋아도 돼요?"

"아니, 안 돼. 우린 지금 사우스랜드의 왕족을 데저트랜드로 호위하는 심각한 임무를 수행 중이야. 전사 머리건 뭐건 간에, 내 머리칼에 대한 네 집착을 만족시키고 어쩌고 할 여유 같은 건 없다고."

"음, 에이단한테 물어보면 머리를 땋게 해 줄까요?"

한차례 으르렁거린 에이브히어가 공중에서 몸을 휙 뒤집었다. 이지는 그가 몸을 바로 할 때까지 새된 비명을 지르며 허벅지로 그의 목을 단단히 조이고 있어야 했다.

"이 못된 도마뱀!"

그녀가 웃음을 터트렸다.

"그게 네 짝이거든! 다른 드래곤을 들먹이며 짝을 놀리기나 하고, 이 잔인하고 사악한 여자야!"

"그래서 당신이 두 개의 태양보다 더 날 사랑하잖아요."

이지는 그에게서 웃음의 깊은 울림이 올라와 온몸을 감싸는 걸 느꼈다.

"그거야말로 진실이지. 내 비극적인 약점이기도 하고."

"그런 약점은 내가 허용해 주도록 하죠."

"잘됐네. 왜냐면 난 널 사랑하니까, 이지. 진심으로 사랑하지."

이지는 그의 비늘에 뺨을 대고 바람에 나부끼는 푸른빛 갈기 아래 얼굴을 묻고서 두 팔로 에이브히어의 목을 감싸며, 이 순간 생각할 수 있는 유일한 사실을 이야기했다.

"이제는 정말 그럴 때도 됐죠, 블루 드래곤 에이브히어. 내가 지랄 같은 평생 동안 그 말을 기다렸으니까요."

에필로그

그들은 다크플레인을 관통하는 주 통행로에 이르렀고, 거기서 하나의 대규모 여행단이 두 무리로 나뉘었다. 한 무리는 데저트 랜드로 이어지는 남쪽으로 향했고, 나머지는 아이스랜드로 가는 북쪽으로 방향을 잡았다.

두 무리가 각자의 길을 따라 나아가고 그 자리에는 세 사람만 남았다. 둘은 말에 탄 채였고 하나는 서 있었다.

그들 셋은 아무 말도 하지 않았다. 아니, 아무 말도 할 필요가 없었다. 아기였던 때에도 그들은 서로의 느낌이나 생각을 아는 데 말을 전혀 필요로 하지 않았다.

그러나 이제 처음으로 서로에게서 떨어져 각자의 길을 가게 되었다. 분명 쉬운 일은 아니겠지만, 그들 모두 이것이 영원한 이별은 아니란 것도 알고 있었다. 마녀들이나 수도사들 혹은 다른 누가 어떻게 생각하든, 말하든, 믿든 간에 그들 셋의 유대는 진실로 세상 그 누구도 이해할 수 없을 만큼 강했다. 그들은 이제 헤어지지만, 셋이 다시 만날 때에는 더 강건해지고 더 강력해질 것이며, 가장 중요하게는 준비가 되어 있을 터였다.

암흑의 시기가 오고 그래서 그들이 필요할 때를 위한 준비 말이다.

사실 그 암흑의 시기는 이미 오고 있었다. 그것도 빠른 속도로. 데저트랜드의 하수로에서 벌어진 일은 그들의 문젯거리들을 다만 얼마간 지연시켰을 뿐, 완전히 없애지는 못했기 때문이다.

탈윈이 먼저 고개인사를 던지고 걸음을 뗐다. 부모와 작별인사를 나누던 때의 울음을 아직도 다 못 그친 라이가 다음으로 남쪽으로 말 머리를 돌렸고, 에이브히어 삼촌이 가까운 숲에 숨겨 둔 미루나크들이 은밀하게 그녀를 뒤따랐다.

탈란은 마지막으로 한 번 더 주변을 돌아본 다음, 닥쳐올 미래를 대비하기 위해 북쪽으로 말을 돌렸다.

감정을 다루는 데 익숙하지 못한 남자들이 먼저 가벼운 식사를 위해 마을 농장으로 소들을 훔치러 가 버리고 나자, 앤벌은 탈라이스, 다그마, 케이타, 모르퓌드와 함께 대전으로 올라가는 계단에 나란히 주저앉았다.

감사하게도, 누구 하나 말을 꺼낼 필요를 느끼지 않았다. 대신에 그들은 그저 조용히 앉아서 멍하니 방향 없는 시선을 던진 채, 그들 모두의 아이들을 잃은 상실감을 공평하게 느끼고 있었다.

"저기……"

앤닐은 고개를 들고 목소리가 들려온 곳을 보았다. 예쁘장한 여인이 아이와 함께 그들 앞에 서 있었다.

"뭐 도와줄 거라도?"

"예…… 저는 앤닐 여왕님을 만나 뵙도록 도와줄 수 있는 분을 찾고 있어요."

"내가 앤닐인데."

여자의 턱이 눈에 띄게 굳어졌다.

"그냥 저 같은 건 여왕님을 뵐 수 없다고 말하지 그러세요? 꼭 그렇게 사람을 조롱할 필요는 없을 텐데요."

다그마가 나섰다.

"실제로…… 이분이 앤닐 여왕이세요."

여자는 인상을 찌푸리며 ─두 사람의 말을 믿지 못하는 게 분명했다─ 앤닐을 훑어보았다.

"무슨 일로 그러는데요?"

여자가 그저 쳐다만 보고 있자, 다그마가 부드럽게 대답을 재촉했다.

그녀는 여전히 머뭇거리며 말을 꺼냈다.

"전 도움이 필요해요. 그리고 앤닐 여왕님이 절 도와주실 만한 유일한 분이라는 얘길 들었죠."

"어떤 도움이 필요한데요?"

"그게, 그러니까…… 전 마을에서 쫓겨났답니다. 제 아들 때문에요."

앤닐은 여자 곁에 서 있는 아이를 살펴보았다. 아름다운 소년이었다. 키가 크고 머리칼은 금빛, 눈은 초록빛이었다.

"아이가 아픈가?"

그녀가 물었다. 보기에는 충분히 건강한 듯했지만 어쩌면 다른 장애를 갖고 있을지도 모르기에 물은 것이었다.

여자는 아이를 보호하려는 듯 두 팔로 감싸며 말했다.

"아니요. 얘는…… 음…… 이 아이는 제 아들이에요. 제 아들요. 그리고 전 아들을 보호하기 위해서라면 뭐든 할 거예요."

"누가 아이를 위협했나?"

"마을의 장로들이 저희를 쫓아내면서, 아이를 데리고 돌아오려 하면 아들을 죽이겠다고 했어요."

앤닐은 답답함에 솟구쳐 오르는, 그녀의 목을 꺾어 버리고 싶은 욕구와 절로 주먹이 쥐어지려는 것을 참느라 애써야 했다. 수년에 걸쳐 깨친 바시만, 지신의 그런 바음이 자신을 잘 알지 못하는 이들에게는 꽤나 위협적으로 보인다는 것을 알았기 때문이다.

"그자들이 왜 그런 소릴 했는데?"

여자가 아들을 좀 더 단단히 껴안았다.

"왜냐면…… 그게…… 아이의 아버지 때문이에요."

"아버지가 어떤 사람인데 그래?"

"사람……이 아니에요."

여자가 천천히 머리를 돌리더니 하늘을 향해 시선을 주었다. 앤닐을 비롯한 나머지 여자들도 그녀를 따라 하늘을 올려다보았다. 그들의 머리 위에는 드래곤들이 날아다니고 있었다.

모르퓌드가 마침내 입을 열었다.

"드래곤? 아이의 아버지가 드래곤이라고요?"

여자가 고개를 끄덕였다.

"예. 사실은 저도 어떻게 된 건지 이해를 못 하겠어요. 제가 함께한 사람은…… 전 그가 사람이 아닌 줄 몰랐어요. 그가……."

그녀는 잠시 목을 가다듬다가 말을 이었다.

"드, 드래곤이란 사실을 알게 된 건 아들이 거의 두 살이 다 되었을 때죠. 하지만 그때는 이미 그런 건 중요하지 않았어요. 이 아이는 제 아들이니까요."

"하지만 마을 장로들이 당신에게 아이를 버리라고 했다고요?"

탈라이스가 물었다. 그들 가운데서는 그녀가 작은 마을의 삶에 대한 경험이 가장 많았던 것이다.

"전 그럴 수가 없었죠. 하지만 뭘 어떻게 해야 할지도 알 수 없었어요. 그런데 신전의 사제 하나가 여기로 가 보라고 하더군요. 여왕님이 도와주실 있을지도 모른다고요. 어쨌든 적어도 이곳에서는 환영받을 수 있을 거라고 했어요. 여왕님은 드래곤을 싫어하지 않으신다고…… 그래서 여기로 왔답니다."

앤빌은 머리를 긁적였다. 이건 분명 그녀가 오늘의 남은 하루를 보내려고 계획했던 상황은 아니었다. 하지만 어쩌면 이게 최선일지도 몰랐다. 여기 마냥 주저앉아서 아이들에 대한 걱정으로 속이나 끓이는 건 좋은 생각이 아닐 테니 말이다.

그녀는 천천히 몸을 일으켰다.

"분명 우리가 너와 네 아들을 위해 해 줄 일이 있을 거야."

"다른 사람들도……."

여자의 말에 앤닐은 도로 자리에 앉았다.

"다른 사람들?"

여자가 아들을 자기 곁으로 당기며 물러서자, 앤닐은 무거운 한숨을 내쉬어야 했다.

"앤닐?"

탈라이스가 속삭이듯 그녀를 불렀다.

"이성이여, 맙소사!"

다그마도 한숨을 내쉬었다.

쉰 가족쯤 되어 보이는 사람들이 안뜰로 들어서고 있었다. 그들 중 일부는 자신들이 가진 모든 것을 싸 들고 온 게 분명했다.

케이타가 입을 열었다.

"우린 여태껏…… 쌍둥이랑 라이가 예외적인 경우라고 생각해 왔잖아요."

모르퓌드가 고개를 저었다.

"확실히 우리가 틀렸구나. 아주아주 틀렸어."

앤닐이 자리에서 일어나자 나머지도 그녀를 따랐다. 그녀는 자기 가족의 여자들을 차례로 돌아보며 명령했다.

"다그마, 이 사람들이 머물 만한 곳을 찾아 줘. 탈라이스, 치유사들을 소집해서 다들 건강한지 확인해 줘. 아픈 사람이 있으면 나을 때까지 따로 지낼 만한 장소도 마련해 주고. 여기까지 와서 새로 아픈 사람이 생기는 건 바라지 않으니까. 모르퓌드, 당신 어머니와 장로들을 해결해 줘. 제발 부탁해. 그리고 케이타…… 할 수 있는 걸 찾아봐. 아, 당신 오빠들도 여기로 불러 주고."

일단 할 말을 다하자, 그녀는 계단을 마저 내려가 여자와 그녀의 아들 곁에 멈춰 섰다.

"이름이 뭐지?"

"디아나예요. 제 아들은 캠든이고요."

"그래. 디아나, 캠든, 당신 친구들에게 날 소개해 주겠어?"

"물론이에요, 여왕님."

아들의 손을 잡은 디아나가 모여들고 있는 사람들을 향해 걸음을 옮겼다.

앤널은 그들을 바라보다가 문득, 어째서 자신을 둘러싼 모든 것이 언제나와 똑같아 보이는데 실상은 전혀 그렇지 않을 수 있는지 궁금해졌다.

"그래서 또 이렇게 시작된단 말이지……."

그 새로운 미래를 향해 나아가면서 사우스랜드의 인간 여왕이 중얼거렸다.

《드래곤을 미치게 하는 법》 끝